典◆論

台語文學

林央敏·著

目次

寫了廿五年才結集

——《典論台語文學》自序

╱林央敏

對文學的欣賞與吸收，也許是受了國文課的影響，年少時就喜歡古典文學，大半時間都在閱讀中國古典作品，也忘了從哪兒得到的訊息，當時我以爲梁·昭明太子蕭統編纂的《文選》就是一部集合中國古文學最精華的所在，因此十八歲就從書店自購了一本厚厚精裝的《昭明文選》回來自修，即使它是古本照相的印刷也耐心閱讀，一邊啃讀一邊點字，爲密密麻麻的字團加記標點。

書中有三篇評論文學的文章讓我印象深刻，也對其中部分文句所傳達的論見格外讚同並引爲圭臬：

其一是中國古代的第一篇文論，曹丕的〈典論·論文〉，曹氏說：「蓋文章，經國之大業，不朽之盛事。」把文學的功能由賞心悅目的娛樂提昇到治理國家與促進生命不朽的至高價值，這樣文學便具有獨立的生命，寫作也成爲一種嚴謹、重要的事務，不再只是揚雄所鄙「童子雕蟲篆刻」的小技。曹丕又說：「君子審己以度人」，這一點也深深影響了我，叫我在往後的創作與評論的進程間會不時審己度人，以

了解自己和別人的優缺點，來增強自己的寫作能力，並消除早年曾浮沉在潛意識裡的那種老早以前就被曹丕點明的「文人相輕，自古而然」的陋習劣根，進而虛懷以待，細心讚賞和觀摩別人的佳作。

　　其二是陸機〈文賦〉，當時曾經欣賞他以華美的詞藻寫文論，也感佩他那句對大作家與大作品的見解與形容：「觀古今于須臾，撫四海于一瞬」，這是指大作家該具有的豐富想像力及歷史感，也是指大作品會具備豐富的內涵。

　　其三是蕭統寫的〈文選序〉，那時我著迷於詩又特愛寫詩，他那句「詩者，蓋志之所之也，情動於中而形於言」深得我心，而那句論文學之所以為文學的話：「事出於沉思，義歸乎翰藻」更是叫我至今猶然秉信的一句最言簡意賅的文學詩論，也是我在談創作、論作品時，常會引用的一句話。

　　這三篇的題目，我最鍾情於曹丕那本散佚的書名「典論」，因為他隱然含有「典範之論」、「經典評論」之意，早年我曾經敦勉自己，將來如果能夠寫評論，希望自己也有能力寫出值得閱讀又令人讚賞的「典論」，後來讀知〈典論論文〉縱然不是永遠的典範之論，至少也體現出幾項「做為文學評論」的時代價值和重要性，因為它肯定了文學的價值、提昇了文學的地位、發前人所未發，也示範了文學評論的方法。因此 1980 年代中期，當我在倡議台灣民族文學時，就認為台語文學最具台灣民族文學的面腔，那時已深刻認知台語文學的價值，而開始提倡台語文學，並大力參與台語文

學運動，爾後也開始寫作關於台語文學的專論，以求擴大台語的功能與提昇台語和台語文學的地位。

當拙著《台語文學運動史論》的初版與增修版（前衛，1996 與 1997）出版後，我的文學評論幾乎都以台語文學為標的，有運動論、發展論、作品論、作家論等等，那時期我就打算，未來當這類評論文章發表到相當數量，可以集結成冊時，將效倣曹丕以《典論台語文學》為書名來出版。第一次啟動結集之念是在拙著《台語小說史及作品總評》出版（印刻，2012）後，但那時我粗估一下某些自覺值得選入的文章字數尚不足以成書，何況還有一些已經想好的題目如〈想像的聲音——台語詩的音樂性之三〉、〈戲劇與畫圖——台語詩的兩種情境表現法〉、〈理的表達與美的呈現——論台語散文〉、〈看台語小說的敘述與演出〉、〈沉思母語文學的三線路〉、〈花——台語文學的一個戀愛原型〉……等等評論題材尚待研究和書寫，而且我還打算再針對幾位優秀小說家的台語小說和部分來不及在《台語小說史及作品總評》中論述到的某些新問世的佳作加以點評解析，因而把出版此書的計畫再向後推遲，於是又因故拖了 10 年，延到今年春節過後才積極檢視已經完成且發表的論述。

結果一經篩選、分類並仔細計算字數後發現：不得了！竟有 23 萬字之多，因此必須瘦身，首先將曾經附屬在拙著《台語文學運動史論》裡的論戰文章，以及曾經被他人收錄到選集或著作裡的文章，像是幾篇針對詩人、詩作的專論都

只好暫時放棄。其餘概分四輯後覺得一本 18 萬字放在冷門的書市還是顯得太厚顏，最後再剔除性質上比較偏屬文學運動的文章，只留下為文學發展及部分作品的重要評論共 16 篇大約 13 萬字，便依文章內容分為三輯：輯一、「**文學小史**」是關於台語文學發展的簡要介紹；輯二、「**彈琴論詩**」是專門解析台語詩的某些內容和創作機理；輯三、「**史詩小說**」是品論台語的敘事文學，包括散文體小說及詩歌體小說的一些內涵，後者即為一般所稱的史詩、敘事詩。

　　以上就是《典論台語文學》這本論文集及其書名的由來與內容，論真說來，這本書是寫了二十五年才結集。本書各篇論述的對象雖然絕大多數是台語文學作品，但在了解作品及創作技巧方面，其實也適用於其他語言的文學藝術。

　　本文末了，筆者還想交代兩件心意：其一，那些曾發表，卻未收入的成品，以及曾命題，卻未寫成的「空品」，希望來年仍有餘力將它們完成，且有機會將之併合結集。其二，感謝在美國的小說家崔根源先生數年前建議讓「火金姑台語文學基金」也可以贊助出版台語文學的評論集，這是本基金成立以來，首次用在筆者本人的著作上，筆者格外有感受和感激！

　　　　　　　　　　——2022.05.30 寫於新竹尖石山中聆雨廬。

簡述台語文學的發展

　　依稀記得荷馬史詩中有一句描寫「天光」（天亮）的慣用語叫「黎明伸出玫瑰色的手指」，其中「手指」是複數。我覺得用這句話來形容發生於台灣的文學也若合符節，因為廣義的台灣文學就像伸出無數支光芒的黎明，由許多不同的語言所創作出來的文學支流滙集而成。在純屬口耳相傳的史前時代（17 世紀之前），台灣島上的文學就開始以多元腔音分別發聲了，按可稽考的古籍文獻所載，在漢人東來之前，島上已有土著分佈在平原及內山各處，這些土著民族，總地說來都屬馬來‧印度尼西亞 (Malay-Indonesian) 種族，其中住在平地到山麓間的原住民統稱平埔族，住在深山峻嶺的原住民在日治時代通稱高砂族。

　　這些原住民族據說只是從大洋洲移居台灣的先住民族，而非原始土著，因為至少還有一種曾分佈在廣大山區，屬玻

利尼西安種的小黑人才是台灣的原始土著，其遺跡記載於荷蘭及清代文獻中，有些高砂族原住民的傳說中也流傳其事蹟，只是都已滅絕。目前的這些原住民族雖同屬南島語系，但自古就各有互不相通的語言，我們知道文學靠語言或文字產生，並且只要有人類群聚的地方便會產生文學，實際上這些原住民族也留下或多或少的神話傳說、祭詩戰歌及其他歌謠之類的作品。

　　至於荷蘭統治台灣以及漢人開始大量移民台灣後的歷史時代（1624 年之後），從初期的口傳文學與文字文學並行，到後來以文字文學爲主迄今，台灣文學都是由多種語言的創作所構成，其間又增加荷蘭語、漢語文言、漢語中的台語白話及客語白話、日本語、北京語（華語）等文學。因此若要完整介紹各支台灣文學的手指，即使都只做概要記述，恐怕非得幾萬字是做不到的，何況研究者懂得的語言有限，沒人能做到完整的耙梳，所以本文只能選擇其中重要的一支即台語文學來寫，而且對浩翰四百年台語文學的發展也僅能重點概述，讓讀者有個基本認識。

　　本文既題稱「台語」，就表示所述內容並未含蓋所有台灣的文學，而是以台語這種語言書寫或表述而成的文學作品爲對象。又依一般常識及國、內外人士的習慣用法可知，「台語」是「台灣語」的簡稱，而不是「台灣的語言」或「台灣人的母語」的統稱，因爲「台灣語」一詞自日治時代伊始，在官方和民間就已成爲一個語言的專有名詞，雖然 1945 年

後的新官方（國民黨政府）給予新的名稱「閩南語」，但民
間人士及官員在口語間仍普遍使用「台語」或「台灣話」[1]
名稱。此外，本文不題用「閩南語」，也不用「漳州話」、
「泉州話」或「廈門話」，在於限定台語文學的範疇，即不
包括台灣海峽對岸的漳泉廈潮等福建人以閩南語書寫的文學
作品，不過這些閩南語文學雖不屬台語文學，卻是台語文學
的「近親源頭」，以及其他可用台語文言唸讀的漢語古典作
品也具有「遠親源流」的性質，兩者都是台語文學的肥底養
分，是吾人學習、欣賞和寫作時所不能全然忽略的。

　　「台語」或「台灣話」這種語言自然是因「台灣」地名
而成語言名稱，而何以這種語言會被稱爲「台語」，主要原
因是講這種語言的族群，在近代約四百年間一直是構成台灣
住民的最大族群，人口佔全體台灣住民的 70%（1945 年以
後）到 80%（清末～日治末期）之間，台語的分佈也佔最
廣大區域，日治時代、甚至 1970 年之前，會講台語的人口
比例更高於台語族群的人口比例，可說是普遍通行於台灣民
間的「台灣普通話」，因此很自然地被視爲代表台灣的語言
而被約定俗成的賦予「台語」之名。

　　據說台灣島之所以稱爲「台灣」和這個說台語的族群有

1　筆者故鄉嘉義，小時起即稱「台語」或「台灣話」，入學後始知「閩
　　南語」之名，而官方的電台播音，這三個名稱互有使用。二十幾歲後，
　　到北部就業定居，才知客家人習稱台語爲「福佬話」。

直接關係。過去有人出於臆想和附會,把某些中國古籍所記的地理名稱如「島夷」(《尚書》)、「岱員」(列子〈湯問篇〉)、「瀛洲」(《史記》)、「彫題」(《山海經》)、「東鯷」(《後漢書》)、「夷洲」(《吳志》及沈瑩《臨海水土志》)、「流求」(《隋書》)、「毗舍耶」和「談馬顏」(南宋趙汝适著《諸蕃志》)等出現在周朝到宋朝間的書籍裡的地名或國名都當做是指台灣,而宣稱台灣與中國很早就有某種牽連。中國古書之提到台灣而可信的,應當是 13 世紀(宋末)有閩南人移居澎湖後,才知道台灣這個島嶼,甚至要到 15 世紀末或 16 世紀初閩南人開始移民台灣後,「台灣」或其諧音的地名才產生。

唸做「Tai-oan」的這個地名之記錄於文獻始自明末的萬曆 31 年 (1603),陳第在其〈東番記〉中寫做「大員」[2],稍後崇禎年間(1628-1644),周嬰在其《遠遊篇》的「東番記」裡寫做「臺員」[3],其他在同一期間的名稱還有「大灣」、「大圓」、「大冤」、「大宛」等都是閩南語音的假借字,「臺灣」寫法到清代才出現,不過也可能在明末就有人這麼寫,像成書於清代的《蓉州文稿》(季麒光著)就說:「萬曆年間,海寇顏思齊踞有其地,始稱臺灣」,《明史》也寫到:「至

---

2 陳第〈東番記〉本文:「東番夷人不知所自始,居彭湖外洋海島中。起魍港、加老灣,歷大員、堯港、打狗嶼……倭破,收泊大員……。」

3 周嬰「東番記」本文:「其地為蟒港、打狗嶼……臺員港……。」

萬曆末，紅毛蕃舟泊此，因事耕鑿，設闤闠稱臺灣」。從以上諸多文獻可徵，大明一代是將整個台灣島叫做「東番」或「東蕃」，以別於其他東夷，「東番」可能當地名，也可能僅泛指島上的番族或番族之地。而 Tai-oan（大員、臺員），明顯只指島上的一個地方，即今之台南安平。漢人移民台灣最早的兩個地方是笨港及安平，而以安平聚集最多，早在荷蘭據台前，安平即被喚做 Tai-oan，所以荷蘭人才將安平稱為 Taioan，譯做「台員」或「台窩灣」。「Taioan」一詞，應非漢語，而是來自西拉雅語，歷來研究者中，有人認為是住在安平一帶的一個西拉雅部族的名稱或社名，有人認為是當地原住民對外來移民的稱呼，因為西拉雅語稱外來者為 Taian 或 Taioan，音似南方馬卡道族的 Pairan 和排灣族的 Airan、Pairan，都有壞人、侵入者的意思。這些來自閩南的移民不其解語意，以為這個地方叫 Tai-oan，唸做 tai-uan。此後隨著荷蘭當局的需要，大量引進閩南奴工，以及鄭成功入台，漳泉移民越來越多，並逐漸擴散到全台，接著滿清入台，正式採用「臺灣」字樣，最後成為全島的名稱。這也說明最遲到日本入台後，台灣住民開始產生台灣人意識，初期，民間所謂「台灣人」隱含僅指閩南裔台灣人的意味，於是他們的語言也就很自然地被稱為「台灣語」，簡稱「台語」。現在我們知道，台灣人並不單指族語為台語的閩裔台灣人，但已專有名詞化的「台語」之僅指一種語言，情況一如「英語」、「美語」、「法語」、「日本語」、「華語」、

「客語」、「粵語」……之僅指一種語言,實是人文邏輯中
專有名詞狹義化的自然現象。

　　陳第 1602 年來過台灣,1603 年寫作〈東番記〉,可知
在此之前已有福建人移居台灣了,據此我們可以推斷台語文
學的歷史至今最少已有四百年之久,最初有人將原居地閩南
的口傳文學和文字文學都憑記憶和口傳方式帶入台灣,這些
口語作品一來可充填旅居或定居台灣的漳泉移民從事某些休
閒娛樂時的文藝性內容如戲曲歌謠,和教育子女忠孝節義、
待人處世、生活知識……的教材如格言俚諺、弟子規;一來
也將成為此地民間素人作家的創作素材,早期的台語作品中
有不少以中國的人事物為題材的作品,便屬這個現象。接著
台灣土產的口傳文學誕生了,有神話傳說、鄉野奇談、稗官
野史、各類歌謠……。而在這段漫長的時間裡,有人陸續把
一些閩南語的文本從福建引進台灣,同時激勵台灣本地的素
人作家寫作文字作品,題材有中國的,也有本土的。以上種
種屬於台語民間通俗文學的發展階段,歷經荷蘭、東寧(明
鄭)、滿清,以迄日治中期大約 350 年,此間台語作品越來
越多,尤其日治中期,寫作和出版台語七字仔歌本的風氣鬧
熱滾滾,大約累積了六百種(本)。

　　民間通俗文學無論口傳的、文字的都屬白話文學,與其
相對且並存的是讀書人的文字文學,這類作品當中有一大部
分是所謂的傳統文學,即古代文人以漢語文言文寫的,這些
文言作品現在被稱為「台灣舊文學」或「台灣古典文學」,

泰半出自來台擔任公職、或考查或旅遊的中國文人之手，台灣籍的本土文人及其作品要到十八世紀中期以後才有，這些台灣籍和籍屬福建閩南的文人，他們寫作文言作品時很可能以台語或相當於台語的漳州話、泉州話在思考，尤其土生土長的本地作者應該都是，因為他們多數只會講漳泉話（少數的母語是客家話），如此一來這類以台語直接思考、直接下筆的文言作品，當然也屬台語文學的一部分，然而文言畢竟不同於白話，一篇文言文無論它是以某一種漢語原始思考寫的，都可以用任何一種漢語閱讀，比如蘇軾的〈赤壁賦〉或陳夢林的〈望玉山記〉，都可以用台語、客語、粵語、吳語、湘語、北京話等任何一種漢語直接且順利唸讀。但用某一種漢語直接思考寫的白話文，就只能用該種漢語閱讀，比如同樣寫父母親情，朱自清的〈背影〉和琦君的〈毛衣〉都要用北京話讀才通順，而胡民祥的〈多桑〉和林央敏的〈阿母〉就要用台灣話讀才通順。何況我們很難確定哪些台灣古典文學作品是否用台語寫的？若通通將它們當做台語文言文作品顯然過度膨風，本文除了以閩南裔為參考準據外，還會斟酌作品的台語成分，凡是可視為台語作品的便不忽視。

　　在日治中期以前的文字作品中，有一類作品的作者大概也應算是讀書人，這些讀書人要不是基督教長老教會的牧師，至少也是該教會的信徒，他們的漢文底子未必輸給和他們同期的通俗文學的作者，但他們很少用漢字寫作台語，而是基於向民眾宣道傳教的目的，使用比漢字簡易的羅馬字母

拼寫台語白話，這些拉丁字樣的台語作品主要刊登在長老教會自 1885 年創辦的《Tai-Oan-Hu-Siaⁿ Kau-Hue-Po》（台灣府城教會報）上，裡頭偶而也會出現一些略具文學性的作品，這些作品雖限於一隅，但也是台語文學的一部分，並且該拼音書寫理念及方式對後來的台語文書寫也有影響，自不能忽視。

　　1920 年恰好是日本統治台灣的中途，這一年對台灣文學特具意義，因爲它是台灣新、舊文學的分水嶺。當時的台灣人知識精英就在這一年發起新文化運動，呼籲台灣文人應以白話文寫作，很快地白話書寫的風氣遍及全台，主流文壇的作家大多放棄文言文，於是文言文的舊文學從此沒落，這段文學發展，史稱「台灣新文學運動」。然而此時文壇作家所使用的白話文，其實是模仿中國北京話的白話文，與台灣人的語言和生活並不恰合，因此也零星出現寫作台灣語白話文的看法，這項台語寫作的主張到了 1930 年被黃石輝正式提出，引起祖國派的半山文人反對，而出現爲時四年的白話文論戰，這段論戰期，史稱「台灣話文運動」，於文學上，它是台灣文壇首次的台語文學運動。而對台語文學來說，這個年代不只是台語文言文與台語白話文的分水嶺，也是從民間通俗文學走向作家文學的起點。

　　台灣話文運動雖然如火如荼，但 1937 年發生太平洋戰爭，日本當局發佈台灣進入戰時體制，禁止所有政治的、文化的抗爭活動與宣傳，台灣作家的台語寫作因此中斷，以致

日治時代的作家沒能留下很多台語作品，反而民間素人作家所創作的通俗文學，數量上遠多於文壇作家的作家文學。

1945 年後，新來的中華民國國民黨政府在台施行軍事統治，實施比日本時代更嚴苛的國語政策，同時強力限制台灣人母語的使用，使台語文學的種子完全沉寂，直到 1970 年代才又重新發芽，並於 1980 年代隨著台灣人意識的復興，台語寫作的主張又形成一股力量，多位台灣籍的華語作家如林宗源、向陽、宋澤萊、黃勁連、黃樹根、林央敏等人都在此時跨足台語文學創作，使戰後這一波的台語文學運動在 1987 年正式成形，而於 1989 年到 1991 年間也發生台灣作家應以什麼語言寫作台灣文學的論戰，論戰之後台語文學開始蓬勃發展，雖然運動的態勢在 2000 年之後不再熱烈，可是台語寫作已然生根，並持續到現在。

綜合語言、文字與文學來說，戰後這波台語文運動所及的範圍及影響遠超過日治時代的台灣話文運動，單就文學來看，實際從事台語寫作人口多出數倍，各類型的作品完整到位，不但作品量超越日治時代甚多，品質也大大提升，比之同時代的主流文壇，部分台語白話作品的藝術成就已然不輸華語白話作品，甚至有過之而無不及。又單純就台語文學來說，作家文學已成台語文學的主流，寫作傳統的通俗文學的人已越來越少，而且這類素人作品，百年同調，大多仍屬通俗文學的層次。

以上就是台語文學四百年史的發展輪廓，由前述可知，

二戰後的發展是台語文學的黃金時期。

在 20 世紀的最後一百年間，台灣人自稱「蕃薯仔子」，這是因為台灣島形如蕃薯，於是屢遭外來統治的島民，當他們開始有命運共同體的感知而產生台灣人意識後，便自稱「蕃薯仔子」以別於高高在上的外來統治族群。「蕃薯」既有生根於此母土的本土意象，也象徵台灣島及台灣人的身世和命運，當然也反映著台灣的本土語言、文化及文學的滄桑歹命。所以台語文學的歷史也帶有蕃薯的性質，是一部處於一而再、再而三被宰割、被遺棄、被禁制的宿命中，努力爭生存、求發展的文學史。

——刊於 2016.03.15-03.16 自由時報副刊。

淺介 2000 年的台語文學

　　戰後的這一波台語文學運動到公元 2000 年爲止，將近二十年時間，大致已完成理論的建構和作品的雛形了。這期間最大的影響，在政治上是促成國民黨官方解除對台灣人母語的壓抑，1987 年官方正式行文解除學生講「方言」的禁制和處罰，同時放寬電視媒体對台語節目的限制。而在文學上，經歷 1989 年到 1991 年間的台語文學論戰後，台灣文學界對台語創作的態度開始由排斥變爲接受，此後台語文學似乎獲得了生機，開始蓬勃發展，作品也多元化起來。

　　自 1991 年後，台語作品集及台語刊物的數量逐年增加，到了 1998 年似乎到了現階段的飽和點，此後這兩種出版品都維持在十種左右。2000 年這一年中，仍繼續出刊的台語小眾刊物有《島鄉》、《菅芒花》（分文學綜合雜誌與詩刊兩種）、《台文通訊》、《台文罔報》、《掖種》、《時行》、

《蓮蕉花》等八種，前二者偏重文學創作，其他則屬綜合性
的台語園地。十年來，除了部分本土性較強的報刊肯接納台
語文學發表之外，這些台語刊物便是大多數台語寫作者發表
的最主要園地。由於台語文的復興尚處提倡階段，投入台語
寫作的人少，肯投入台語創作的作家更少，因此這些刊物的
內容過去較少純文學的作品，或者所刊載的作品大多文學性
低，以致這類台語刊物曾被排斥之士譏為「只有台語，沒有
文學」。但這一年，我發現這些刊物都不約而同的增加了文
學部分的篇幅，作品的文學水準也提高不少，顯示台語文界
的文學人口成長了許多。

在這些純台文刊物中，陳金順主編的《島鄉台語文學》
和方耀乾主編的《菅芒花詩刊》成果最豐碩。《島鄉》並
在世紀末製作台文刊物首次策劃編輯的「世紀尾台語小說
展」，一口氣發表四個短篇，較重要的有老手陳雷的〈The
Unspeakable〉，以表現主義的手法反映台灣人在白色恐怖
下，失去言論自由、思想自由的痛苦，外來政權的殖民統治，
迫使台灣人形同啞口，連說母語都會遭到折磨；另外青年女
作家王貞文繼三年前發表小說〈天使〉引起矚目之後，這年
也發表一篇以異國為背景的基督教文學作品〈一個熱天 e 公
墓〉，詠讚人類無私的愛就是神之博愛；又近幾年在中文寫
作方面已經顯露頭角的青年作家胡長松此時也正式跨足台語
寫作，首次發表的台語小說〈茄仔色的金龜〉這一篇，表現
人性中善與惡、黑與白的對抗。由王貞文和胡長松兩人過去

至今的作品來看，兩人應是目前台文界新生代作家中最具潛力的兩位小說家，相信進入廿一紀後，必有更多更優秀的作品現世。至於《菅芒花詩刊》是今年中篇幅最大的一本台語文學期刊，九月底出版的革新號第一期即收錄十七位老中青三代詩人的一百首新作，集中佳作不少，值得品賞。

除了台文刊物外，這年中對台語文學貢獻最多的中文文學刊物，要屬宋澤萊主編的《台灣新文學》季刊，這本厚厚的文學雜誌雖以中文作品為主，但每期刊登的台文作品質與量都不遜純台文的刊物。每期都固定訪問台語文學的名家並登載一些詩文，對新人的挖掘與鼓勵也不遺餘力，2000 年秋季號（第 16 期）更以 67 頁製作「台語文學創作專輯」，發表胡民祥的隨筆散文〈茉里鄉記事〉和陳雷的中篇小說〈鄉史補記〉，這兩位作者都是旅居海外的台語文學先進，「茉里鄉」系列作品內容兼具感性與知性，可說是台語隨筆文的一種典範。〈鄉史補記〉好像一篇稗官野史的小說，內容從 1950 年代的白色恐怖高壓統治倒溯到平埔族祖先被滅族的古早年代，故事、人物容或虛構，但卻是台灣歷代外來統治集團極力掩飾的真史，以小說筆法寫來，益形彰顯它的「真實性」。

至於台語文學的書籍方面，2000 年出版的新書反而遜於前一、二年，我想主要原因是各種縣市文化中心和民間人士對於台語文學的整理、編輯工作，大多集中在 1995 年到 1999 年間告一個段落了，多位「老前輩」也無新書，因此

2000 年官方出資、印行和私人出版的新書就少了。於是這年中,個人所知只有九本新作,包括:

詩　集:張春凰著《愛 di 土地發酵》,收錄 60 首新舊詩作。詩作視野寬,具開拓性。

藍淑貞著《思念》,收錄約 80 首詩。本書佳作多,質感皆佳,足見作者擅於意象語言的營造。

陳金順著《島鄉詩情》,收錄 72 首。作者台灣意識強,文字樸素而言之有物,不會故弄現代詩的文字遊戲。

陳正雄著《故鄉的歌》,收錄 60 首。描寫嘉南平原的風景。

散文集:張春凰著《雞啼》,收錄 28 篇。描景寫物或抒情,記錄生活。

陳明仁著《Pha 荒 ê 故事》,收錄 38 篇。述說一些 50、60 年代的農村故事。

另有兩冊並不屬於文學或不以文學為主的雜論文集:簡忠松的《愛河》和董峰政的《母語是文化的源頭》。

此外汪其楣的劇本〈一年三季〉,如果我們採較寬鬆的界定,這齣戲應該也可以歸為台語文學,雖然戲文中的動作說明文字是中文,但僅是少數,寫南台灣一個小人物的奮鬥旅程。

值得一提的是這年裡,鄭良偉、曾金金、李櫻、盧廣

誠等學院人士合編了一冊「大學台語文選作品導讀」，是一本教科式的合集，包括詩、散文、評論、諺語等文体，分屬 26 課。台語文學的作品在最近十年中曾陸續被引進大學，成為文學系學生的選讀科目，但被有系統的編成大學教科書，這一冊應是第一本。以前版本眾多的「台語讀本」都只注重在小學層次的基礎學習，這本合集將之提升到大學層次，對於台語文學的欣賞與寫作會有較大的幫助。

　　文學，特別是詩，經常與音樂相結合。近年不少台語詩被音樂家寫成藝術歌，而提昇並豐富了台語歌曲的藝術層次。在詩歌交會這方面，理所當然的，台語詩會比中文詩更受到台灣音樂家的青睞。這年中，最大型的一支曲子是音樂家柯芳隆先生創作的〈2000 年之夢〉，便是根據本年林央敏的一首台語詩〈希望的世紀〉所寫成，這首對台灣有謳歌、有感傷、有期望的三章詩節，恰好做為〈2000 年之夢〉三個樂章中大合唱的歌詞，唱出台灣人的新世紀之夢。巧合的是這一年中，民進黨正副總統候選人陳水扁、呂秀蓮以「希望相隨・有夢最美」的訴求贏得選舉，完成台灣首次政黨輪替。2001 年起，官方將開始在中小學實施台語（和其他台灣人母語）教育，要是這項母語教育能因政黨輪替而得到落實，那麼台語文學的未來也會是一個充滿希望的世紀。

　　──2001.01 作。收入文建會編《2000 年台灣文學年鑑》。

跨越千禧年後的台語文學

　　二戰後的台灣文壇，於上個世紀的六〇年代後期，有人開始在他們的中文創作中運用台語詞彙，進入七〇年代後，這種「台語入詩」、「方言入小說」的現象更大量出現在所謂「鄉土文學」的作品中，甚至有人嘗試以全台語的方式寫作「方言詩」，但真正有意識的認為應以台語寫作台灣文學或台灣文學也應有台語文學的言論要到八〇年代才出現，漸漸地台語寫作的主張形成一股力量，大約在 1987 年正式發展成台語文學運動，開始引起文壇及文化單位的關注，而於 1989～1991 年間兩度發生台語文學論戰，論戰之後，台灣文學界對台語文學的態度由排斥轉為接受，主流媒體也不再那麼反對母語寫作。於是台語文學開始蓬勃發展，倡導台語文學的先驅作家最遲也在九〇年代後期完成台語文學理論的建構，支持者、寫作者及發表園地相較於八〇年代可說擴增

了數倍，作品的類型及題材也多元起來，在文壇也就自然而然的出現所謂「台語界」或「台語文界」的群體。

上述是戰後台語文學運動在 2000 年之前的發展概要，作品總成績可參看筆者主編的三冊[1]台語文學的精選集。這時期的發展已有專書詳論[2]，這裡不再贅言。本文旨在針對 2000 年之後的發展與成果做一重點式的介紹。

筆者以爲 1990 年前後的論戰是台語文學運動的第一道分水嶺，是此一「文學革命」或「台灣文藝復興」[3]過程中最重要的關卡，因爲支持台語文學的聲音要是落敗，台語文學不只不會成爲台灣文學的一支，也不會啓發後來的客語、原住民語的寫作。而就台語界本身，更不會有後來的台語書寫符號的爭論和出現台語教學重回校園且被稱爲一種當代「顯學」的結果。

如果說台語文學的發展有第二道分水嶺的話，2000 至 2009 年的教育部開始介入台語文書寫符號的紛爭以迄有了底定可以算是。

---

1 三冊指《台語詩一甲子》、《台語散文一紀年》、《台語小說精選卷》，前衛，1998 年。

2 關於戰後的台語文學運動及 2000 年之前台語文學的發展，可參閱林央敏著《台語文學運動史論》一書（前衛，1996 初版，或 1997 增修版）。

3 在台語文學論戰中，起先站在反方的台大教授廖咸浩首先把戰後的台語文學運動比爲台灣的「文學革命」，而始終站在正方的文學作家林央敏則將該運動又稱爲「台灣文藝復興」。詳見呂興昌、林央敏主編的《台語文學運動論文集》（前衛，1998）。

　　論戰後，學術界和社會大眾中許多愛好台語的人士進入台語文界，這些人當中有很大部分並非基於對台語文學的愛好，而是想推廣台語文，甚至只興趣於文字或注音等書寫符號的推行，造成台語文學運動漸漸質變為「台語文紛爭」，最慢在 1994 年起，台語文界開始陷入如何表記台語的符號之爭，往後數年，不少人紛紛提出主張或發明記音系統，而在文字方面，大略可歸為四種書寫方式，即：1. 全按傳統寫漢字、2. 棄漢字全以羅馬拼音當字、3. 漢字為主夾用少量羅馬拼音為輔、4. 羅馬拼音為主夾用少量漢字為輔，當中又有哪個字為正、哪個音應以哪個字母為代表的爭執。這些紛爭越來越烈，不僅直接弱化台語文界，也間接傷害台語文學的發展。期間雖有人和團體認為「台語人」應以爭取提高台語地位、推行母語教育、創造優美的台語文學為重，曾不忍台語文界陷入符號紛爭而出來呼籲整合，可惜都無濟於事。這種混亂與內鬥的現象於 2000 年開始從民間「傳染」到教育部，於是「官內官外」都有台語文的春秋戰國，紛爭持續到 2006 年教育部公告推薦「臺灣閩南語羅馬字拼音方案」（簡稱「臺羅」）及 2009 年公布「臺灣閩南語推薦用字 700 字表」的漢字後才漸趨平息。往後官方陸續推出完整的台語線上詞典及台語電腦輸入法，才使原本就會講台語的人要學習和書寫台語文變得較容易也較有意願。

　　所幸在這段書寫符號百家爭鳴的十年間，多數在八○年代、九○年代就已投入台語文學創作的人，他們並未把對台

語文的關心侷限於文字符號，或等待問題解決才重新提筆，即使在爭議最激烈的時候，仍一本初衷的寫詩、寫散文、寫小說、寫劇本、寫評論，以充實台語文學。特別是 2010 年有了較為一致性的文字標準之後，學校的「鄉土語言」教學得以更落實，也使台語寫作變得更興旺，加上 2001 年起，陸續有民間團體及多個縣市、教育部、文學館等官方單位開始設立台語文學獎來鼓勵寫作，因而促進更多人投入台語文學的創作。比之 2000 年之前的 20 年，不只創作者成長數倍，質與量也進步許多，作者的觸角、寫作題材、內容也比 1990 年代更廣泛。

台語文界在九〇年代下半葉曾經出現許多篇幅小的刊物，供台語人發表文學創作和非文學的文章，它們大多是民間社團所編輯發行的，通常印刷簡陋，壽命也不長，大多在 2000 年之後就相繼解散或停刊。但這只是台語刊物少了，實際上，可發表台語文學的園地面積反而增加，因為過去排斥或殊少接納台語作品的中文報刊、雜誌也多少願意刊登台語作品了，何況還有三種新創立的台語文學雜誌：台語教材出版商辦的《海翁台語文學》（2001 年 2 月創刊～）、文學作家集資發行的《台文戰線》（2005 年 12 月創刊～）和台南市政府全額出資的《台江台語文學季刊》（2012 年 3 月創刊～），合計它們的篇幅比千禧年之前所有台語刊物的總合還多，而且編輯水準及內容都遠比過去豐富厚實。其他如媒體界、戲劇界、音樂界……選用台語作品加以「變形

演出」的頻率也越來越多。而在作品的出版方面，已有不少公私單位如文化部、縣市政府文化局、國家藝術文化基金會、火金姑台語文學基金及《台文戰線》都有補助台語寫作或出版作品集的作為，現在台語文學集的出版量之多，相較2000 年之前已不可同日而語了。

就文學的角度來看，台語文學跨越千禧年後，各類型作品都有顯著增加和進步，當中不少佳作的文學美質含量絕不遜中文文學中的佳作。

若依文學類型綜合觀之，小品詩的寫作人數和作品數量成長最多，其中較突出的有林沈默、方耀乾、陳秋白、李長青、柯柏榮……等人的抒情長詩、百行詠史詩或系列組詩等佳作陸續問世。

而最重要的是林央敏的長篇敘事詩《胭脂淚》（2002），全詩 8700 餘行大約 11 萬字，是台語文學也是台灣文學的第一部具 Epic 類型的史詩，中國學者周長楫稱她是整個漢語文學有史以來最宏大的一部詩。內容敘寫一齣歷經前世、今生的愛情故事，以講古、寫實和夢幻神話的手法，反映臺灣數百年間的相關歷史、傳說與社會現況。形式上主要以自由體台語白話詩構成，當中也融合了戲劇體、電話體、書信體、圖象詩體等，並運用詩經、唐詩、宋詞、南管、七字仔及西洋史詩、現代派的格律技巧，被譽為「台語詩的巔峰之作」[4]。簡言之，《胭脂淚》是一部以詩的形象語言寫成的長篇小說，所以《胭脂淚》既是台語詩、也是台語小說的成

就。

　　說到成就，2000 年後的台語文學應屬小說的成就最顯著，除了和詩一樣也是老少新秀倍出外，寫作人數超過過去一百年的總合（有留下台語小說作品的才算），作品的水平及出現佳作的比率也超越過去甚多，而且呈現故事的形式也明顯脫離過去傳統的說故事敘述法，主題、內容、技巧更多樣、更有深度。我們幾乎可以說，台語文學進入新世紀後，台語小說正式進入成熟期。其中長篇小說最具份量的是林央敏 32 萬字的《菩提相思經》及胡長松 30 萬字的《復活的人》，僅分別簡介如下：

　　⊙**林央敏的《菩提相思經》**（2011）這部小說，可視為《胭脂淚》的姊妹作，內容以 1950 年代的「鹿窟事件」和延續到 70 年代的白色恐怖及台灣社會為背景，交待《胭脂淚》的主角在革命失敗後那段流亡、隱遁和修行的故事，此書最富創意的內容是揭露一種解開眾生情緣並深入三界的相思修情法門叫「情法輪」。應鳳凰教授認為「此書以優美典雅的台語文寫成，藉以反映一段隱蔽的戰後歷史，主題落實佛教人間菩薩行，從風塵僕僕到看破紅塵，從流亡的險路到修道的洞門……是台灣文學中少見的一部關於革命的悲劇，

4　分別見於林永堅的論文：〈《胭脂淚》之生命省思及教學應用〉，收入《生命教育的覺醒與實踐》（中台科技大學出版，2005），及應鳳凰的評論：〈亂世煉情 —— 記《菩提相思經》聆賞〉一文，2011.06.05，《人間福報》。

是將佛教修行法門納入文學的史詩型長篇小說」[5]，但《菩提相思經》不只是表現宗教思想的哲學小說，同時也是政治小說、歷史小說、戰爭小說和愛情小說。敘事法繁富，語言、結構與成就，誠如文評家說的：「《菩提相思經》是十分豐富的，以這麼長的篇幅，而能維持整體結構上的統合性，並在語言、描寫、敘述、聲韻變化上精細講究……」[6]、「參史詩《胭脂淚》共款，《菩提相思經》小說是經典的台語文學作品，故事悽美迷人，文學語言極水（按：美），活用外來語，豐富台語文學的語彙」[7]、以及「篇幅與成績都堪稱是台灣白話文書寫的新里程碑」[8]。

　　⊙胡長松的《復活的人》（2014）也是一部文字精緻、內容精深的大長篇。2008 年起，作者的觸角開始伸向平埔族群與宗教信仰兩大領域，早先已分別用於反映族群歷史，或表現基督信仰的短篇中，長篇《大港嘴》則在社會史中滲入這兩項，到了《復活的人》便將平埔族認同與基督教信仰提昇爲核心主題。這部小說，內容寫男主角對自我「身份」

5　引自應鳳凰作〈亂世煉情——記《菩提相思經》聆賞〉，2011.06.05，《人間福報》。

6　引自胡長松作〈革命、愛情的悲劇與修行〉，原載 2011.07《台文戰線》第 23 期。

7　引自胡民祥作〈探討六家台語政治小說〉，原載 2012.07《台文戰線》第 27 期。

8　引自陳建忠作〈台灣製造的文學品味——2011 年的台灣小說〉，原載 2011.12《聯合文學》第 326 期，

的迷惑與探索，在經歷一連串的可悲遭遇後，終於從舊的族群意識中覺醒，「翻轉」成新的「身份」，使他走出頹廢，邁向新生活。小說中主人翁的「覺醒」具有族群認同、宗教信仰與人生價值觀都轉變等三重意義，彷彿一個人的新生、復活。這種敘寫身份認同的心理過程使《復活的人》具有一種成長小說的味道。《復活的人》除了演述上述主題外，還加入許多民俗的、社會的、政治的、族群的元素，使這部小說也某種程度反映了日治時期和國民黨統治時期的社會面相，所以它也是一部社會性很強的小說。

　　至於較小的長篇佳作有崔根源的《回顧展》、《超渡》，胡長松的《大港嘴》、《幻影號的奇航》。而在短篇小說方面，胡長松佳作最多，其次如陳雷、崔根源、清文、王羅蜜多、黃文俊、小城陵子、胡民祥、陳正雄、曾江山……等人也迭有佳作。[9]

　　其他台語散文、台語劇本以及有關台語文學的評論或研究也有所成長，只是沒有小說和詩那麼突出而已。

　　當大人的寫作更盛以往，母語教育也更落實後，有些小學已先有台語的短故事繪本，繼而有人將台語寫作引入適合小孩閱讀的兒童文學，這部分以囡仔詩、囡仔謠的創作較大宗，不過還遠不及大人文學多。目前台語的囡仔文學，鄭順

9　這部分的細論請參閱林央敏著《台語小說史及作品總評》（印刻，2012）。

聰的少年神怪小說《大士爺厚火氣》應屬台語兒童文學的唯一巨作。

　　以上是台語文學進入廿一世紀迄今大約 20 年的發展，限於篇幅只能就整體做最簡略的表述。雖然已有的成績比起過去任一斷代都豐盛，也被當下的主流文壇所肯定，但觀之市場與閱讀人口的普及度，以及國人對學習台語文的熱度，前途尚不容樂觀。台語文學仍需更多新秀參與，也需更多會講台語的作家跨足投入台語創作。此外，希望喜愛台語、研究台語的人能好好探討台語文學的作品，而有心於台語寫作的人要勤於閱賞台語的、及國內外的好作品，加強技藝，以求作品藝術性的提昇。同時還需政府多加鼓舞，並強化台語文教育，如此，台語文學才能繼續開拓，走出一條康莊之道。

　　　　　──2022.05.17完稿於新竹尖石的濛霧中。
　　　　　原載 2022.07《文訊》月刊第 441 期。

（台語）
台語文學史的起造

一、話頭

　　這次研討會的主題號做「台灣母語文學史建構」，位這個題目的面路仔來看，這是一個誠大、誠複雜的知識工程，步面抑無人完全做過，恐驚嘛無人有法度孤身隻手做起來，因為台灣是一個移民社會而且佫是被殖民的國度，自古到今道滯誠濟無仝母語的語族，產生過誠濟種母語文學，而且佫有母語變換的現象，所謂「母語變換」是指一個語族因為某種緣故致使原本的族語失落，攏改講別款語言，別款語言就若像乞食趕廟公，變成彼個族群的母語，這落情形我過去捌置文章佮詩裡給譬喻做「變種」。就是存在這兩大事實，咱欲全面性起造「台灣母語文學史」會使講比登天還難。設使咱若安呢做，其實就是佇 (de) 寫一部包含各種母語文學的

台灣文學史，或者是分別佇寫幾也部台灣某種母語的文學史，這棟大樓五花十色，勝過台北的「101」兼壓倒紐約的「911」，四百年來無人敢起，嘛無人有才調起，但這回咱主辦單位膽大包天，而 (ah) 發表論文的眾せんぱい（前輩）佮在座的各位嘛野心嚓嚓趒 (ciak-ciak-diěr)，欲像 Joice（喬哀斯）寫 "ULYSSES "（《優里西斯》）下願做世紀的大師、大開拓者，實在令人欽佩。

是講，置這方面我心肝加誠細，看著這個主題，毋單 (na) 臆它可能是指用華語、日語、荷蘭語以外的台灣語言所寫的作品，而且在人選擇某一種台灣母語文學做對象來起造她的文學史爾爾，所以我就自動給範圍縮阨（隘）減少，選擇台語文學來佮各位相共參詳關係構寫台語文學史的問題，因為範圍是台語的文學，標題道免佮注明「台灣」，下面是我的淺見。

二、什麼人來寫

什麼人來寫？含糊來講是無限什麼人才會當寫，但嚴肅講起來，台語文學史需要台語文學的專業學者才有法度起造，這方面咱分兩種寫作來講：

（一）史料逐家攏會使寫

第一種是歷史的初胚仔。所謂「初胚仔」是指結構、內容無齊備，有可能只是答答滴滴的記事爾爾，但是它嘛有文

學史的性質佮內容。我認為頻若關係台語作家、台語作品、台語文學運動、台語政策…等等的所有代誌，置任何時陣，逐家攏會使將伊所做所知影的寫出來，茲的文字記錄，細的就是一層台語文學的史話，大的甚至是一段斷代史，至少攏是史料。這款作品或記錄，古早中國或西洋攏真濟，比如南北朝時代劉義慶的《世說新語》就記載真濟當代作家的代誌，遐的代誌有真濟攏變做後代作家寫作的典故佮文學史家寫史的材料；嘛是因為有這款的文學史話，編寫西洋文學史的專家才有根據記述但堤 (Dante) 毋用「國文」欲用「方言」寫史詩，歸尾促成歐洲文藝復興的淵源，咱今仔知影上婚的史詩奧維道 (Ovid) 的《變形記》(*Metamorphoses*) 佮上會當比併荷馬 (Homer) 史詩的史詩帽志奧 (Virgil) 的《阿尼道》(*AEneid*) 原來攏險險失傳，因為這兩位大詩人臨終的時攏欲將您的大作撣予烈火掠食落腹，茲的代誌就是出自初胚仔的文學史話，所以欲起造一部較完整、較滂沛的台語文學史晉前，咱有需要先寫較濟這類的初胚仔史，這逐家攏會使寫，尤其在座的各位攏有機會嘛有能力來寫、來做台語文學史料的阿爸阿母－生產者。會記得幾阿年前，陳金順先生捌向我提起，伊按算用記敍的方式或用評介的方式來寫台語文界的人情俠事，我講：誠好，誠有需要，這就是佇寫台語文學的史話。毋知伊已經寫唔濟，映望伊繼續寫落去。

（二）文學史需要專業史家來寫

　　第二種是完整的文學史，咱這回的主題應該是指這種文

學史的建構，它會容得是一部通史，嘛會容得是一部斷代
史。欲寫這類的史就需要專業的史家，所謂「專業史家」並
無一定是愛歷史系出身的學者，我認為只要有台語文學的專
業，具備寫史的條件，而且願意用心出力來寫的人就會當成
做專業史家，而什麼是專業史家的條件？我想咱會當用古早
人講過的「史家四長」配合台語佮文學的需要來講就無毋
著，所謂「史家四長」是指「史德、史學、史識、史才」，
後三個是古早大唐國的時，《史通》作者劉知幾所主張的，
到大清帝國的時，章學誠佮補充「史德」這項，互三長加一
長，其中「史識」部分，劉知幾的本意是指對歷史的認知能
力，也就是觀察力，後來有人給白解做對歷史的觀點看法，
這兩項是無全的，應該分開講，所以四長會容得變五長，第
五長號做「史觀」，史觀這點對台灣人欲寫史尤其重要，下
面我就簡單來講「史家五長」佮寫台語文學史的關係：

　　1. 史德：指史家心術的正邪，要求寫史的人愛有公正、
客觀的態度，袂使隨個人喜愛厭恨或私人交情或利害關係來
故意扭曲、故意選擇或故意忽略重要史料佇講好歹話，特別
是袂使做白賊七仔。古早有一個文人叫做魏收，因為史德無
好，欲褒欲損全憑佮伊的交陪，伊寫的《魏書》道被後代的
史家講做「穢史」；歐陽修寫《資治通鑑》，互人呵咾甲會
觕舌，但是伊寫《新五代史》煞出現史德問題，因為伊少年
的時迷戀一個菜店查某，互伊的長官（錢惟演）罵，不准伊
佮佮彼個查某往來，想袂到這個掏鼠仔冤互伊記牢牢，後來

有機會重寫五代史，就給彼個長官的阿伯（錢鏐）講甲足歹聽，這點變成歐陽修人格上的烏點。

　　咱欲寫文學史攏免不了愛對作家佮作品做評價，雖然文藝批評有見仁見智的所在，總是愛憑家己的文學認知，要求家己保持客觀的態度，用一致的審美標準來看作家作品，我想史家對審美標準會容得有「偏見」，這屬文學批評的問題，只要儘量參考別人無全的評價就會當增加「正確性」、減少「錯誤性」的評價。而若「偏私」就屬史德的問題，對作家作品有偏私的評價，歸尾真有可能也會夆掠包。

　　另外有一點是評論台語作家、作品的時，史家愛特別注意的，就是袂容得互書寫系統來左右家己的態度、影响家己的標準佮看法，因為書寫系統佮作品的好媠（醜）完全無關係，將一篇用全羅馬字或漢羅佮用所寫的作品改換做全漢字，佮將一篇用全漢字或漢羅佮用所寫的作品改換做全羅馬字，攏無影响作品的內容佮藝術上的形式，這就恰若漢字中的繁体字佮簡体字的差異，一篇作品袂因為用繁体字來寫或用簡体字來寫，價值就變去，簡、繁体之間的改換嘛袂互內容走椿去，所以史家袂使因為家己對台語文書寫系統的認同、主張或偏愛、習慣，道提懸某種書寫系統的作家作品，壓低無全書寫系統的作家作品，這若出自故意，便是誤著史德。嘛會誤著台語文學的成果，佮別人對台語文學的觀點，比如將無好的作品講甲誠好，甚至是台語文學的經典，若互文學內行的外界人士看著，會以為台語文學的成就不過如此

如此爾爾，泛勢佫會誤著台語文學的地位佮發展。當然史識
的能力也有可能造成判斷增差的結果，並非純然是史德的問
題。

2. 史觀：這點包括對台語文學佮台語文學史的定位佮看
法。

關係定位，有幾個問題需要解決，到底欲給台語文學囥
踮台灣文學的啥麼位置？是主體或是一股方言文學支流爾
爾？到底欲給台語文學看做是中國文學、而且是中國邊疆文
學的一部分、是福建閩南語文學的延續渧闊爾爾？或是有獨
立體系、有主體性的台灣文學？茲的問題有可能愛分階段來
看，因為台灣作家，特別是台語作家對台灣的文化、文學的
定位佮映望古今不同，大約來講，17 到 19 世紀兩百外年的
台語文學是被當做中國或福建地方文學的生渧，寫作者嘛有
這種態度；20 世紀前期的日治時代，台語作家才開始有給
台灣當做主體，淡化佮中國文學的牽連；後期的二次戰後，
台語作家就有誠強的意識佇推揀台灣文學、台語文學是一個
獨立體的觀念。這種變化，史家除了有需要釐清佮忠實反映
以外，嘛愛徛一個定位，因為定位會影響對台語文學的重要
性佮價值性的看法──不過袂使影響對作品的美學評價。就
這點，我認為史家愛將台語文學看做是獨立置中國文學之外
的一個文學體，而且毋單是台灣文學的一支方言支流，至少
也愛有欲建立台語文學主體性的企圖，安呢，咱欲起造一部
台語文學史才有意義。所以台語文學史上好愛先互有台灣人

意識而且認同台語文學的史家來寫才袂偏差去。

　　另外我希望史家也愛有一寡歷史主義、後殖民主義佮馬克斯主義關係文學批評方面的主要理論，因為用遮的觀點來看台語文學的作品佮運動上會鬥貼，這部分牽涉著史家本身的文學涵養，也算是一種「史學」、「史識」的內涵。

　　3. 史學：指誠有歷史知識，置茲佮指對文學史的研究功夫佮學問飽。一般的，史料收集愈剿（齊）、讀愈濟，就愈有史學的條件，史學無法度一步登天，是長期粒積出來的。針對文學來講，創作讀濟是必要的，有文學批評的根基佮較好。創作方面至少愛讀誠濟古早佮現代的台語作品，包括文言文寫的、白話文寫的，包括作家作品佮民間通俗作品，其中對重要作家，上好會當讀伊全部的著作，其他毋是台語的好作品，若會當讀濟，嘛會增加「史識」，增加判斷台語作品的能力。人講「文史不分家」，這句話置文學「史學」這部分特別需要。

　　4. 史識：指對歷史的觀察力佮對作品的判斷力。文學思想、文學運動、文學活動等等歷史的事件，往往是不斷佇變動的，而且往往是幾仔線佇同時進行、同時存在；文學作品的類型嘛真濟，佮會演變；寫作的人也真濟，各人有各人的流派佮寫作特色；而個別事件、個別作家佮個別作品對社會、對文學的影響有大有小；作品本身置美學方面有好有媠（醜）、置文學份量方面有重有輕、置寫作難度方面有簡單有困難的差別，種種問題交湊複雜，這攏需要史家有比人較

利（銳）的目睭來看出，單就作品來講，目睭利的史家愛儘量做到莫互媱作品繼續佇土豆準蓮籽（魚目混珠），嘛莫互好作品埋沒置歷史的溪流底消失去。安呢位一大堆紛歧(jě)混沌的史料中揀出欲用的物件，然後整理出發展的脈絡。我想史識強的史家所寫的文學史亦較會當互人見眞章，上會當反映台語文學的發展。

5. 史才：指掌握史料佮編寫史冊的能力和寫作技巧，這當然佮史學、史識佮運用文字的才情有關係，平平咧呈現事實，好的寫作技巧會互人讀著（得）誠趣味，若咧食鹹酸甜，食著會續嘴，媱的技巧互人感覺焦燥無味，這部分牽連安怎寫的問題，等一下才佫講。

以上是專業的文學史家應該有的「五長」，這道恰若人，四肢健全粗勇才會堪得做好粗重的空課，完整的台語文學史從來毋捌人寫過，咱今仔欲來寫就親像開山路掘拋荒，工程誠大佫艱苦，得愛具備茲的條件的人才做會遛掉，有意願寫文學史的人道愛多多培養這五長。

三、台語文學的範圍佮分期

（一）先分期‧後通史

以上是好史家的條件，茲的條件泛勢會給人嚇驚著，我家己嘛驚甲痞痞惝，自從《台語文學運動史論》初版到今已經 13 冬（1996-2009），一直自覺史家五長的能力抑無夠，

因為抑有足濟台語文學作品猶未讀，所以多年來雖然有意願，但是猶然無膽量。（可能阮庄彼個會曉給人收驚的司公仔田死矣，揣無人通仔收驚。）

不過最近我佇想，台語文學史抑是愛靠台語文界的人來寫才有出世的一工，所以咱袂使一直著生驚、毋敢寫。我佫想，既然台語文學的通史毋是一個人三冬五冬做會成的，咱是毋是會當叫較濟人來分工合作，將三百五十年的台語文學分期分段，分別分予各期各段較專精的人來寫，安呢一人寫一段斷代史，擔頭就變輕，無定每一段斷代嘛會寫較詳細，泛勢毋免三冬五冬就攏完成，然後將茲個斷代史合咧看，就是一部台語文學的通史。這個構想請逐家思考看眜，若安呢，我就袂驚矣。

（二）台語文學的範圍

台語文學的範圍分兩部分愛確定：

1. 作品的範圍：這點牽連著台語文學的定義，上簡單的講法是指「(1) 台灣人用台語所寫的文學作品，包括用台語思考所寫的文言文作品」。這點應該無問題，這是定義嘛是判斷作品是毋是台語文學的原則之一，這條原則包含「台灣人」、「用台語」這兩個條件，所以台灣的「外省人」或客家人或原住民用台語寫兮的創作嘛是台語文學；另外我認為會使加一個原則，「(2) 外國人（外籍人士）置台灣用台語寫台灣的文學作品，包括用台語思考所寫的文言文作品」。這條原則是針對外國人的作品，包含三個條件。

　　頻若符合其中一個原則的作品攏會使包含置台語文學的範圍。所以早期位福建傳來台灣的漳州話、泉州話、潮州話的七字仔、戲文等等，不管是文言漢文或白話漢文的作品攏無算台語文學；全款道理，李白、杜甫、姜白石、秦少遊等人所寫的唐詩、宋詞雖然會使用台語讀，嘛袂使算是台語文學。不過若是台灣人用台語思考所寫的，就算講（即使）題材來自中國嘛會當算是台語文學。

　　這兩條原則所附帶的後半句－包括用台語思考所寫的文言文作品－主要是針對台灣舊文學時代的所謂「古典文學」的判斷條件，當然嘛會容得用來判斷現代人所寫的古詩文，這點誠歹撙節，因為文言文用任何一種漢語來讀攏讀會通，咱真歹知影作者佇創作的時咁是用台語思考，就這點，我想，置東寧、滿清佮日本時代的台灣人，多數應該是用台語思考佇寫古詩古文，假使這個看法若成立，彼當陣的「台員人」（指台語族群）所寫的古詩文就是台語文學。而若現代人，雖然猶有人佇寫古體詩，不而過怹應該攏是用華語思考先寫好的，雖然怹有東時仔會置擊鉢詩會的場面用台語來唸來吟，但是這只不過是將華語詩換唸做台語音爾爾，袂容得算是台語原作。

　　2. 時代的範圍：完整的通史當然是位有台語作品的年箇（年代）到動筆寫史彼個年箇，或者到最近的一個崁站為止。所以台語文學史的起頭年代若毋是囥踮荷蘭尾期，道愛囥踮東寧時代，我頭前講著「三百五十年的台語文學」這句話道

是位茲算起。

（三）台語文學史的分期

　　台語文學史有一個較具体的範圍了後，咱就會使來給它分期矣。一般的，文學史的分期大約是根據政治朝代、文學思潮、文學運動，甚至文學類型的演變佮風行起落等因素，嘛會當混合各種因素來佇分期分段。我想，台語文學史至少會容得分做下面幾個時期、階段：

　　1. 東寧時代：會使上接荷蘭末期講起。

　　2. 清據時代：(1) 作家古典文學（台語文言文文學）

　　　　　　　　(2) 民間通俗文學（台語白話文學）

　　3. 日治時代：(1) 作家古典文學的尾聲

　　　　　　　　(2) 民間通俗文學

　　　　　　　　(3) 台語羅馬字新文學：上接清據末期講起。

　　　　　　　　(4) 台灣話文運動：主張佮論戰

　　　　　　　　(5) 台語漢字新文學

　　4. 華據時代：(1) 蔣霸時期的文學狀況：包含方言詩的莩穎

　　　　　　　　(2) 台語文學運動：運動、理論佮論戰

　　　　　　　　(3) 台語新文學之詩歌 1

　　　　　　　　(4) 台語新文學之詩歌 2

　　　　　　　　(5) 台語新文學之小說

　　　　　　　　(6) 台語新文學之散文、戲劇

(7) 台語文學批評

(8) 語文紛爭佮書寫系統

　　以上是各時代的分期，並毋是一部台語文學史冊的題綱目次，其中關於作家、作品的評介，以及作家、作品對運動、對社會的影響會寫入各相關的章節內底。現在話佫講返頭，咱若希望置較短的時間內寫好一部台語文學的通史，或者幾本各時代的斷代史，會容得考慮分工合作。

四、安怎寫

　　頭前置「史才」部分，咱有講著文學史的寫作技巧關係著這本冊好讀或歹讀，逐家攏知羅貫中的《三國演義》是根據陳壽的《三國志》寫成的，但是《三國演義》讀起來加足有味，互讀者欲似佇經歷三國史，這是寫作技巧造成的結果，當然《三國演義》是小說，內面有加油添醋、有較濟「賈語村」（《紅樓夢》人物名），不過有的事件，羅貫中並無扭曲事實，但伊就是會當給寫互活跳跳。

　　我提這個比較並毋是講咱愛將台語文學史給寫互變小說，是指咱欲安怎寫，才袂互這本台語文學史變成硬甲若柴頭，我的意思是咱宛也會使運用一寡創作－寫小說、寫散文－的技巧來寫文學史，歷史的文字有敍述、有評論，至少敍述部分的文体會使較有文學性咧，中古時代法國的編年史作者，怹寫史若像咧回憶；十八世紀英國的吉本（E. Gibbon）

寫作《羅馬帝國衰亡史》(*History of the Decline and Fall of the Roman Empire*)、十九世紀的馬銬萊（T. B. Macaulay）佇寫《英閣蘭史》(*History of England*)，攏是使用散文筆調，讀起來親像一節一節的隨筆，嚴肅焦燥的題材變成樸實有味，真實性佫無失覺察去。司馬遷的《史記》大大本，內面大部分的文字是應用寫散文、寫小說的技巧來佇呈現歷史，作者也因爲《史記》互後來的史家褒做大散文家。

於斯爾爾，我認爲台語文學史用文學手法來寫會比用學術研究的手法來寫較有生命力，嘛較迷人。

五、話尾

因爲時間的關係，袂當詳細舉例報告。以上，請指教，多謝！

——2009.08.15 作。本文曾在台南科技大學舉行的「2009 台語文學國際學術研討會」中（2009 年 10 月 17-18 日）發表，為該次研討會的專題演講。收入《台語文學史書寫理論佮實踐》（方耀乾主編，台文戰線出版，2009），又載於2009.10，《台文戰線》第 16 期。

台語情詩的類型分析

【摘要】

　　情詩爲台語文學之祖，早期民間文學非常多情歌，但一九九〇年之前的作家文學卻極少。不過經 1996 年至今的兩次情詩提倡之後，現在台語情詩已具備完整的型態，可供多方不同品味者欣賞及學界研究。本文即針對古今台語情詩做各種類型的考查，先定義台語情詩的範疇，再簡述情詩發展概況，然後根據現有情詩作品的風貌，提出四種歸類基準並簡要分析各類型之特色，以爲情詩研究的入門。其四種歸類基準分別爲：體式、表現重點、作品風格、表現肌理。最後依黑格爾對藝術的內在型態之鑑別方式及作者的補充，將台語情詩的內在肌理分爲象徵型、古典型、浪漫型、寫實型，以供寫作者寫作情詩和處理題材的參考。

關鍵詞：情詩　性詩　表現肌理　象徵型　古典型　浪漫型　寫實型

一、前言

　　愛情一直是古今台外各種文藝作品的重要主題和題材，世界最古老的詩篇巴比侖史詩《吉爾伽美西》(*Gilgamesh*)裡有愛情；中國最早的詩歌總集《詩經》，裡頭情詩所佔的份量最多也最具文學價值；西方文明以神話的愛情為開端，然後西洋文學最早的詩篇荷馬的兩部史詩是導因於愛情並結局於愛情……；再看我們的母土台灣，最早的台語民間歌謠也是情歌遍地唱。問世間情為何物，正是詩人們謳歌千年仍詠之不盡的「東西」。然而情詩雖多、雖重要，但在文學史和文學研究上，大多僅附屬在「抒情詩」裡，頂多只是將所有情詩總歸「情歌小曲」一類（劉大杰，1980）或列為「情文」之屬（劉協，六世紀；郭紹虞，1975），倒是專門描寫女體與性的色情詩被人從情詩中獨立做「宮體詩」一類（葉慶炳，1978；劉大杰，1980），這樣有點捨本逐末，對情詩的發展沒有正面的助益，而台語情詩更為人所忽視。

　　情詩乃台語文學之祖，但在戰後文人作家筆下的白話台語文學作品中，情詩的起步卻晚於其他作品，顯然有違文學起源的正常原理，所幸在 1996 年及 2004 年間有作家為使台語文學有個較自然、較多元的發展而加以提倡，至今情詩作

品已小有累積。本文乃就古今台語情詩做一考查，以定情詩作品在體製、內容、風格、表現肌理之藝術型態等差別，然後試作分類，並針對類型之異所表現的文學性效能做簡易分析，希望對台語情詩的寫作和發展有所幫助。

二、台語情詩的定義與範圍

　　歷來的文學專論未曾給「情詩」下過定義，因為一般人都知道情詩就是敘寫男女感情的詩。但在眾多所謂的「情詩」中，由於詩中的角色、投訴的對象、作品的功能性、書寫方式、描寫對象等等的不同，以致「情詩」一類發生範圍模糊的困擾，比如有些是真實的情詩，即作者寫來向另一人示意求愛的詩，或為作者抒發因男女交往而起的某種情思，如愛、恨、怨、嘆、悲、喜、憐憫、疼惜等情感的詩；也有作者化身詩中角色或基於情節需要而書寫的情詩；又有作者對愛情表示看法的詩；還有一些是以愛情為主題，敘述男女主角相愛的故事詩；甚至還有描摹男女性愛的詩……，凡此種種都是敘寫男女感情的詩，但它們是否都可以算是情詩呢？有些要列為情詩恐怕不恰當，所以為了釐清本文所要討論的範圍，我們有必要給「情詩」一個較明確的定義：

　　　　所謂「情詩」，是一個人出自男女私情的動機而以特
　　　　定的另一個人做為傾慕、幻想或訴說的對象，所寫下

來的表達情感的詩、或是描述男女間的情愛生活以反
映情感的詩,而且這「一個人」和「另一個人」可以
是現象界的真人、或非現象界的人物如書裡的角色和
神話傳說裡的人物神祇。

經此界定後,許多非關男女私情的抒情詩,以及即使敘
寫男女愛情但沒有特定對象的詩都排除在外了,因此以男女
愛情為主題的敘事詩(故事詩)就不屬於情詩了,但做為敘
事詩和小說中的人物所寫的情詩則包括在內,因為書中角色
也是「一個人」。例如莎士比亞(W. Shakespeare)的《*Vinus
and Adonis*》(中譯《維娜絲與阿都尼斯》)不是情詩,但
詩中的每一段對白卻全都是情詩。又如奧維德(P. Ovidius
Naso)的《*Heroides*》(「女英雄書信集」,另譯「擬情書」),
就奧維德的立場來說不是情詩,但就書中的莎弗(Sappho)
和法昂(Phaon)、或就巴里斯和海倫的「身份」來說,他
們往來的假擬的信又可算是情詩。

三、簡述台語情詩的概況與發展

台語情詩始自台灣農業社會時期的民間歌謠,即七字仔
褒歌及民謠之類的情歌小曲,然後有以褒歌形貌作的情愛主
題的系列組曲和略有情節的記事詠情歌,這些作品較早期
的,可能部分傳自中國福建,部分產自台灣,較後期的都是

本地土產，寫作年代絕大多數已難考，大約是在 1560 年到 1940 年之間，總數量應佔現有台語情詩的五成。

　　1930 年至 1945 年間始有作家如賴和、陳君玉、許丙丁、李臨秋、周添旺……，仿摹民間歌謠而寫的情詩小品，這些作品多數為新興的流行性質的民歌而作，結合作曲家譜成最早期的流行歌，總數不詳，其中較有名而留存下來大約 40 餘首。二次戰後，流行歌更為興盛，除了戰前的歌詞作家繼續創作外，戰後不少新生代作詞家也加入，造成流行歌的歌詩猛然倍增，若扣除當中並非詠唱男女情懷的部分，估計情歌式的歌詞應有千首以上，當然我們如要細查，其中許許多多應只是歌詞而不是詩。這部分大約又佔台語情詩的四成以上。所剩不到一成的作品就是現代台語作家所寫的情詩。

　　關於戰後現代文學的台語情詩，就已出土的文獻來看，林宗源的〈蘭嶼情侶〉（1982 年作，《補破網》，1983）應是最早的一首，這首是作者根據畫家林心智的一幅圖，模擬畫作情境，以圖中的人物角色的立場對另一個畫中人訴說的方式寫成的，當然不是真正的情詩，但可算做情詩。接著林宗源於 1984-1988 四年間才真正以自己的立場寫下六首情詩。這是 1990 年之前僅有的現代台語情詩。之後，1991 年自立晚報發表林央敏的〈月下曲〉，這是戰後的報紙首次出現詩人寫的台語情詩，接著 1992-1993 年間只有林央敏和林宗源各自寫了二首，直到 1996 年才突然加速成長，兩位詩人不約而同都在同一年密集創作情詩，分別是林宗源 10 首、

林央敏 12 首。次年林宗源還特別藉建國黨台南市辦公處舉辦活動發表他的這些情詩新作[1]；同年林央敏也因出版新的詩集，特別在報刊發表文章，指出戰後台語情詩稀少的原因，主要在於具台灣意識並有語言覺醒而開始台語寫作的詩人都已「『老過』彼段男歡女愛、鴛鴦蝴蝶的歲頭矣，而且關懷的重點會园置『救台灣』，也就是反抗外來政權對台灣的種種凌治，因此台語的情愛詩才會特別少」。然後鼓勵詩人寫作情詩，「希望會當『彌補』這個台語文學的不足。[2]」此後寫作台語情詩的人逐漸增加，1998 年方耀乾便出版了台語文學的第一本情詩集《予牽手的情話》。

以後每年都有情詩發表，2002 年林央敏約九千行的史詩《胭脂淚》發表並出版，按上述定義來看，這本敘事詩雖然不能算是情詩集，但其中的許多章節片段都可視為情詩，總長度在千行以上。至此台語情詩的量可謂達到一個階段性的高峰。

縱觀從褒歌、民謠到《胭脂淚》這段漫長的台語情詩史，絕大多數屬浪漫色彩濃厚的作品，於是宋澤萊、胡長松於 2001 年揭竿而起，在《台灣 e 文藝》雜誌及電腦網路提倡「寫實情詩」，陳金順復於 2003 年繼之，於《島鄉》台

1　活動名稱「咱愛行的路－林宗源近作發表會」，1997.3.16 於台南市北安路的建國黨雲嘉南辦公處舉行，作者朗讀，林央敏評論。

2　見林央敏作〈唱一塊故鄉台灣的情歌〉，1997.9.17，民眾日報副刊，本文收入詩集《故鄉台灣的情歌》，1997.11，前衛出版社。

語文學雜誌製作情詩專輯，短期間就爲台語文壇留下大量風格新穎的寫實又帶浪漫風格的記事性情詩五十多首。又林央敏有二首表現性愛的情詩，加上 2004 年底林宗源把他多年來以男女性愛爲主題的描寫詩 51 首，集中做《無禁忌的激情》出版，這本詩集裡固然有部分似乎是只見性、未傳情的色情詩，但也有部分屬較具情感表現的「性愛宮體詩」可算是情詩。如此一來台語情詩的發展，可說已具備各種風格和型態了。

四、類別、風格與型體分析

情詩固然都在抒寫男女間的往來相處和情慾狀態，但每首的旨趣可能有異，詩人的取材重點、表現手法、文字風格或寫作體式也有所差別，甚至差異極大，所以若要研究情詩，爲它們分門別類是有必要的。那麼要怎樣分才恰當、才能涵括所有情詩並互見其異，使每一首情詩都能適得其所，便是我們的重要課題。以下試以幾種方法來分別和歸類。

（一）按體式分

古來文學作品在分類方面，最常見又簡單的分法是依其體式，同理，台語情詩可概分爲「歌謠體」和「自由體」。所謂「歌謠體」，本文採較寬鬆的方式，將有依某種文字上的固定格式或呈現出某種格律現象的作品都視爲歌謠體。於是歌謠體又分三種型態：

1. 格律型：即凡依某種固定格式寫作而具有某些格律的情詩都屬歌謠體情詩。格律可分外在格律和內在格律，但通常所謂的格律是針對外在格律而言，其特徵是詩的行數、句的字數、字詞的平仄、詞性及韻腳等，都有一定的安排，按照這些安排而寫的情詩就是格律型情詩。現代詩人中殊少這類作品，前僅見三首：即〈水調歌頭〉、〈念奴嬌〉、〈溶血珠〉[3]，都是林央敏的作品，前二者依唐宋詞牌的嚴格格律而作，後一首依台灣南北管戲曲的曲牌「百家春」的格律而作。至於只求符合行數、字數的規定及押韻的作品就很多了，比如傳統的「七字仔四句聯體」便沒有平仄、詞性、對仗等較細步且較麻煩的規定。民間通俗文學的褒歌及記事詠情歌屬之。

2. 歌詞型：這是受上列傳統格律型的影響而產生的體式，在每首或每段的行數和句數上有更大的

3　〈水調歌頭〉、〈念奴嬌〉、〈溶血珠〉三首格律型情詩分別見於林央敏著史詩《胭脂淚》的第四卷、第六卷、第十卷。下錄〈水調歌頭〉一首內文：「孤獨野郊外，忍受夜生寒。早前痴暗思戀，準是望城關。不可近身行偎，只好徘徊眺看，岩壁又懸懸。人影亂心鏡，暝日剪操煩。／頭一番，激勇膽，敲門環。開窗相應，吓驚情短意難全。從此長年見誚，拋入雲天做雨，有話沃山川。來日共杯酒，結伴在雲端。」

自由，幾乎每篇互異，但每篇都有自己的固
定的外在格律。一些自古流傳的可吟唱的民
間歌謠曲詞，以及 1930 年代興起至今的流
行歌歌詞屬之。

3. **自訂型**：這型作品大約是出自作家、文人模仿歌謠的
外在格律，再加上自己的自由運用所寫出來
的，因此要嚴要鬆全憑作者斟酌，可固定每
句七字或每句五字，也可由長短句參差構
成，但通常還保留押韻的歌謠習性，它們有
時貌似自由體的新詩，但實際上是經過作者
的一番刻意安排。由於是作者自訂，所以每
一首大概就是一種型態面目。這類型作品少
數出現在二次戰前的 1930 年代，多數出現
在戰後 1980 年代台語文學運動興起後，一
般說來，1930 年代及之前的詩人作家所寫
的作品，形貌較近格律型，如賴和、陳君玉、
李臨秋、陳達儒等人的作品；1980 年之後
的形貌較近歌詞型，如林央敏、陳明仁、路
寒袖、莊柏林等人的作品。

以上是歌謠體情詩的三型，其餘沒有某種外在格律的便
是「自由體」情詩了。歌謠體情詩由於講究格律押韻，因此
較有音樂性，較容易入歌，但也受限於固定的格律而比較難
以完整、具體的表現情事，致使作品易流於空洞與文字陷於

陳腐。至於自由體固然音樂性較低，但也並非缺乏聲音，一個高明的詩人自然會重視作品的內在格律，這內在格律是由文字音義的情緒、格調組成，隨平仄、字音的音色及聲調的高低短長而有抑揚頓挫，這部分屬詩的音樂性的深層結構問題，又和個別作者的文字風格有關，非屬詩的體式問題，在此略而不論。

（二）按表現重點分

　　上述按體式分類主要見於作品的外在形貌，我們或者可以一目了然，或者一讀便知，這裡無需舉例說明，這種分法因為太簡單了，所以意義不大。我想比較有價值的分類應是依作品的內在旨趣和作品的表現風格來分。

　　我們已在前述中限定台語情詩的範圍了，即凡是情詩都要以表現男女間（今則可包括同性戀者間）的情愛思慕為目的，而「情」的內容有單方的戀慕、或離別的相思、或相愛的甜蜜，乃至激動的性愛等等，雖然所有情詩都同樣在「表情」，但表達的方式與重點容有不同，依此台語情詩可概略分為「抒情類」和「記事類」兩種，前者旨趣在「情」，因情造文或以文言情，詩中如有「某事」，這「事」若非隱去，就是不具重要性，古今東西方的情詩絕大部分都屬「抒情情詩」這一類型，台語情詩亦然。而後者旨趣在「事」，要突顯某件「情事」，所記的事件情節無論簡單平順或繁複曲折，總讓人較明確的感覺到「事件」發展運作的過程，而情愛則寓於事件裡，這類型的情詩可稱為「記事情詩」。茲各舉

一例：

1. 抒情情詩

⊙南北管曲詞〈百家春〉

當春芳草地，萬物皆獻媚，／爲著啥麼事拋了妻，遊遠地，長別離！／憶昔別離時，二八少年期，到如今霜髮兩鬢垂，嘆一聲青春不再來！／夜來床上坐，兩眼淚哀哀，君你設使亡異鄉亦當作夢來，／存亡不可知，將琴彈別調，猶恐壞名節。／多望春花開來深閨地，深閨終日悽涼淚滴心傷／亦又心傷，空斷腸，苦夜長，淚沾裳，悲傷！

這首詩詞意淺明，寫一個少婦自訴長年空守閨房的怨愁，比之中國唐代王昌齡的〈閨怨〉[4] 更深切，詩裡其實有一件事就是少婦在想念夫君而暗自流淚，還有一個現實狀態就是丈夫多年未歸，但是這事已經隱沒在少婦的愁思裡了。

⊙莊柏林〈薊花〉

捌記著／山風的憂愁／海湧的悲傷／爲了情意／置山頂燒甲變紫色／霧做糧食／雲來做伴／阮的性命親像早露／／

4　王昌齡作〈閨怨〉：「閨中少婦不知愁，春日凝粧上翠樓；忽見陌頭楊柳色，悔教夫婿覓封候！」

　　欲將薊花放昧記／卻在夢中雨水滴／恬恬徘徊／山峰
綠葉／今世昧凍再相會

　　這首以隱喻和象徵再加上擬人手法寫成的〈薊花〉雖
短，卻是現代詩裡的一闕「長相思」詞，「薊花」分別代表
自己——現實上的真花，和詩人所長憶的情人——女子。且
引胡民祥對這首詩的精要解析：

　　　第一節有兩層意象，一層是薊花自嘆命薄，愛薊花的
　　　男兒想著山頂的薊花。所以，第二節男性出現，想著
　　　少婦薊花悵置遠遠的山壁。想欲將伊來放昧記得，奈
　　　何，就是放昧落去。……這首詩意象多變，薊花的角
　　　色隨著讀者的心情飄動。初初讀若像無啥味，逗逗
　　　鼻，愈鼻愈出味。[5]

　　莊伯林另有一首同樣題為「薊花」的中文情詩，內容不
同，韻味、質量、美感都遠遜這首台語情詩。
　　台灣通俗民間文學中的褒歌、情歌等傳統歌謠大多屬抒
情類情詩，如果它們可算是詩的話，而這首〈百家春〉更是
當中最美、也是最典型的抒情情詩。至於騷人墨客筆下的情

5　胡民祥分析，見林央敏編《台語詩一甲子》，前衛，1998，156 頁。

詩屬抒情類型的俯拾即是，此處就不舉例了。這類情詩在台
語詩人中以林央敏寫得最多，林宗源、方耀乾次之，陳金順、
藍淑貞，莊柏林、尤美琪、王貞文、路寒袖、陳正雄、陳謙、
許正勳、陳昭誠等人也有一至十首。另外也有詩人把早期用
中文寫的情詩重新譯爲台語，效果並不輸給中文舊作，如林
央敏的十首、李勤岸僅有的兩首情詩和黃勁連的一首。

　　有些內容以描寫景物爲主，因景因物而生情的描寫詩，
我們也可以將它歸在抒情情詩裡。

2. 記事情詩

　　⊙宋澤萊〈風雨暗暝 e 光〉

　　伊敲電話予我／講假日樓房只存伊／一人／狂風暴雨
　　e 半暝／伊驚／需要我／陪伴／／

　　我啥麼攏無推辭／起身，拍開租來 e 厝門／半暝夜雨
　　滿天，拍落小鎮／厝頂，發出一片／嘩嘩叫 e 聲／我
　　發動機車／衝入風雨之中／猶有聽見客廳 e 壁頂／鬧
　　鐘噹噹噹／發出 12 聲／／

　　車，向無人 e 郊外奔走／所有、路面、熱帶原野／向
　　烏暗沉落／值茫茫雨幕中，只有人家 e 少數燈火，若
　　有若無，親像沉落眞深 e ／水底／／

　　我完全未記得／路程有二點鐘，也未記得／要橫越凶
　　險 e 濁水溪／／

　　雨潑落我 e 身軀／浸澹雨衣內底 e 衫／我嘸驚車熄火

／拍算，車若熄火／我也卜用雙腳行夠伊所待 e ／小
莊腳／／

濁水溪擋值頭前／鐵橋正在整修／禁止通行／溪底有
一條木板路／通向 1000 公尺 e 對岸／溪底 e 水已經
崁住／路頂／為著卜予伊看著我／會凍安然入眠／我
崁落帽鏡／衝入大水橫流 e ／溪底／茫茫中，啥麼攏
看無，腦中／只存伊小樓 e ／燈光／／

我以為我騎向一片 e ／大海／但是我看到／對岸／我閣
一擺行值柏油大路／繼續值大雨 e 暗夜中／奔走／／

我無感覺我是騎對方向／茫茫中，我看著彼棟／尤加
利 e 樓房／伊踦值窗邊／向我揚手／／

伊開門，我用痹痹搐 e 雙手／真實摸著伊烏色 e 目珠
／感覺伊睏衫半裸 e 金滑身軀／將烏夜照光

　　這首詩好像極凝煉的微型小說，寫男主角接到女友的電
話後，不顧風雨暗夜的凶險也要騎車趕赴女友住處的整個過
程，每段都有一個情節，其中單純在表露心理狀態的第四段
也是一個動作，用以說明並牽引第六段的重點情節，使之合
理化，就是單憑一股包含耽心、關懷與情愛的感情使主角勇
於橫涉急流，其熱烈猛勁已到了置生命於度外的境地。這首
可說是典型的記事情詩，它之所以是情詩，是因為字裡行
間、整個事件裡仍然隱藏著一種欲爆未爆的男女情愛，並且
讓讀者可以感受得到那份情感。否則，若只是單純的記述騎

車赴情人的約會之途中所歷，而不反映感情或無法讓人感受到情感的話，它便不算情詩，若要列爲情詩的話也只是失敗的情詩。

民間通俗文學中有些記事詠情歌如〈五更鼓〉、〈十二更鼓〉、〈二十步送妹歌〉、〈草蜢弄雞公〉等等可算是記事情詩，若放寬詩的標準的話，《男愛女貪相褒歌》（賴阿塗作）、〈土蚓爬輾沙〉（又名「土蚓會叫歌」）等等也可勉強屬之。至於《汽車司機車掌相褒歌》、《烏貓烏狗相褒歌》、《英台回家相思歌》、《三伯相思討藥歌》等爲數不少的七字仔歌，則只是歌謠體的記敘文（說故事），不是詩，便不算情詩；又〈桃花過渡〉、〈想著好好〉、〈水錦開花〉、〈十盆牡丹歌〉……這類好像有情節的訴情歌謠，其實都缺乏故事結構的整一性，它們分別只是多首抒情情詩的系列組詩，每首作品中的各段像是「盤嘴錦」（繞口令）似的反複唱詠相同或沒關連的情事，所以不是一首記事情詩。流行歌裡的愛情歌詞與此類似。

新文學的作品中，筆者尚未發現日治時代有記事類情詩，賴和的〈相思歌〉有點兒情節，但事件非其旨趣，表情才是目的；至於現代作家裡，到目前爲止，宋澤萊與陳金順寫得最多，其次林央敏、胡長松、方耀乾、王貞文等人也各有數首，後四人的記事情詩都帶著較濃的浪漫風。至於林宗源那本描寫性愛的詩集，如果我們不特別以「是否具情感的表現」來定位它們是不是情詩的話，則該書中的多首「性詩」

可算是記事情詩，因爲都在寫男女交媾的過程。又林央敏的史詩《胭脂淚》的主題有愛情、政治和民族，其中愛情是最重要主幹，寫的是男女主角的兩世愛情悲劇，如果我們把史詩中的角色也當做現實人物來看，則許多章節和片段不只是記事情詩和抒情情詩，而且是寫實又浪漫的情詩，其中記事情詩部分可說是目前最長的台語情詩。

（三）按作品風格分

　　前節關於抒情與記事的分法，是依據情詩在內容上的重點做歸納，歸納之後再分別讀之，會更容易發現這兩類情詩的風格、氣氛迥然有別，前者文字較華美動人，但往往讓人或多或少的覺得所寫內容如夢似幻；後者文字較樸實無奇，能讓人讀到較清晰的內容。這就是浪漫風格和寫實風格的差別，因此我們也可按風格將台語情詩分成「浪漫情詩」和「寫實情詩」。

1. 浪漫情詩

　　⊙尤美琪〈你我 e 春天〉

　　　雲過無星，有月色照路 e 彼個暗暝 / 我 di 深藍色 e 海邊 / 放落一隻無辜 e 紙船 / 批頂寫著頂世紀 e 神話故事 / ui 一雙目睭安怎泅落四季開始 //
　　　春天，是汝一領青衫後壁 / 永遠停格 di 十八歲 e 笑容 / 白色 e 童年記智，規工 / di 熱天下晡 e 微風內底唱歌 / 十七度無色 e 溫存，滯 diam 秋天 e 國土 /

適合所有流浪 gah 旅行 e 心誠 / 寒天，上好留規眠床
滿滿 e 月光 / ho 遠行、恰若是一隻藍色風吹 e 汝 /
會凍焚一爐滾水，煮夢 / /

紙船，流過時間 e 洋流 gah 島嶼 / dui 少年 e 北回歸
線頂懸，搬厝 / 到老年 e 燈火下腳，彼塊溫暖 e 冰原
/ /

我 e 神話，是壁爐邊一本寫落眠夢 e 冊 / 在我老甲
ve 凍擱唱歌 e 時陣 / 椅仔邊愛 chit-tor e 風，會 / 偷
偷掀開我所有愛戀汝 e 秘密 / 等待汝，di 後一個四季
流轉的時 / ui 千里 e 風雪外口，轉來咱 e 小柴厝 /
gah 我用上古 e 溫柔，對望 / 恰若是歇 di 山崙頂彼
輪，m vat 講話 e 月 / /

He，著是汝我的春天。

　　這首詩以景表情的意象像連珠般綿密，文句柔軟，表現
單戀思念的深刻和對這個戀夢的永遠的期待。這首詩頗異於
其他浪漫情詩的地方是氣氛，詩中雖用了許多具體的名詞或
物件如海邊、紙船、批、島嶼、青衫、風吹、滾水、燈火、
冰原、壁爐、風雪、柴厝、山崙、月娘等，卻始終維持非常
抽象的感覺，這種花非花、霧非霧的相思夢，要是沒有這款
「藝術特質」經驗的詩人不易體會，因為所寫的景象不是一
種正常的「事實」，要欣賞它，宜多用感覺和想像。
　　感覺和想像正是浪漫情詩的要素，浪漫主義者喜歡自

由、解放、美感，所以謳歌情感時好用譬喻，又其情感奔放外溢，較容易睹物思情或觸景生情，然後自然地或技巧的以變態心理學所稱的「移情作用」賦予景物情感和生命，使詩文顯得美麗，這首〈你我 e 春天〉如此，前引〈薊花〉、〈百家春〉也是，凡浪漫情詩都或多或少具有這種特質。不過浪漫情詩的作者在寫作時需要自我控制，內斂感情，才能把情感放在一副適合的框裡，而表現得恰當，否則文字過度形象化反而變成一堆美麗而晦澀的囈語，不但別人無法體會，也許還會造成自己「熱寫冷不識」，前引〈你我 e 春天〉這首情詩，筆者以為在經營意象化語言方面大約就到了臨界點，再多的話恐怕就要變成夢話。至於情詩的下焉者只會死板的模仿，或者無情也強詞，不識愁味又強說愁，以致內容空洞、文句陳腐，但聞一陣吶喊情呀愛啊的呻吟，這就不浪漫了。

2. 寫實情詩

浪漫風格的抒情詩，特別是情詩，一旦經營失度，就會變成前段之後半所說的模樣，胡長松先生也曾看到這種「病態」，他說：

> 以情詩來說，雖然直接地鋪陳情感，但缺乏了情感之外實際生活背景、環境（有的話也只是作為主觀隱喻用的陪襯，多半是較為虛幻的想像，有些走入神秘），使得我們的大眾讀者未必真的那麼容易理解。……就文藝發展來看，早期清新的浪漫派情詩風格，發展到

後來，變成矯情，或者變成晦澀難解的詩風：原先的
反制僵化，形成另一種僵化；原先對於美的追求，變
成了機械的裝飾風格……，千篇一律，千百首情歌等
於一首情歌，和喊口號沒什麼兩樣。[6]

　　為了糾正這類情詩陳腐化的缺點，宋澤萊、胡長松、陳
金順等人曾多加提倡並躬體力行，為台語詩留下大約五十首
風格新穎的寫實情詩。

　　寫實主義以實證哲學為創作動力，重視觀察現實生活，
最重要的特點是將經驗做真實的呈現，表現手法較直接，讓
讀者不需費力聯想或想像就能「看」到作品在寫什麼，因此
寫實情詩通常會以所記之事件或所寫之景物做為內容的主
體，特別是敘寫事件（行動）的記事情詩最有寫實感，因為
事物比情感更易捕捉、更能達到精確的再現，至於情感通常
只做機智性的表現或間接式的反映。前引宋澤萊的〈風雨暗
暝 e 光〉便是寫實風格的記事情詩，情感的表現是間接式
的。再看另一首：

⊙陳金順〈寒夜星光〉
　　入冬冷寒 e 暗夜／下班了後／我幔一條米黃透溫 e ／

───────────
6　見胡長松作〈當前台語情詩的新境地〉，載於《台灣 e 文藝》，4，
　　2001.12。

圍巾　置無半個人影 e 公司／門口埕　等妳／邊仔猶
是鬧熱滾滾／袂畏寒 e 人群／／
……（按：中間第 2～9 段寫衣服、吃宵夜、進紅茶
　　店、閒聊等，省略）
翻點了後　猶原人車陣陣／寒夜星光　照咱依依難捨
e ／面容／／
明仔早　我會閣／敲電話　予妳

　　這首詩的事、景都很清晰，末兩段是間接表現情愛的機
智寫法。

　　寫實情詩的優點是言之有物，內容應不會讓讀者有空洞
不知所云之感，但也有缺點，即寫實情詩既然取材自現象
界的日常生活，表現方式又類似自然主義的主張，要求更
多的確實性和科學性，一旦完全拋棄想像，或只有極少成
分的想像，則作品將會如黑格爾所說的：「這種真實自然
如果走到依樣模仿的極端，也很容易流於枯燥的散文氣息
(prosaische)，因為這樣就不能使人物把他們的心情和動作中
的實體性的意蘊展現出來。[7]」因此它們將不是詩，而是單
調的散文章節。要避免這個缺點，寫實情詩在寫作時最好是
取法 18 世紀中葉的感性寫實主義 (Sentimental-realism) 的
方式，既注重觀察現實人生做忠實的描寫，同時又注重感情

7　見黑格爾《美學》，第三卷，下，C-3-3-3a。

的表現，而不是遵循 19 世紀的後期寫實主義的原理，因為我們是在寫情詩。前引〈風雨暗暝ｅ光〉這首記事情詩，雖是寫實風格，但仍帶有微微的浪漫氣氛。但有些記事情詩，在敘事的同時也散發濃厚的浪漫氣氛，下舉一例便是：

⊙林央敏〈會無緣〉
……（按：第1～2段寫兩次不同情境下的約會情景。省略）

今年過年後、元宵前的彼下晡，／為著拓寬公家的記憶，咱趕落東港，／行入咱這世人上南方的夜景。／東港溪口，汝猶原覡嘴無話，／閉肆三十冬的心窗全款毋願開，／使我毋敢敧放隱遁的情意，／我只好瞻頭看天星夾夾爍，頷頭／看跋落溪流的星熾熾顫，／盈盈水鏡裱一幅美麗的星圖，／無意的織女害有情的牛郎傷心，／雙人見在難得的時辰漂入烏色大海，／海面一舨船火掛遠遠，／此去毋知情路是斷或是長？／返頭的路上，咱的手盤交戰，／汝發出一股若欲若毋的掌風，／給我烘出熱沸沸的手漠。／然後分手，汝提我刻的玉如意，／吩咐我：小心駛入淒涼的暗暝。

這段也是寫約會，因為個性保守的女主角默然無語，男主角只能對著夜景暗自傷感、揣度，兩人將離別時，似乎是手掌相握著，最後女主角才吐一句叫男主角小心開車的話。

這首詩共三段,分別記寫三次約會,每段都含有人、事、時、地、物及景色,雖然在寫約會,但表現法沒那麼直接,又因為情感、景物與動作交溶在一起,所以寫實感反而低於浪漫感,使人難以將它歸入寫實情詩,也許可以稱它「浪漫風格的記事情詩」。

嚴格說來,詩人只要出自真誠,把自己內在的情思意念或外在的情愛生活寫成詩,無論用什麼方法、體式,精神上概屬寫實的,所別者在於文句的表層意義是可直接理解的真實;還是只做為「另一真實」的外在形象,前者可理解的便是本節所稱的寫實風格;後者做為形象的便傾向成象徵的、浪漫的風格,但基本上仍屬「藝術的真實」,不過同屬浪漫風格的情詩,其寫實感仍有程度上的差別,比如林宗源的作品,他的情色詩讀起來就比他的抒情情詩更寫實。

(四)按表現肌理分

上述對台語情詩的三種分類,是採由外而內逐步審視它們的主要差別,即外貌形體、內容題旨、到寫作風格,然而作品的內外是個統一的整體,所以最終還是要內外同時觀照,以見出一個整體性的某種差別,才算完成藝術性的類型分析,這一部分我們可依藝術美學的觀點來看台語情詩的藝術本質,大略可以得到四種類型。

黑格爾在談論藝術美時,認為一件理想的作品應該是本身的內容已符合該內容的理念本質而能表現為一個真實的具體形象,這具體的形象已自足的存在藝術家心中,藉由藝術

家的熟練的技巧將之化爲形式，形式與內容契合便是一件優美的作品。就因爲「只有眞正具體的理念才能產生眞正的形像，這兩方面的符合就是理想」，所以「藝術作品的表現愈優美，它的內容和思想就具有愈深刻的內在眞實」。[8]黑氏乃以兩者的符合狀態將作品分成三種特殊類型，即「象徵型」、「古典型」和「浪漫型」。關於這三型的意涵，黑氏在柏林大學與海德堡大學講述藝術哲學的講義中解釋道：

> 理念在開始階段，自身還不確定，還很模糊，或者雖有確定形式而不眞實，就在這種狀況之下它被用作藝術創造的內容。既然不確定，理念本身就還沒有理想所要求的那種個別性；它的抽象性和片面性使得形象在外表上離奇而不完美。所以這第一種藝術類型與其說有眞正表現能力，還不如說只是圖解的嘗試。理念還沒有在它本身找到所要的形式，所以還只是對形式的掙扎和希求。我們可以把這種類型一般稱爲象徵藝術的類型。[9]

這段話的意思是說創作者想表達的內容（理念、情感）

8　詳見黑格爾（G. W. F. Hegel, 1770-1831，德國）著《美學》，全書序論，4-2，101頁，本處引朱光潛譯文，里仁書局，1981。

9　同前註。

還處於原始階段，未經作者用心整理剪輯、或者作者尚缺乏
完善的處理能力，以致還處於內容細碎、缺乏統一性時就要
將之表現出來，但爲了讓人感受到或理解到，不得不藉用一
些外在的自然形態的感性材料，將內容予以具體的形象化，
如此一來就會產生內容與形式無法構成統一體，而且是物質
（外在圖象、形式）多於內容（內在精神、情感），這就是
他所謂的「象徵型藝術」，黑格爾以建築爲「象徵型藝術」
的典型代表。

　　至於「古典型藝術」指的是內容和完全適合內容的形式
達到獨立完整的統一，因而形成一種自由的、獨立自足的整
體，因爲內容本身就決定著它的外在形象，而形象本身也就
自在自爲地符合那內容，藝術家（作者）的工作好像只是去
把那個已按照概念本身既已成就、存在的東西表現出來而
已。而「浪漫型藝術」的作品，內容全部集中到精神性的內
在生活上，亦即集中到感覺、想像和心情上，外在的形象已
不能完全表達整個內心情境，因爲浪漫型藝術的精神性內容
是無限的。若要表達它也只會顯示出外在的東西不盡令人滿
意，還是要回到內心世界、回到心靈和情感才能滿足。黑格
爾以音樂爲浪漫型藝術的基調，而結合到特定的觀念內容
時，則爲抒情的，「抒情彷彿是浪漫型藝術的基本特徵。」[10]

　　本文不擬多引黑格爾那種唯心的、抽象性的語言，這裡

10　參考黑格爾《美學》第二卷第三部分，序論，3。

只需借引一段中國現代最權威的美學學者朱光潛的話，差可言簡意賅的說明部分要旨，朱氏說：

> 就大概說，文學作品可分爲三種，『情盡乎辭』，『情溢乎辭』，或是『辭溢乎情』。心裡感覺到十分，口裡也就說出十分，那是『情盡乎辭』；心裡感覺到十分，口裡只說出七八分，那是『情溢乎辭』；心裡感覺到七八分，口裡卻說出十分，那是『辭溢乎情』。德國哲學家赫格爾曾經指出與此類似的分別，不過他把『情』叫做『精神』，『辭』叫做『物質』。藝術以物質表現精神，物質恰足以表現精神的是『古典藝術』，例如希臘雕刻，體膚恰足以表現心靈；精神溢於物質的是『浪漫藝術』，例如中世紀『高惕式』雕刻和建築（筆者按：黑格爾以繪畫、音樂說明浪漫型藝術），熱烈的情感與崇高的希望似乎不能受具體形相的限制，旁礴四射；物質溢於精神的是『象徵藝術』（註：赫格爾的『象徵』與法國象徵派詩人所謂『象徵』絕不相同），例如埃及金字塔，以極笨重龐大的物質堆積在那裡，我們只能依稀隱約地見出它所要表現的精神。」[11]

---

11 朱光潛：《論文學》之〈情與辭〉，開明書店，1978，頁 178。

　　依朱光潛的說法，文學可依「辭」與「情」的溶合度來判斷作品屬於何種型態，這樣說其實只道出黑格爾理念的皮相。清代文論家翁方綱爲補救王漁洋「神韻說」太抽象之弊，曾提出「肌理」爲構成神韻的本則，我們若把「肌理」的理念──神韻、格調的形成法──應用到這裡以解釋詩的精神與形象相溶合的構成原理，可能更接近黑格爾的意思，亦即作品內在結構上的「表現肌理」將反映成作品的藝術型態。考查台語情詩的內容與形式後，我們套用上述三種類型，再加上「寫實型」就可含括所有台語情詩了。

1. 象徵型情詩：

　　關於象徵型，黑格爾的本意是指詩的外在形象，即詩的文詞結構和意義所產生的意象充滿曖昧性，它也許能夠、也許不能夠傳達出作者的本意，以致讀者未必能看到作者的本意，或者只能看到少許本意。此外，還可能導引出其他某些意義，而這些意義並非作者所要表現的。比如：

⊙方耀乾〈予牽手的情話－第 40 首〉

　　會記得汝二十歲的模樣 / 白色的螺仔殼 / 藍色的曾文溪 / 我孤帆的天規個攏光起來

⊙〈予牽手的情話－第 49 首〉

　　黃昏的紅跤[12]爭喇啄天頂的星 / 暮色拋出藍色的網仔

---

12 「紅跤」(ang-ka) 是作者方言裡的鴿子。

　　/ 我願意捨身予公園的蠔仔 / 做一個愛情的菩薩
⊙〈予牽手的情話－第 20 首〉
　　十一擺冬眠的噂螺[13] / 滿山叫歌 / 見笑草 / 永遠袂褪
　色的胭脂紅

　　　方耀乾的情詩集《予牽手的情話》都是俳句型的小詩，
共五十支，連卷頭、卷尾辭才二百多行，形式上很像楊華的
《心弦集》52 首，多數為浪漫風格，唯少數屬象徵型情詩，
本文所引的三闕，愈往下愈典型，也就愈具象徵性的寓意，
相對的作者的情意也就愈「隱」[14]，即詩文所要表達的暗示，
變成要隨讀者自己的想像力和感受力而定，富者多，窮者
少，而一般人恐怕只能看到文句的表層意義，就像在看建築
只看到造型而已。
　　　台語情詩中象徵型很少，尤美琪是其中的能手。這類情
詩一如劉協在《文心雕龍》裡所說的「為文造情」，寫得好
可以因文生情，但寫差了將如王國維所說的「隔」，「雖格
韻高絕，然如霧裡看花，終隔一層。」（《人間詞話》第
39 則）變成無情的、晦澀的唯美詩。

2. 古典型情詩：

13　「噂螺」(gi_lě) 是作者方言裡的蟬。
14　此處「隱」為朱光潛的說法。見朱光潛《詩論》之〈詩的隱與顯〉一文，
　　開明書店，1982。

古典型表現出來的韻味，介乎象徵型與浪漫型之間，是因情生文，情與事與文都交溶合一，所以也能見文生情。

⊙林央敏〈讀汝這本冊〉

永早／偷偷看汝／就會增加讀冊的興趣／我對汝美麗的面頂／吸收著文學的基礎／開始古典主義的風格／／

尾矣／恬恬看汝／置汝目睭擘金的時／汝是一篇文藝小說／我暗唸在心內／充滿浪漫主義的情懷／／

這陣／金金看汝／看甲汝目睭契落去／變成一首抒情詩／我會不知不覺動嘴唇／輕輕給汝唸出來／／

唸到上尾的完結篇／汝變成故鄉的戀歌／有陣陣櫻花夜雨咧伴奏／我慢慢行入汝的世界／雨水將咱沃做無邊的愛。

古典主義的精神講究節制，因此情感的表達比較含蓄，使人讀來韻味悠遠，又注重形式的完美與和諧的聲律，文字要典雅也要有優美的意象，但不能流於晦澀。套用前述朱光潛與王國維的說法，就是情意「隱」而不致於「隔」、內容「顯」而不至於「淺」。不過要是詩人不懂得創新，只會因襲，反而變成假古典主義，只一味因循標準或模擬古典的殼，將失之陳腐、呆板、冷癖或不自然。其實活的古典也具浪漫主義的色彩，因為好的古典都是先行的浪漫，如十九世紀浪漫派詩人所崇尚的雪思丕奧（莎士比亞）、濟慈

（Keats）、拜倫（Byron）等人的浪漫情詩都成了現在的古典。

3. 浪漫型情詩：

　　古今台外，浪漫型情詩為主流為大宗，其原因可能和情感的本質有關，由於情感是自由的、奔放的，而自由、奔放正是浪漫主義的特質，浪漫主義是「文學上的自由主義」（註：雨果語），浪漫既是最合詩人胃口，詩人寫情詩也就很自然的走上浪漫型的格調。所謂「在心為志（情），發言為詩」，詩人滿肚情愛，「情動於中而形於言；言之不足，故嗟嘆之；嗟嘆之不足，故永歌之……」（《詩經》大序）

⊙林宗源〈軟淡的琴〉（節錄前兩段）

　　我攬著軟淡的琴／置星跋落來的運河／風吹來古都的心酸／我彈著搭心的琴弦／哦！哦！愛人啊！／／鳳凰花當艷的府城／紅葩葩的景醉置目／是啥人是啥物是安怎／烏仁飛出重重的烏雲／啊！啊！愛人啊！

⊙民間歌謠〈水錦開花〉（錄一首）

　　水錦開花白波波／含笑開花芳過河／阿娘真心佮我好／我總呣敢看汝無

⊙民間歌謠〈天頂落雨〉（錄一首）

　　天頂落雨粒粒淚／占米縛粽昧做堆／想欲佮君滯仝位／石頭鋪路行昧萎

　　浪漫型情詩的重心在情感，表情的方式比古典型激動而
直接，因而顯得情感特別豐富，好像人類現有的文辭無法盡
寫情意似的。浪漫主義雖然講究盡情奔放的表達，但做爲藝
術創作，詩人仍需要自行制約，運用技巧，使情感寄附到一
個明朗的形象上，作品才具藝術美，像這首〈軟淡的琴〉，
要是完全沒有節制，讓情感做野性的流瀉，就可能變成濫
情、粗糙，更糟的只是一堆空洞的、呼情喚愛的文字。

　　台灣的情詩也以浪漫型最多，而台語詩人裡，依筆者的
閱讀所及，凡是有發表過情詩作品的人，除宋澤萊、胡長松
還沒有浪漫型情詩外，幾乎都有，只是總量仍少。倒是通俗
文學裡多如牛毛，基本上那些七字仔褒歌、訴情歌謠大約都
屬情溢於辭的浪漫型作品。

4. 寫實型情詩：

　　這一寫實型是在情詩歸類方面，用來補充前三型所不足
以概括的，其要點已如前面「寫實情詩」一節所述，這裡就
不再贅述了。

　　前三型情詩的同質性很高，都以抒情爲重心，主要差異
在於情感（內容）與形象（形式）的溶合度之多寡的問題，
要互相調整三者的型態性質較容易，也就是說要把象徵型的
詩改成古典型或浪漫型的詩較容易做到、或者要把浪漫型改
成古典型或象徵型較不困難，如果原作者因爲能力或性格的
關係，無法將作品改型，由別型的作者或寫作能力更好的人
來改寫是很可能做到的。但寫實型的重心不在抒情，而在與

情相關的事物上，要使寫實型與前三型之任一型互換型態就困難許多，也許前節所謂「浪漫風格的記事情詩」是介於前三型與寫實型之間的類型，它的寫法也許可以調合前三型與寫實型的差異。

五、結論

　　為台語情詩分門別類，本文總共提出體式、表現重點、作品風格、表現肌理等四種「參考點」，由前而後，參考點的準則越形複雜而抽象，不過，無論採取那一種分類法，都可以概括古今台語情詩的類型。

　　綜合比較各類型後，我們發現寫實記事類多採自由體，較少也較不易使用歌謠體來寫；而浪漫抒情類則兩體都適合，但以自由體和作者自訂型的歌謠體較能刻劃心理、表現較完整的情境。

　　此外，一般認為抒情的情詩應屬浪漫的，而記事的情詩當為寫實的，但未必全然如此，前者（抒情類）固是散發著浪漫氣息，不過當用以表現情感的事物形象顯得清晰時，也是一種情感狀態的寫實，因為文字所塑造出來的形象，即使對科學的理解來說雖不是直接的「真實」，但由於情感的作用，將使形象對想像來說已變成一種直接的「真實」或近情合理的「真實」，這就是藝術美學上所謂的「詩的真實」；而記事情詩也能寫得具有浪漫情調。

　　我們又發現，在表現肌理的四個型態中，前三者呈現較強的圖畫之美，屬一種靜態情境，這種屬於詩的心理層面的圖畫會按象徵型、古典型、浪漫型的順序依次遞減，但情感反而遞增；至於寫實型則呈現出一種戲劇性的動態情境，與前三型比起來，情感是消弭到最薄。

　　各型表現於內、於外的差異，到底孰優孰劣，難有定論，恐怕是各有優缺點，但凡事太過或不及總較容易出現缺陷，這可能是黑格爾最推崇古典型的原因。又作品常依讀者喜好，或讀者自身所屬的風格性質而自定高下。至於詩人在情動於衷將下筆前，可思考存在內心的情思意念要以哪一種類型來完成才恰當才最好，本文可提供參考，只是有人說：「風格即人格」，人格特質會反映成作品的風格傾向，詩人對愛情的態度會影響詩人寫情詩的表現方式和取材重點，於是就形成他的情詩的個人風格，所以有時候風格是勉強不來的。

　　——2005.11.24 完稿。本文於 2005.12.02-03 在南台科技大學主辦「第二屆台灣語言教學及文學學術研討會」發表；2006年又載於《海翁台語文學》。

參考文獻：

一、考查文本：

1. 包括《十二更鼓》、《十盆牡丹歌》、《黑貓黑狗相褒歌》…等台灣民間通俗文學之「歌仔冊」共 161 冊，竹林，1953-1989 年出版。

2. 包括方耀乾、王宗傑、向陽、宋澤萊、李勤岸、沙卡布拉揚、周定邦、林央敏、林沈默、林宗源、胡民祥、張春凰、莊柏林、許正勳、許丙丁、陳正雄、陳金順、陳明仁、陳昭誠、黃勁連、路寒袖、蔣為文、藍淑貞、顏信星等 24 人之全部或部分台語詩集或台語選集共 52 本，前衛、台笠、金安、南縣文化中心、南市文化局等，1984-2005 年出版。

3. 吳瀛濤編《台灣諺語》，台英社，1979 年版。

4. 李獻章編著《台灣民間文學集》，台灣新文學社，1936。

5. 李南衡主編《日據下台灣新文學詩選集》，明潭，1979。

6. 林央敏主編《台語詩一甲子》，前衛，1998。

7. 胡長松主編《台灣 e 文藝》雜誌，第 4 期，2001.12。

8. 陳金順主編《台語詩新人選》，金安，2004。

9. 陳金順主編《島鄉台語文學》雜誌，第 30-31 期，2003.3。

10. 黃勁連編註《台灣褒歌（上、下）》，台南縣立文化中心，
    1997。
11. 黃勁連編註《台灣歌詩集》，台南縣立文化中心，
    1997。

二、參考書籍：

1. 黑格爾（G. W. F. Hegel, 1770-1831，德國）：《美學》
   1-4 冊，朱光潛譯，里仁書局，1981。
2. 王國維：《人間詞話》，大方書局，1973。
3. 朱光潛：《論文學》，開明書店，1978。
4. 葉慶炳：《中國文學史》，弘道文化，1978。
5. 劉大杰：《中國文學發展史》，華正書局，1980。
6. 郭紹虞：《中國文學批評史》，明倫，1975。
7. 劉　勰：《文心雕龍》，第六世紀。

台語詩的節奏源遠流長
——詩的音樂性（一）：
從民間歌謠到現代詩的節奏模型

一、文學音樂性的主體：節奏、旋律與諧聲

　　文學理論上有詩、樂同源之說，又觀之各民族的土著文化中的原始藝術活動，論者以爲詩、樂與舞蹈在起源時原本是三位一體的，三者並以聲音爲互相關聯的依附，《詩經》〈大序〉的一段話就是在說明這三種藝術同源共振的現象：「詩者志之所之也。在心爲志，發言爲詩。情動於中而形於言，言之不足，故嗟嘆之，嗟嘆之不足，故永歌之，永歌之不足，不知手之舞之，足之蹈之也。情發於聲，聲成文，謂之音。」這段話大概是《書經》〈虞書〉所謂「詩言志，歌永言，聲依永，律和聲」的進階說明，引文中的「志」，應解爲情感、意念，而非現在所謂的意志、志向，「言」乃說

話及說出來的詩詞,「永歌」即「詠唱」,這段話是說當人心有所觸感時,其表現方式依序是說話、慨嘆、吟詠到手舞足蹈,亦即情依聲表達而成文學,用現代的話來講就是文學是由語言、文字組構而成的藝術,而語言的媒介本體是語音,所以文學作品的字裡行間就包含著某種程度的音樂性。人類之自然說話、咏嘆尚且如此,何況那些特以注重語言聲音之揣摩而成的所謂「聲文」(劉協《文心雕龍》)的作品尤具音樂性。清代桐城派的文人姚鼐(姚姬傳)主張「大抵學古文者必要放聲疾讀,又緩讀,祇久之自悟。」另一文人劉海峰也說:「學者求神氣而得之音節,求音節而得之字句,思過半矣」,宋代大儒朱熹在談前人作品中說道:「韓退之、蘇允明作文,敝一生精力,皆從古人聲響處學」,可見推敲文字的音樂性古來便是文學寫作與欣賞的一大課題。

漢語諸方言中,台語(閩南話)是最具音樂性的語言,比華語(北京話)有四倍多的單音節語音,因此也就比華語更富於聲音之美,然而在中國,閩南語屬邊陲地方語,文學活動始終只伏流閩南民間,且漸停滯;而在台灣,台語雖為最多數族群的語言,靠著口耳相傳,台語作品在民間也有過鼎盛的年代,可是歷來都被貶抑,文學無從精緻化與學術化,以致鮮有人注意到她的音樂特質,所幸一九八〇年代興起的台語文學運動蓬勃發展,已累積不少優秀的作品,特別是詩歌一類,足可供吾人探討台語的音樂美質,本文主要以詩詞為例來探討台語的音樂性。向來學者談到詩的音樂性

時，通常是指詩句文字的節奏而言，或者重點是放在節奏上面，台灣如此、中國如此、東洋也是、西方也是，這是因為人類語言的三種聲音性質中以音長（長短）、音勢（強弱）的變化可以較大較明顯，音高（調值）則只能在小範圍中變化，當我們朗誦詩，如果也想把話句的每個音節（漢字語音）像樂曲或歌曲般擴大音域的差異，以致超出語言聲調的範圍，聽者便極可能會有不知所「吟」之感，是故節奏乃成為語言音樂性的重點。然而語言既由語音配合該音所代表的語意所構成，而語音又是語言的形式本體，因此它除了類似歌譜曲譜上的拍子長短強弱的節奏之外，由文句中連結的語音所造成的抑揚頓挫之感，即平上去入和陰陽所連結出來的五聲或七聲的音感，也會形成如歌似樂的旋律，只是這語句的旋律往往因為語音的音域不廣及語音的節拍短促，再加上人們說話速度較快，以致常人不易查覺到其旋律而已，但有些作品，或由於渾然天成的文句如民間唸謠、童謠，或由於人為規範的格律如宋詞、元曲，唸讀起來，不僅充滿節奏感，也有明顯的旋律感。這樣的作品，便是最富音樂性的。

　　筆者以為一首詩能予讀者產生美感或快感的主要來源有四，除了語義內含、結構形式、文字意象三者外，音韻格律也是一大要素，只是音韻格律的各個成分對於音樂和對於文學的重要性有所差別，在音樂中，依據近代美國心理學家瓦希邦 (M. F. Washburn) 和狄金生 (G. L. Dickinson) 的測驗發現，大多數人在聽音樂時的快感來源或所注重的音感成分以

旋律 (melody) 為最重要，其次是節奏 (rhythm)，另三項依序
而降是諧音（和弦 harmony）、佈局 (design)、音色（音質
tone-colour），作曲家對這些成分的偏愛或注重也大致如此，
僅少數人和少數曲子例外的以節奏或諧聲佔第一位 [1]。依筆
者對音樂歌曲的淺感，不只認同這個結論，並以為後三者遠
不及前二者重要，甚至後三者可以不必獨立為考查音感的成
分，因為諧聲主要用於烘托旋律，而且旋律和節奏本身也要
講究諧聲和佈局，作曲者或編曲者在取決和弦或寫作伴奏用
的副屬旋律時，總需根據主旋律的音，使用能和它產生諧和
的伴奏音，比如 mi（3）音，於 C 大調中，以 C 和弦為主、
為最和諧；於 A 小調中，以 Am 和弦最為諧聲，又音與音
的連結間應如何承前啟後的佈局，也關係著旋律、節奏和諧
音三者。至於音色，除高、低音所自然而然的差異外，主要
繫乎樂器或人的歌喉，非樂曲作者所能強求，因此需要我們
加以考查的是旋律與節奏及已包含其中的諧音。文學的聲音
尤其只需如此。

如前所述，旋律與節奏對音樂和對文學的音感影響度恰
好相反，在音樂，旋律重於節奏，但以整支或一段曲子來說，
其實旋律與節奏是分不開的，不管主旋律或做為伴奏和聲的
附屬旋律其實都包含節奏，旋律由許多音節組成，節奏便存

1　參閱朱光潛著《文藝心理學》附錄〈近代實驗美學〉，三。台灣開明
　　書店，1974，重 8 版。

在旋律之中，它們都是由若干音節或音符的高低、強弱、長短等等，一如文學所謂的抑揚頓挫的聲音組成，其差別在於節奏以規律性為主，而旋律則以連續性為主。但在文學，節奏重於旋律甚多，因此節奏一語用在文學上便偏於指文字語音的輕快緩慢和強弱長短，它除了受詞句結構的影響之外，還受人的生理與情緒變化的影響。日本文論家本間久雄在其《文學概論》中援引古希臘哲學家亞那芝曼德 (Anaxmander, B. C.610-547?)的學說，認為生物的生長、盛衰、腐朽、興亡、離合都是節奏的作用，本間久雄說：「在這宇宙中，顯然有一個依規則的時間間隔而循環的法則，這法則決定了宇宙間的一切現象。」（參閱本間久雄著《文學概論》，5-1）所以斗轉星移、脈博心跳、氣候潮汐、人聲蟲鳴……都有其節奏存在。而藝術模仿自然，文學處於藝術的最深層，因為它同時兼具音樂性、圖畫性、哲學性等三個層面的表現，且比音樂、比圖畫更有能力摹寫人生百態，於是語言的音樂性自然以節奏最著，而詩是文學作品中最講究格律形式的類型，詩人作詩應比其他文學作家更講究語言的音樂結構。接著我們以作品實例來賞析、來印證台語詩豐富的音樂性。

二、傳統民歌中的漢語音步與節奏模型

與其他各國的詩歌一樣，台語詩也是源自民間通俗歌謠，「詩歌」一詞即表示詩、樂原本合一，後來文化漸進精

緻豐富，由於兩者的主媒介不同而分立，但早期的民間歌謠即使不再配合歌唱的形式出現，詩詞本身也還是保有某種音樂性外形，因此讀起來很有節奏感，這音樂性外形、包含語音的自然結構，久而久之，大家習以爲常並加以認同、加以應用後，便成爲台語歌謠的音樂性體式，也即是一種傳統的形塑完成。台語的傳統詩歌應可以歸納爲二個體式：

（一）**五七言體**：這種體式外觀整齊，每句字數相當，主要爲「七言詩體」，即民間通稱的「七字仔」或「七字仔歌」，它包括「四句聯仔」小品和「七字仔古」長篇。四句聯是這類體式的單位，每首四句，基本上每句七個字，押尾韻，有少數以五言（每句五字）或四言（每句四字）寫成的四句聯屬特例。這種體式大半用於描寫男女情事，所謂「台灣國風」、「褒歌」即是，如「爲娘掛吊半顛鸞，池內無水魚會傱；是欲是不照實講，講了無影眞膨風」。七字仔長篇是由許多四句聯組成，每個單位的內容可獨立欣賞，或者是依相同主題的不同內容的集合，如〈十二更鼓歌〉、〈十盆牡丹歌〉……；也可前後連貫成一個有情節的故事，如《盤古開天闢地歌》、《台南運河奇案歌》、《義賊廖添丁歌》……，而像《烏貓烏狗相褒歌》、《男愛女貪相褒歌》……這類七字仔則介於組曲與長歌之間。

雖然台灣的七字仔作品有很多不是詩或不能算是詩，但它應是模仿中國唐詩七言絕句體或受其影響而來，因此可以「七言詩體」名之，也許稱之「七字仔體」會較包容、較適

當。這種五七言體只取唐詩格律中較簡單的句數、字數規定和押韻模樣，其它平仄、對仗、用韻等較嚴的規定都予以解除了，形式恰如漢魏以降的「七言古詩」、「五言古詩」體，就七言體來說，這種半解放的台灣七字仔更容易寫，也更能用以歌詠複雜的故事，但在文字的音樂性方面，表面上會變得比絕句體、律體稍爲貧弱些，因爲明顯的平仄沒有了，即音感高低的規律性沒有了，因此原有的較固定的旋律及七字節奏或四三音步的節奏也會淡化些，可是也因爲格律解放，使台語文字本有的音樂性特質得到更多的自然表現空間，這對一個有相當音樂素養或特別重視文字音感的詩人來說反而是好事，因爲他更能自由的去發揮、去創造詩的音樂性。試比較下列六首的平仄格律：（注：下列符號，一表平聲，｜表仄聲，▲表押韻）

1. 葡萄美酒夜光杯，欲飲琵琶馬上催；
　─｜｜｜─▲｜｜─｜｜─▲
　醉臥沙場君莫笑，古來征戰幾人回？（王翰〈涼州詞〉）
　｜｜───｜｜，｜──｜｜─▲

2. 淚濕羅巾夢不成，夜深前殿按歌聲；
　｜｜─　｜｜─▲｜─　｜｜─▲
　紅顏未老恩先斷，斜倚薰籠坐到明。（白居易〈後宮詞〉）
　─　｜｜─　｜，─｜─　｜｜─▲

3. 天頂落雨流目屎，心腸苦切無人知，

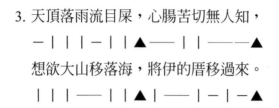

想欲大山移落海，將伊的厝移過來。

4. 房間無伴暗沉沉，親像山內聽鳥音，

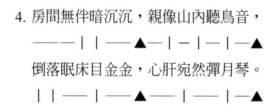

倒落眠床目金金，心肝宛然彈月琴。

5. 水錦開花白浪波，十五月中一欉桃，

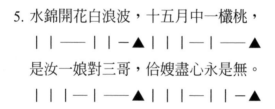

是汝一娘對三哥，佮嫂盡心永是無。

6. 粉鳥出世成斑鴿，鵰鴣出世成烏鴉，

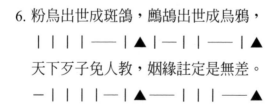

天下夊子免人教，姻緣註定是無差。

　　前二首分別為唐詩平起式與仄起式的格律，絕大多數的唐詩七絕都依它們每句每字的聲律在寫作，所以讀起頗有節奏感，它的節奏感來自規則性的漢語音步和平仄兩者，這裡

所謂「漢語音步」，是類似西洋詩的音步 (verse)，蓋西洋語言為多音節的黏著語，每一音步由數個長短、輕重的音節組成，比如一種「揚抑抑格」的音步便由「長短短」三個音節組成，荷馬史詩的英雄格詩體便是以這種步調重複六次的六音步 (dactylic hexameter) 詩律寫成，而漢語為單音節的獨立語，需以單音節的字配合複音節的詞為單位，方能構成如同西洋詩的音步，但我們在談漢語的長短音節時仍習慣以單音節字為單位，比如王維〈鹿砦〉「空山不見人……」這樣的五言絕句體，若要以音步稱之，該句可以說是「五短格音步」，也可以斷為「二（空山）三（不見人）格音步」，甚至可以再分解為「二（空山）二（不見）一（人）格音步」，又如七言詩，雖是一句七個單音節，但我們通常都以「四（千里江陵）三（一日還）格音步」在唸讀或吟詠，若要細部分解，前面的「四」往往又分為「二（千里）二（江陵）」，後面的「三」再依字義分為「二一」或「一二」兩種，如此有規律的漢語音節格律就是本文所稱的漢語音步，這漢語音步再加上平仄的規律，大約就等同西洋詩的音步了。一種音步便是一種節奏，依唐詩格律寫成的作品自然產生明顯的節奏感，唐詩的句子除了漢語音步有其規律外，平仄也有其規律，因此容易讓人的心理順應其節奏的變化及反複，亦即唐詩讀多了，對其節奏將有的變化及反複，自然能預期、能把握，這就像聽音樂一樣，華爾滋有華爾滋的節奏，倫巴有倫巴的節奏，我們因為能順利的加以預期，才不致亂了舞步，

唐詩之平仄，無論平起式或仄起式，最多只有重疊一次，兩平聲之後必爲仄聲或兩仄之後必爲平聲，一句中如有三平或三仄相連續的字，中間必有「頓」，如第一例中的「美酒」與「夜」不會連讀、「未老」與「恩」不會連讀，如此有規律的音步和平仄便形成一種節奏模型 (pattern)，五言體最標準的節奏模型爲「二三格音步」，七言體最標準的是「四三格音步」，其次是「二二三格音步」，再次是「二二二一格」或「二二一二格」的音步，模型印在我們心理後，我們的心理也有了模型，文字音節符合模型，我們便覺得調和，反之會有突兀感。

後四首是台灣通俗文學中的情歌四句聯，它既然只模仿唐詩七言絕句體的漢語音步，因此台灣七字仔的節奏只由漢語音步構成，由於缺乏硬性的平仄規律，因此每一首四句聯的平仄幾乎都不同，也會有連三平或連四仄的現象，這情形雖可說是每首四句聯都自成一種平仄，但無規律性就會顯得混亂，混亂便無法形成節奏感，因我們已習慣唐詩的節奏模型，所以乍讀七字仔，在平仄上會覺得有些不諧和，幸好漢語的聲調平仄變化不多，對文字音樂性的影響遠不及音節的長短變化，而且台語連唸時總需變調，必然會有連續的仄聲或平聲因變調而減少了單調感或緩和了突兀感，比如「房間無」的「房無」兩字都變調爲仄聲（實爲變輕變低的平聲）、「粉鳥出世」的「粉」由去聲變陰平聲，如此似乎也產生起伏有致的悅耳感。

　　總之，台語五七言體保留了唐詩五言和七言的漢語音步，因此也就保有唐詩的節奏，所以唐詩七言體的漢語音步模型，就是台灣傳統七字仔的節奏模型。雖然七字仔的節奏感會比唐詩的節奏感稍弱些，但也因平仄限制沒有了，反而更能創作文句的旋律感，這一點留待後面再詳談。

　　（二）**歌謠詞體**：前節的五七言體一如唐詩，外在形式整齊劃一，這裡的歌謠詞體一如宋詞，也是一種「長短句」體，但它不像宋詞的詞牌有一套嚴謹的格律。中國傳統詩的詞體始於唐，到宋最發達，因此一般習稱「宋詞」，詞的源起歷來有多種說法，陸侃如、馮沅認為和音樂有關（參閱《中國詩史》之〈近代詩史〉卷），是外族音樂輸入中國，使中土音樂產生變化，同時和文學交互作用的結果，如是唐詩本有的「律絕」開始加入「散聲」而成詞，這「音樂的」因素正是唐詩與宋詞在形式上的主要差別，我想外族音樂是催使詞體提早出現的觸媒，縱使沒有外族音樂的影響，好求創新的詩人遲早也會嫌律絕的形式整齊、字數不多，既無法表達更多情意，又相同或雷同的節奏一再反複便覺太單調、太呆板，所以一定會發展出新的詩律，即詞體，加上格律不一的詞牌眾多，宋詞的音樂性自然比唐詩複雜且豐富，不過它仍然如唐詩一樣有固定的牌律，每種詞牌包括一闋詞的句數、每句字數、每字的平仄、句尾押韻、甚至某句應疊句、和某幾個連續句要構成一小段完整的語義或情境，都有規

定，即所謂「調有定句，句有定字，字有定聲」等等，基本上同一詞牌只有定格和變格的差別。而台語的歌謠詞體，應該不是承襲自宋詞或模仿宋詞而來，而是作者按著心中的漢語音步的自然律，且自由的加以運用而成的某種似有似無的體式，頂多也許是作者有意改革七字仔體，不想被七字仔的較為單調的整齊框架所束縛，所以這種歌謠詞體沒有唐詩、宋詞的各種細步的格律規定，只有依循各種漢語音步的長短句型和習慣性的押韻。

　　本文稱它為「歌謠詞體」是因它最早存在台灣民間各類通俗民歌、民謠、童謠、雜唸仔之中，是考查這些歌謠的歌詞所歸納出來的一種體式。歌謠詞體由字數不一的長短句夾雜而成，外貌上看似每首不同，但細究其句型的音節結構，每首的每句字數都符合漢語音步的節奏模型，因此有別於散文的散亂無章式的長短句，並富於節奏感。由前文分析，我們發現漢語音步的節奏模型的構成分子與音樂的拍子若合符節，「一、二、三、四」個音節恰如四個拍子，為基本單位，每種模型都由這些基本單位結合而成，其中：「二、三」個音節者為音步主體，絕大多數的模型都由「二、三」構成，它們可以單獨加以反複而形成節奏，也可以構成四言、五言和七言等正常的音步模型，甚至可以組成六言、九言、十言的變體音步，比如〈天烏烏〉的歌詞便包含下列括弧中的各種音步：

（三字格）天烏烏，欲落雨，

（九或六三三或三三三或五三）阿公〔仔〕- 夯鋤頭 -
　欲掘芋，

（三）掘啊掘，掘啊掘，

（七或四三）掘著一尾 - 旋鰡鼓，

（四）咿喲嘿嘟 - 眞正 - 趣味，

（五或二三）阿公〔仔〕欲煮鹹，阿嬤欲煮洘，

（七或四三）兩個相拍挵破鼎。

（九或四五 - 一）〔咿喲嘿嘟 - 嘟噹叱噹鏘〕- 哈哈哈！

「一」個音節者爲連結用的功能性音步，有時與「二」
合爲「三」、與「三」合爲「四」、與「四」合爲「五」，
有時僅做感嘆語氣或延長聲音的「虛音節」，功能如文句中
的虛詞、虛字，比如：（引號中的字爲虛音節）

（四＋虛音＋一二）牛郎織女「啊」，面相看…（亂彈・
　牛郎織女）

（四＋虛音＋二一）火車行到「啊咿嘟，啊麥咿嘟，
　噯唷」磅孔內…（丟丟筒仔）

（二二＋虛音＋三＋虛音）六月田水「嗨、嗨、嗨」
　拉潤燒「咧」…（農歌・六月田水）

（二一二＋四＋虛音＋二一）七月樹落葉，娶著桃花「咿
　嘟」滿身搖…（桃花過渡）

　　至於「四」個音節者，一般都由「二二」所構成，絕大多數的四言體及七言體的前四個音節都是這種音步結構，舉凡詩經、傳統的七言詩及台語的七字仔都是，例子之多如牛毛，不勝枚舉，讀者可試唸前節所引的六首七言作品便知。

　　如前所述，組成漢語音步的最小音節單位分別爲「一、二、三、四」個字的字詞或子句，而以「二、三」爲主，只要以它們的字數標準來寫作文句、組織文章，便可以創造出某種節奏，當某種節奏、某種音步常常爲人們所使用，並在心理上加以接納、順應後，某種節奏就成了模型，凡是符合模型的文句，都很容易讓人覺得有節奏感，乃至覺得該詩文的節奏和諧，因爲我們在聽或在讀時，不僅心理的情緒已接納，連生理的肌肉也會順應其變化，而產生一種預期得到實現的快感，反之，不符合模型就不易產生節奏感，或者會覺得突拗而顯得較難唸、較難聽。比如「驚了妳佮我濫滲，刁工說來拍笑詼」（男女相褒歌）後句符合七言的「四三格」節奏模型，讀來很順暢，至於前句，實際上爲「一一一一一二」型的句子，讀來極爲拗口，毫無節奏可言，需斷爲「二三二」才有一點節奏感。

　　那麼哪些音步是漢語最有節奏感的模型呢？我以爲只要由「二字」和「三字」組合而成的長短句，並且一句的字數在三字到九字間的句子，都是漢語的節奏模型，所以「三、四、五、七、九」的字句最有節奏感，其中五言句和七言句的長短最適合，兩者既不會太長而讓讀者難以一氣呵成，也

不會太短而讓讀者覺得單調，句中還包含「二、三、四」的短音節，可說在整齊中又有變化，因之以夾雜這兩種句型的方式寫成的歌詞最多，如〈牛犁歌〉、〈安童哥買菜〉、〈月令調--點燈紅〉、〈阿嬤的話〉……比比皆是，甚至有些歌整首都以四三格的七言體寫成的也不在少數，如那些苦嘆歌、山歌、情歌、苦兒歌……，這一點應是因襲五七言體的傳統。在中國，漢語傳統詩由四言發展為五言後，四言體逐漸被淘汰，再發展出七言後，字數格式已大致底定，不再發展為九言，而同時間裡，五言體仍繼續為詩人所用，想來古人也應是覺得五、七言體的節奏最理想，即使以後新發展出來的長短句宋詞、元曲，多半也是以五、七言為基礎，夾雜二言、三言、四言的句子構成，台灣民間歌謠的句型也大致如此。

三、傳統模型的承續與創新

　　所有台灣民歌的文字節奏大致都可歸到上述兩種模型，換句話說，「五七言體」與「歌謠詞體」已是台語民間歌詩的兩大傳統模型，後來的文人創作，無論是流行歌謠的歌詞寫作、填詞，或是詩人作家的詩歌創作，只要講究文字音感的作者或讀來較有音樂美感的作品，要非全部承襲這兩個傳統體式，也是從這兩個傳統出發，以傳統為基礎再稍加變化而已，而且由於是出自作者的刻意創作和修飾，文字少了一

些虛音節,因此文人的創作要比民間歌謠更加整齊化。始於
一九三〇年代的台語創作流行歌謠的作詞者們如李臨秋、周
添旺、陳達儒、陳君玉等人,直到二次戰後,他們一生可說
都依循這兩種體式在填詞作歌,第一首流行歌〈桃花泣血
記〉(作者詹天馬)用的是五七言體中的七字仔四句聯體:

> 人生親像桃花枝,有時開花有時死,
> 花有春天再開期,人若死去無活時。
> 戀愛無分階級性,第一要緊是真情,
> 琳姑出世歹環境,親像桃花遐薄命。………

　　〈桃花泣血記〉如同民間敘事型的七字仔歌,敘述的是
這部同名電影的起頭劇情。此後開始大量出現的〈月夜愁〉、
〈雨夜花〉、〈望春風〉、〈河邊春夢〉、〈農村曲〉、〈青
春謠〉……,乃至周添旺到晚年才寫的〈西北雨〉(1977),
及戰後的作詞大家葉俊麟的多數作品,其體式或七言、或五
言〈搖子歌〉…、或五七言夾用如〈望春風〉…、或在五七
言之中配以三言、四言的句型如〈雨夜花〉、〈白牡丹〉、
〈菅芒花〉…,都屬這兩個傳統的承續,這些歌詞作品可說
完全依照漢語音步的節奏模型所寫成,自然節奏感十足,畢
竟它們是爲供作曲家寫成歌曲而作的,寫作之初應已考慮到
文字節奏性,沿襲傳統自是一條創造音樂感的捷徑。
　　在戰前同期的作家文學中,有些作品並非爲了被寫成歌

曲，但只要是以詩的形態寫的台語作品，作者似乎也都有意運用台語歌謠的傳統體式，如賴和的〈寂寞〉、〈歹囝仔〉、〈相思歌〉，楊守愚的〈長工歌〉、漂舟的〈討海人〉、文瀾的〈失業花鼓〉、董赫元的〈麗春〉等等，連教會人士以羅馬字母拼寫的台語傳教性質的看似詩歌的「詩」，也都採等同漢字七字仔的「七音節體」，楊華算是當時最有意試驗自由詩、放棄傳統體式來寫作台語詩的詩人，但他的〈女工悲曲〉仍然充滿歌謠詞體的音步模型，九成行句都以「二、三格音步」單獨成句或組成四言、五言、七言的句子。由此足見這兩個台語詩歌的音步傳統在台灣詩人的心中已根深蒂固，戰前如此，那麼戰後呢？筆者認為也是如此，而且還有企圖開創新的節奏。

　　戰後的現代詩人中，最早寫作台語詩的是林宗源，他在一九六五年就開始嘗試用台語思考來寫詩，收入《力的建築》（1965 版）中的作品至少有〈妻的腳腿〉、〈南風，熱滾滾的南風〉、〈病了，又攏無錢〉這幾首應屬這種嘗試的產品，然而當年他認為台語寫作的理想應是在用字及語法上，可以用華語、台語都讀得通、看得懂[2]，以致這類作品

2　林宗源曾於 1991 年蕃薯詩社籌備會議時，表達這樣的主張，他說：「我認為台語詩的用字，希望用台語佮漢文讀攏看有。」（依筆者記憶所記）他當時所謂「漢文」，即指北京話中文。該場會議，除林宗源與筆者外，另有黃勁連、陳明仁、李勤岸、周鴻鳴、黃恒秋、曾俊平等人參加。

顯得不中不台,且更像中文詩,〈病了,又擱無錢〉算是最接近台語的一首,以前筆者在閱讀時,曾下了如是眉注:「1965 年確有打算台語寫詩,但只能做到台語入詩。」不管如何,我們暫可將它們當做台語詩醞釀期的雛型,在這些雛型作品中,已可看出林宗源有在運用文字的節奏。試看:

> 病了,又擱無錢╱入院,著要保結╱錢慢吞吞地滾來滾去╱……╱╱先生,先生╱我的血很值錢╱我的女兒很甜(〈病了,又擱無錢〉)

> 妻的腳腿╱向我╱投下十萬美金的保險╱╱……╱╱於是,妻的腳腿╱在廚房,最保險(〈妻的腳腿〉)

> 南風,熱滾滾的南風╱吹來,吹來香貢貢的稻香╱╱孩子:冬眠的日子太長╱苗床的日子太短╱╱……╱╱孩子:你成熟了╱我也黃了(〈南風,熱滾滾的南風〉)

　　文字節奏的形成,要靠反複與變化的交互運用,使全詩或段落產生一種節拍的規律感,詩的節奏便會好像迴旋在讀者心中。林宗源的這些「類台語詩」便是含有反複和變化再迴旋到原點的句子結構,形成筆者稱爲「短長抑揚格」的節奏,這樣的句子屬白話現代詩的節奏之一,它似不符傳統台

語詩歌的節奏模型，但仍然不脫以漢語音步的基本單位所做出來的變化。到了一九七〇年代，林宗源寫出更爲道地的台語詩後，部分作品就有符合台語的節奏模型的文句構造了，比如「夯頭／一片一片的烏雲／一重一重的牆仔／給伊關咧／／伊跪落去做土人／做土炮／點焯伊內心的火」（〈一個囝仔咧哭〉，1970 作）、「講一句罰一籤／台灣話眞俗／阮老父逐日予我幾張新台票」（〈講一句罰一籤〉，1981 作）[3]這些詩句的音步，也是「二、三」音節的音步運用，較長的句子，可分別斷爲「四三」、「三四」、「三三」、「三二」、「二三」等格的唸法，它們就是台語傳統詩中最常見的節奏模型了，由個別的句子來看屬五七言體，按整段或全詩來看屬歌謠詞體，不過這些較有節奏感的作品，只佔林宗源台語詩的少數，我們較難從中斷定他是否有意承襲傳統或明顯受了傳統的影響。

　　向陽是戰後第二位開始寫作台語詩的現代詩人，始於一九七六年。按作品可以看出，向陽一開始寫作台語詩就很注重詩的音樂性形式，他的處理方式至少有三個特點，首先，他似有意將詩的文意與文句的格式相結合，製造一種大迴旋的音感節奏，他的大部分台語詩，特別是描寫親人或親情的詩，像〈阿公的煙吹〉、〈阿媽的目屎〉、〈阿爹的飯

3　本處所引林宗源兩首詩的文句，採自林央敏編《台語詩一世紀》，前衛出版社，2006。

包〉、〈阿母的頭鬃〉、〈愛變把戲的阿舅〉……，都按時間點、空間點或人事物的不同，並依照一個好像定型化的敘述結構加以鋪排，每段的行數相同且各段相對行的長短句型差不多，比如〈搬布袋戲的姊夫〉：

> 彼一日，阿姊倒轉來／帶醃腸水果，帶真濟／好耍的物件，阮最合意的／是姊夫愛弄的，一仙布袋戲尪仔／／
> 有一年，庄裡天公生／公厝的曝粟仔場，掌中劇團／做戲拜天公，阮最愛看的彼仙／為江湖正義走傱的，布袋戲尪仔

本詩共十段，本文僅節錄前兩段以見一斑，該詩寫到後面有兩個段落分別以「彼一年，頭師變姊夫」和「有一日，阿母帶阮」開頭，顯然是在呼應起始的兩段。上述這些詩大約都類似這種寫法，如此形成一種段落式的對仗，即以段為單位，各段之相對次序的文句，內容雖不同，但句法類似。這些詩的文詞很白，句子大多是散文化的，雖然較不符合漢語音步的傳統模型，拆散讀，個別文句的節奏感並不強，但整段讀，卻有方才所謂的「一種大迴旋的音感節奏」，這是因為它們的「段落對仗結構」，可謂脫胎自傳統歌謠及流行歌詞的段落對仗結構。其次，向陽的台語詩，相對於其他台語詩人來說，好用類疊句、對仗句和頂真句，如此更容易塑

造文字的節奏感，〈白鷺鷥之忌〉是個好例子，用得最多：

> 寒天的時陣樹葉漸漸落
> 庄裡的人大小厚衫一領一領穿
> 風帶著雨走來無稻米的田裡放田水
> 雨隨著風站在清氣的街仔路掃垃圾
>
> 寒啊！樹仔落葉透風就穿衫
> 冷啊！樹仔落皮滴雨就舉傘
> 戇留不驚風不驚雨只驚無枝可棲的白鷺鷥
> 戇留不知寒不驚冷只知無藥可醫的某死去

本詩分八段，這裡也僅錄前兩段，中間四段除了也有一些類似對仗的句子外，更有頂眞作用的句子，那是一種帶有變化的頂眞句，比如第三段尾句「三更半暝伊在柴櫥內偷偷找找未著的豬肉」，轉入第四段首句變爲「三更半暝我在眠床頂暗暗想想未起的錢財」，如此既像頂眞又有對仗，而且單行之中就含頂眞詞，到最後兩段的構句式又與起始兩段類似，但句的順序顛倒了，如此寫法，反複與變化交互循環，正是塑造語言節奏感的三昧。要讀這首詩，應如作者所希望的（筆者自揣向陽如是希望），把句子一氣呵成的讀完，儘管每句都很長，卻有一種快板而迴旋的節奏，而且是整首詩的大迴旋感。第三個特點是整齊。前面已提到向陽的台語詩

在段落方面的整齊，即各段的行數相同與敘述結構大約相同，此外每行的字數也差不多，看來相當整齊，這類詩，佔向陽台語詩的大部分，特別是以抒寫民俗、起居和標題襲改自台語歌謠的社會諷諭詩，外觀接近整齊，而這類外觀較為整齊的詩，文句的音步便很接近漢語的傳統模型，比如「吃人的頭路真艱苦／透早起來得出門／搧冷風，等公車／搖頭踩腳看手錶／苦苦等，苦苦看／公車擠到人已經昏倒一大半」（〈吃頭路〉），這種句子結構就是夾雜「三、四、五、七」音節的歌謠詞體。

　　林宗源與向陽的台語詩雖可看出一些台語詩歌的傳統痕跡，尤其後者，更有意塑造一種規律化的台語詩，只是其規律主要在於文義內容的技巧性表達，而非聲音的安排與突顯，因此其節奏基本上是現代詩的，即白話的散文式語法的內在節奏，該詩音樂性是否強烈，還需視讀者的情緒與唸法而定。這部分是向陽台語詩的一種獨特的音樂性，相對於台語或漢語來說，算是一種創新。

　　向陽與林宗源都是詩人出身，寫作台語詩之前，已在中文現代詩中浸淫、創作多年，他們很自然地也以白話現代詩的讀寫經驗和形式自由的觀念來寫作白話台語詩，因此在詩的節奏方面，較少承襲傳統的句型與音步模式，不過向陽應該有受到台語傳統歌謠的影響，但沒有直接或大量應用，他應是意在創新，為台語建立一種長音節的節奏模式。這是戰後一九六〇或七〇年代台灣現代詩人嘗試兼作台語詩時，關

於詩的音樂性方面的情形，到了八〇年代，台語文學運動興起後，民間歌謠的兩種體式卻大大為詩人所採取，幾乎凡是要寫台語詩，並且要寫得具有音樂性、格律性的台語詩，無人不取法傳統，借助傳統或模擬傳統的形式。第一個有意識承續這個傳統的詩人應是宋澤萊，以下就來看宋澤萊的台語詩如何塑造音感、節奏。

　　小說家宋澤萊於一九八三年出版一本詩集《福爾摩沙頌歌》，內容與格調頗有匈牙利民族詩人裴多芬的味道，其中大約九成是華語，這些作品詩質不多，嚴格講屬散文的分行，但另有六首台語詩卻相當好，明顯運用傳統的兩種體式，其中〈若你心內有台灣〉、〈等待風雨若過去〉兩首是純粹應用七言體的「四三音步」模型：

　〈若你心內有台灣〉
　　太平洋水清冷冷／回歸線上好光景，
　　蕃薯粒粒好收成／甘蔗大欉萬事興。
　　若你心內有台灣／大家合唱台灣歌。
　　　　　　　　　　　　　　　起！
　　日落恒春半天紅／漁民駛船要入港。
　　這位阿伯真打拚／粗腳粗手黑頭額，
　　我問阿伯你幾歲／收成好否平安否？
　　伊講：今年已經六十五／收成困苦無變步，
　　魚不就網風浪大，……（註：引文中，驚嘆號與冒號

之外的標點為筆者所加）

〈等待風雨若過去〉
　頭戴竹笠穿雨鞋／冒著風雨來駛犁
　雖然雷大天也暗／為著前途無怨嗟
　等待風雨若過去／草木青青蔭大地

　　〈若你心內有台灣〉全詩共一百四十多句（行），內容
為主角「我」（敘述者或作者）與幾位分屬士、農、工、商、
漁、知等階層並包括本省、外省、旅台外國人等身分之人物
的問答，當中寫到農漁工的困苦處，有點杜甫「三吏三別」
的筆風。它們的句型雖是七字仔的，但並不完全以四句成聯
的結構組成，亦即一聯的句數不定，全依文義需要而做雙數
的增減。至於〈等待風雨若過去〉則以六句一聯的四個整齊
段落構成，這兩首七字仔在音步上完全遵循漢語傳統，在聯
句上則略有創新，又兩首的文句都依各別的一種敘述模型在
反複進行，比如前者是「我問－伊講－我講（若你心內有台
灣，就會如何如何）」的敘述模型，最後再重複首段當末
段，而以「解」字當結束語對應首段的「起」字，如此「起
解」構成一個內容與結構的循環，讀來在音感節奏上，一百
多行的詩就彷彿成了一支大迴旋曲，這樣的寫法，不只在每
句每段的文字音節上承續傳統，整首詩可謂模彷戲曲的音樂
結構。

　　其他四首也以七言句的四三型音步為主要節奏，但有加以變化並參入其他音步，而成為歌謠詞體，它們相當符合傳統歌謠詞體的模式，即由「二音節」和「三音節」組合成長短句，句中包含「二、三、四」的短音節，以〈你的青春，我青春〉、〈若是到恒春〉較為典型，它們的節奏很明顯，比如：

　　若是 - 含著 - 美麗的 - 嘴脣／就會 - 想起 - 情人的 - 溫馴
　　親像 - 故鄉的 - 山崙／一面冬天，一面春／
　　青春，青春，你和我／一面冬天，一面春（〈你的青春，我青春〉第三段）

　　這首詩的創作靈感也許來自陳達儒的歌詞〈我的青春〉（1938 年）中頌讚青春年華的喜樂心境：

　　愛情無變 - 心安定，你是我的燈火影，有你在身邊 - 阮也行，我的青春，你的青春，我真歡喜，你也歡喜，雙人 - 同進青春城（〈我的青春〉第三段）

　　一樣抒寫青春和歌詠愛情，但意境不同，節奏互異（意境部分非本文主旨，在此不論），前者（宋）的固定長度的音節排列較有規律性，字與字連結起來的平仄感也很順暢，

而後者（陳）的音節較零亂，像「我真歡喜，你也歡喜」中的「我、你、也」三字的音調不易與前後字的音調相諧和，因此往往要唸成單音節，於是節奏感就降低了許多。

　　筆者覺得宋澤萊這幾首歌謠詞體的詩，在文句、字詞的組構方面，比民間歌謠及大部分的創作歌詞更符合傳統的漢語音步模型，可說充分掌握到文字節奏感的塑造要領，若單純只用唸的，它們也會比多數歌詞更有音樂性。然而到了白話寫作的時代，我們如果只承襲這些傳統模型，則台語詩的表現能力及詩的音樂性將受限於傳統句型，大家都如此，固然容易塑造文字的某種節奏感，但千篇一律或差不多，也會顯得陳腔爛調，因此詩人必須以白話的句型句法來重新煆造台語詩的節奏，如此台語詩的音樂感才能有所創新和更加豐富，前述向陽是個顯例，宋澤萊也是，他初寫台語詩，很道地的從傳統出發，約二十年後，再寫台語詩，對於詩的節奏，便意在創新，主要寫作於 2001 年的《普世戀歌》詩集中就有許多首詩非常講究節奏，有的詩一如多數詩人，會以斷句斷詞、分行排列的方式表示，有的詩較特別，是直接將模擬節奏的「象聲字」參雜在行列或文句中，如：

　　　當我安呢彈吉他唱〈黃昏 e 港邊〉e 時
　　　碰碰恰恰碰碰恰
　　　已經是深夜
　　　碰碰恰恰碰碰恰

厝內人攏睏去
碰碰恰恰碰碰恰
………（〈一粒天星〉）

當我安呢唱起朋友爲我
譜寫ｅ歌曲時
跳舞ｅ音樂已經響起碰恰碰恰
值酒吧ｅ舞池中碰恰碰恰
我旋轉我水綠ｅ身影碰恰碰恰
………（〈青紅酒杯ｅ港口〉）

　　添加這些象聲字詞的目的主要在於塑造詩的節奏感，去除它們並不影響文意，但有時它們又可以和文句結合，使句子包含除音感之外的意義或作用，像「跳舞ｅ音樂已經響起碰恰碰恰／值酒吧ｅ舞池中碰恰碰恰」，前句的「碰恰碰恰」可以當做「響起」的受詞；後句的「碰恰碰恰」可「聲狀」舞池中的動作和舞影，少了它們，詩句的意象變少了，聯想性也隨之降低。而單純就詩的音樂性來說，這些詩連同象聲字一起讀，總會較容易產生節奏感。也許作者還以這些象聲字暗示讀者，應以明示的某種長短格節拍來讀這些詩呢？如明示「碰恰恰恰」者是要讀者以「長短短短」格的布魯斯音步來讀。這些大量以擬聲字表示音感的做法，從日治時代以來的中文詩中，已有類似的作品，如愁洞的〈牛車牛〉一詩，

每行（句）之前必先叠上一行「輪浪輪浪」四字，它主要是摹擬牛車行進的車輪聲，也許尚有製造節奏的作用，但如宋澤萊這些大量以聲詞直接製造節奏的寫法，應屬創舉，之於台語詩來說，也是一種創新。

四、小結

　　如前所述，台語詩的節奏已由過去數百年的民間詩歌形成兩種傳統模型，即句式整齊的「五七言體」及長短句型的「歌謠詞體」，而這兩種體式的源頭實為漢、唐的五、七言詩與唐、宋的詞，甚至歌謠詞體中常有的四音節句，也許可追溯到《詩經》，因此這兩種傳統模型可謂源遠流長且影響至大，使近、現代的台灣騷人墨客及歌詞作者在寫作台語的白話詩歌時，幾乎都要參照或套用這兩種體式，直到一九七〇年代的向陽，才有意嘗試創新台語詩的節奏，到一九八〇年代，宋澤萊則是有意識的從傳統出發，再走向創新。所以戰後這一波台語文學運動以降，關於台語詩之音樂性的節奏運用，宋澤萊與向陽分別為承襲傳統與新造體式的開端，以後的台語詩人如林央敏、黃勁連、林沈默、陳明仁、莊柏林、路寒袖、藍淑貞等，這幾位寫了較多講究音樂性的詩作，他們也大約都要沿用上述傳統的兩種體式之一，或者在不違反語義、語詞的自然結構下，或多或少的運用漢語音步的節奏模型，從中推陳出新，使傳統與現代白話相溶合，來創造某

種節奏感，如是將台語詩的音樂感推向更豐富、更優美的境界。

　　關於台語詩的音樂性，節奏之外，尚有旋律與諧聲，兩者的重要性雖不如節奏，但對詩的聲音美也有相當的影響，茲因篇幅關係，這部分就留待下一文再來探討。此外，詩人作詩，雖可襲用傳統，也可求新求變，但在塑造文字音感時，無論怎麼刻意安排文句，節奏一如旋律一樣，總受限於文字之語義和語詞的自然結構，要是違反文字的自然結構，不只節奏無由產生，文句讀來還可能有詰屈贅牙之感，這部分也將在下文一併探討，本文就此告個小結。

　　——2006.11.23 完稿。原載 2007.01，《台文戰線》第 5 期。又
　　　　節錄部分之台文版為〈台語歌謠的音步節奏〉一文，刊於
　　　　2013.5 月，《台江台語文學》第 6 期。

台語詩的旋律與諧音
——詩的音樂性（二）

一、從垃圾車的音樂說起

在拙作〈台語詩的節奏源遠流長〉[1]中，我們提到文學音樂性的成分，節奏是最主要的，也唯有節奏可以表現得很明顯，因此一般在談詩的音樂性時，除了可以談到一些人為的、有形的格律規定之外，在音感上通常只論及節奏和聲韻，至於旋律，在音樂上它雖是樂曲的主體，但之於文學，反而不重要，『這是因為人類語言的三種聲音性質中以音長（長短）、音勢（強弱）的變化可以較大較明顯，音高（調值）則只能在小範圍中變化，當我們朗誦詩，如果也想把話句的

1　林央敏作〈台語詩的節奏源遠流長〉，原載 2007.01，《台文戰線》第5期。

每個音節（漢字語音）像樂曲或歌曲般擴大音域的差異，以致超出語言聲調的範圍，聽者便極可能會有不知所「吟」之感』（引筆者前文），我們正常讀唸文章時，一如說話，由於「語音的節拍短促，再加上人們說話速度較快，以致常人不易察覺到其旋律」，因此旋律之於詩便被忽略了，然而它並非不存在。蓋文學（詩）與音樂都屬時間的藝術，它們之所以有內涵，而讓人察覺到其情感、意義或價值，在於連結性，由前後文字、語音、聲響的持續連結而產生，即閱讀詩文和聽歌曲時都像時間那樣持續行進著，我們才會感受到作品所要傳達的「東西」。如此，文學的形式本體既是語音，文句間自然也就存在著或諧或不諧的旋律，其中較諧和者，我們較容易感覺得到。試看下列一節音符便知：

$$3\ 2\ 3\ 2\ 3\ L7\ |\ 2\ 1\ L6\ -\ |$$
（注：L表後一音應低八度）

會唱譜的人大概對這節旋律很熟悉吧！三十年前筆者在彈拜爾鋼琴練習譜時，就彈過這支曲子，它就是貝多芬的「獻給愛麗絲」的首節旋律，現在在許多地方的街路巷弄間，這支樂曲已取代「少女的祈禱」成為垃圾車的招呼曲，我幾乎每天傍晚都會聽到它，聽到時覺得旋律輕快優美，常常會在心裡或嘴裡跟著「MiReMiReMiSiReDoLa」的哼起來，因它只是樂曲而非歌曲，所以從未想到它可以配詞來唱，但數

週前我在倒垃圾時，突然看到兩個青年提著垃圾袋急急追趕垃圾車，其中一個邊跑邊高聲唸唱一句台語詞，而且和著上述旋律，他唱：

　　緊來緊來緊來｜倒糞垃－｜

　　我聽了很是驚喜，覺得該青年配得很好，這句台語的音感幾乎就是這節樂譜的旋律，用在當下，情境相當吻合，接著又聽到跟隨在後的資源回收車又播放出一小節小時候就聽慣的苦兒歌〈收酒矸〉（張邱冬松詞曲）的尾段：

　　3 6 6 · 5　3 5 4 3－3 2 3 L6　1 L6　2 3 3 1 2－1 ——
　　有酒矸－　通賣否－歹銅仔舊　錫　薄仔紙通賣－否——

　　這段詞用唸的和用唱的根本就是一個樣的旋律，只差幾個尾字音的音長有別而已，要是用喊的，連尾音的長度也相當了。於是筆者開始用心思索台語的音樂性問題，想一窺台語詩詞的旋律成分，結果證明台語實在是諸漢語中頗有聲音美的一種語言，只依語言的自然結構，平常的說話或朗讀都會比中文更富旋律感，換言之，就音樂性這一點來說，台語詩絕對比華語詩更具旋律之美。

二、台語如歌的行板

　　旋律與節奏都由音高、音長及音勢等三個成分所構成，差別在於旋律以音高為主、音長為副，由兩者互動的起伏變化所構成，音勢對旋律（音）的強弱與情緒有作用，但不能影響旋律的本體，構成方式在於連續性，前後相接到終了；而節奏恰好相反，是以音長為主、音勢為副，音高對節奏有潤飾效果，但非必要，構成方式在於規律性，反複循環到終了。然而對單音節的漢語來說，每個字的音長都極短促，即使平、上、去三聲是入聲的兩倍長，但也大約相當於歌譜上的半拍而已，因此詩的旋律並不明顯，而且可說完全依賴語音的調值所連接而成，不過，當我們在說話時，往往會因說話者的情緒、個性及發音的生理作用，而使音高、音長及音勢發生變化，於是被說出的連綿話句便彷彿有了旋律，尤其當我們以特別的語調、語氣在朗頌詩時，語言的旋律感益加明顯。

　　前面提到，就一般說話時，台語比華語更富旋律感，主要原因是台語的聲調較多，並且調的變化更較華語複雜許多。現代北京話只剩兩平兩仄等四個有固定調值的聲調，再加極其少量且不甚明顯的短促性質的輕聲，聲調的變化方面，也只有上聲、「一七八不」四字、輕聲、兒化韻等為數不多的連音變調，其中還有些是變與不變都不影響語義的，若加上輕聲和因上聲變調而出現的「半上」，勉強說華語是

四調六聲（即六種調值）；但台語保有兩平三仄，入聲又分上下，加上變調共七調八聲（單字發音時，有人七調，有人六調，但都有八聲，即八種調值），而且每個語音的變調頻繁。因此造成台語的旋律感較爲明顯而豐富，文句若連結得好，聽來更是優美如歌。台灣早期有許多歌謠，像「天烏烏」、「西北雨直直落」、「三聲無奈」、「勸世歌」、「喔貢貢」……，它們的旋律幾乎就是語言的自然旋律，先民們創作這些詩詞，等於都是在作曲，也許有些是依曲調填詞而成，這就有賴台語豐富的聲調變化才能切合曲調。另外許多民間通俗唸謠，尤其稱之「雜唸仔」的唸謠，它們起先絕對不是爲了作成歌曲的，但唸起來都像在唱歌，如「白鴒鷥」：

L5L5 3 － | 2 3 2 3 － | 2 3 2 3 | 1 2 ─── | L5L5 3 2 － |
白　鴒鷥　　車糞箕　　車到溪仔　坔　　　　跋一倒

3 L5 L6 2 | L6 1 ─── |
抾 著 兩 鮮　錢

只要順著台語說話時的發音及聲調的自然變化，然後把每個音節的尾音拖長一些，一條諧和的旋律便出現了，其它像「烏面祖師公」、「台灣是寶島」、「大箍呆」、「秀才騎馬弄弄來」、「枋橋查某」、「火金姑」、「DoReMi」、「點仔膠」……等多得不勝枚舉，連兒童遊戲、猜謎乃至鄙相笑人時所唸的口白，也都像唸謠般充滿旋律感，如「一放

雞」、「大頭仔」、「阿才」、「點仔點水缸」……都是，
筆者記得小時候和左鄰右舍的玩伴在嬉遊閒蕩時，也常唸著
一些詼諧有趣的話句當消遣，比如看到村後軍營的阿兵哥經
常溺在村中的理髮店泡小姐，於是當他們成群從街道走過，
我們就在遠遠的地方消遣他們，高聲喊著：「阿兵哥，食饅
頭 (vantěr) ，看著查某軟縞縞 (gērgěr)；阿兵哥，食雞膏，
食甲嘴齒烏焌焌 (sērsěr)」，末句的尾音上揚再拉長，既有
節奏又有旋律，好像在唱歌，阿兵哥們也聽得露齒大笑；有
時也會套用某些曲子現成的旋律來填詞唱句，比如以前台灣
人在婚禮時，常以詼諧的語氣將布拉姆斯〈結婚進行曲〉中
的一段音樂配上「食飯未，食飽（啊）未，食飽（啊）通好
來出嫁」，或者將從布袋戲的配樂中聽來的一段進行曲輕音
樂，配上「烏貓置迌坐無穿褲」的俚語。想來好像早期的台
灣囝仔有很多詞曲作家，當然不是，而是台語本身具有的豐
富的音韻特質使人說話如唱歌，旋律就在談話裡，而且由於
唸謠的字義一般都較弱、較簡單，所以會更突顯文句的音樂
性。後來有作曲家如簡上仁、施福珍、林福裕等人選擇一些
唸謠加以配曲，他們的歌譜也大多是維持歌詞語音的自然旋
律。

三、台語聲調的音階及三多特色

台語的說話之所以自成旋律或容易形成旋律，主要因素

在於語音方面的「三多」，即聲調多、變調多、短調多。
首先來看台語聲調的音值範圍，依筆者自己的音感測度結
果，若按中央 C 調的音階來定音高，台語的七聲八調及其
調值分別如下：（注：上排的數字表該字音的調值，相當於
DoReMi 音階，且兩位數字及數字後加－符號者為長調，只
有一位數字者為短調，同時也反映出調形；下排數字表台語
聲調的傳統式順序，無關調值及調形）

	低降	迴升	中平	低促	高平	高降	高促	高揚
例一：	棟 1-	堂 12	洞 2-	獨 2	東 5-	懂 51	督 5	○ 57
	dong3	5	7	dok4	1	6	dok8	
	陰去	陽平	陽去	陰入	陰平	陰上	陽入	(陽平)

　　台語在單字發音時沒有最後那個聲，它相當於華語的第
二聲高揚調的本調，這個聲調的出現，台語與華語有點相
反，通常在實際說話時，台語的高平調與迴升調字偶而會因
連音變化或因驚訝語氣的關係而轉成高揚調，尤其是有合音
現象時，如快速講「來去台北」會變成「來（伊）台北」；
而華語的高揚調反而會轉成第三聲迴升調，只有較道地的北
京方言才有明顯第二聲。

　　例子中的台語字，依調值由低至高排序，可知台語的音
高範圍包含八度音階，不過，在一般人的單字發音裡，範圍
並沒這麼寬廣，而且還分三度寬和五度寬的兩種音域，有人

嗓子高或從高音字往下唸時，往往會唸做五度音域，即在
SoMiDo 之間，江永進先生所採的台語「三階五調（八聲）」
的聲調教學法便依五度寬定調值[2]：

	低降	迴升	中平	低促	高平	高降	高促
例二：	豹 1-	猴 12	象 3-	鱉 2	獅 5-	虎 51	鹿 5

　　而嗓子低或者由低音字起頭時，會有縮小為三度音域的
現象，即在 DoReMi 之間，王泰澤先生將台語聲調分成「三
級音高」的說法和記譜應用，主要就是以聲調低的三度寬為
準[3]：

	低降	迴升	中平	低促	高平	高降	高促
例三：	棍 1-	群 12	郡 2-	骨 2	君 3-	滾 31	滑 3

　　但我們講話不是口吃，也非牙牙學語，總是連續性的發
音，而且會受情緒、語氣和發音器官的生理機能的影響，使
台語在同一曲調（如 C 調）中的實際音域就有如「例一」
所示的八度寬了，若再加上我們講出口的語句未必是固定在

2　見江永進著《自在拼音教學法》或《台語拼音課程》。
3　見王泰澤作〈福台聲調音樂特性之我「聞」〉，《台灣文學評論》，
　　六卷三期，2006.07。

同一曲調的基準上，即有些語句的音高基準如 C 調，有些語句如 D 調、如 F 調，筆者以為在不是唱歌的自然談話下，將整句話的各音節的調值都往上或往下擴大個兩度，說者還是容易發音的，聽者也還是聽得懂，那麼台語的音域就有約 12 度的範圍可以變化，有這樣寬音域的語言當然很容易產生各式高低起伏的旋律。

　　第二是變調多，台語單字個別唸時，有其固定的聲調，或稱本調，如「悲」、「傷」都是高平調，但兩字連讀時，只要被放在前面的字一定要變成中平調才能表出詞義，不管是「悲傷」或「傷悲」，這是台語的連音變調現象，一般說來，一個字與本身或與別的字構成詞，或構成句時，只有處於詞尾或句尾的位置才會維持本調，也就是說，話語不管連讀多長，當音節停頓的那個單字不變調，其餘都要變調，比如「台灣」（原字「員 uaň」而非「灣 uan」）兩字的本調都是迴升調，但結合成詞連讀時，「台」字變中平，「灣」字不變，兩字再與「文學」連結成四音節詞「台灣文學」後，「灣」字不再是尾音節，所以也要變，再如「台灣文學需要文藝復興」這句話當中，只有「學」及「興」兩字維持本調，因為它們都是長音節中的「頓」（小停），由此可知，台語的每個字都可能變調，有的高低互變、有的平仄互變、有的長短互變、有的語勢強弱互變，如此一來，有些句子可能有兩個以上連續的音節都是同調值的字或是前後兩字的調勢有所衝突時，若依本調唸，會顯得語調平淡或發音不順的

情形，但因變調的關係，該句子就變成語音高低起伏，強弱互間及發音流暢自然，而產生較諧和的旋律感，比如「台灣文學」一詞，前三字調值都相同，要連續以迴揚的語勢快速唸其本調，發音會有所扞隔不順，且快速連發「DoRe DoRe DoRe」（「台灣文」三字之本調的音值）再立即連發必須緊急停住的「Re」（「學」的低促聲）或「So」（「學」的高促聲），在音感上也不諧和，但因為台語的連音變調多，「台灣文」三字轉為中平調，如此音符的結構就像一段旋律的尾音，拉長三拍半停止或拉長三拍後停在一個較高處，這是動作停止（短促調）之前先經平和（中平調）做緩衝的現象，符合人類生理、心理及宇宙律動的正常規律，所以聽起來自然較有旋律感。

　　再談第三個多——短調多，台語的短調音節包括三種標準的入聲（聲尾束喉並受阻於唇齒而收在 ptk 者）和一種純束喉音（將舒聲以束喉截斷，音標標為 -h 者），前者（-ptk）唯短，無論位置如何都無法拖長，如「樂 (lok) 昶」、「快樂 (lok)」、「相踢 (tat)」、「踢 (tat) 石頭」、「相吸 (kip)」、「吸 (kip) 石」……；後者（-h）發音部位不變，只差是否束緊聲帶，所以可短可長，會因文字位置不同、結合他字或語氣不同而改發長音，如「阿 (ah) 爸」、「阿 (a-) 爸」、「綑仙索 (serh)」、「草索 (ser) 仔」……。這四種短調就是一般所稱的入聲短促調，佔台語總音節數很大的比例，與五個長調（或六個長聲）相間在話語間，說話時不

必像唱歌或朗誦詩故意把音拉長截短，長短變化就自然在其中，將容易使台語產生節奏感和旋律感。

下例是兒童唸謠〈點仔膠〉的唸詞，上排音符是漢字的本調音值，下排是我們通常將這首唸謠唱成一段歌的音譜：（注：數字後上方加一逗點表該音應高八度）

```
5151 5-   125' 5-    15' 5，  51 55，  5 5 5 5'
點仔膠，  黏著跤，  叫阿爸，  買豬跤，  豬跤箍仔
333-  | 21h 3-  | 65h 6-  | 323-  | 1 1 2 3h


   12 2 2    5 515151   12 1    2
   滾爛爛，  枵鬼囡仔   流嘴    涎
   | 212-  | 33 22h  | 1-3-  | 2---
```

下排音譜中標有英文字母的音為入聲短調字，我們在唸或唱這支「雜唸仔」時，當唸唱到入聲字的地方，語勢似乎會很自然的斷掉而變短，讀者可先試以上排本調單字唸法唸各個漢字（筆者按：「點仔 diam-ah」的音會因連音結合而唸成「點馬 diam-ma」），再依自己的說話習慣連續性的重唸一次，將會發現我們實際說話的語句較好聽較有旋律感，比較其中不同，便可看出那是因為變調多、短調多及 -h 類的束喉短調可以不束喉而變長調等因素，使實際說話時的發音變得較平順，前後音節的音高也連接得較和諧、較悅耳，

下排音譜的各字音值幾乎就是口語變調後的音值。

四、造就台語詩旋律的方法

　　台語既是一種比華語更有音樂性的漢語，那麼詩人在寫台語詩應可多多利用台語音節多及聲調方面的三多優勢以造就旋律美。在本節中，筆者不揣淺陋，將對如何使台語詩產生較明顯的旋律感略抒己見，而這方面，得舉拙作才有足夠的例子來方便說明台語詩的旋律及寫作方法。

（一）重複聲韻可形成和諧感

　　音樂家作曲首重旋律，旋律主要是由前後各個高低、長短不等或相等的音符及停頓相連結而產生，包含在旋律中的節奏與音勢乃是附加的，因為節奏的快慢可直接由音的長短決定，也可依歌者或演奏者的想望來增減拍子的長度而變成快板或慢板，而音勢的強弱則可依作曲家的指定或隨演唱者的詮釋而定，兩者都不能改變旋律的本體結構，因此本節不涉及節奏與音勢，雖然語調的音勢有其本質上的強弱之別，大體說來，有起伏的調通常要比平坦的調要強些，比如陽平、去聲比陰平、上聲、入聲稍強，高音調也比低音調強，但都沒有說話者的發聲力道所造成的強弱之別那麼明顯，何況不影響旋律，所以在此不談詩的音勢。

　　音樂上，要產生一段旋律有其各種曲調作法和使人動聽

的要素，而詩受限於語言的先天限制，包括語音的調值及語義的結構限制，因此不能完全取法音樂，但有一個要素是相通的，即諧音，諧音可說是旋律的最大要件，有人將它等同旋律看待，所以英文 melody 一詞有時也被譯爲「諧調」、「諧音」或「諧聲」，特別對語調音程差別不大的文字來說，諧音即旋律。時間上相連接的音要能諧和才會有悅耳的旋律感，否則光是高低變化、長短相間，若不諧和，又無規律性，如鐵工廠中的各種敲擊聲，便只是一組雜亂的噪音，而非旋律。那麼怎樣的音相連才會和諧呢？這個問題也同節奏一樣，要從音樂的構成原理即「反複」與「變化」分別來看，不過在旋律來說，反覆不是指一組音節的迴旋，而是指文字或聲音的重複，造成諧音的「重複」分四種：

1. 同字重複：即疊字，重複同一個字既雙聲又疊韻當然最和諧，不過不能重複太多，應以兩字最合宜，三字爲極限，四字以上就變得單調而失去旋律的起伏之美，中間最好有頓（暫停）或加襯字如古詩「行行重行行」，以增加變化。古詩中最有名的例子應屬李清照以「尋尋覓覓，冷冷清清，悽悽慘慘戚戚」開頭的〈聲聲慢〉詞，出自樂府的〈古詩十九首〉就大量使用疊字，許多擬聲詞如「關關」、「蕭蕭」、「欷欷」、「颯颯」…也是應用疊字表音，它除了擬聲之外，還有讓聲音諧和的效果。

　　華語與台語都有很多同音重覆詞，但台語的疊字因有變調的關係，兩字相疊卻音感有別，通常該疊字若是平聲或入

聲，則前一字會降低音高，該疊字若是上聲或去聲，則前一字會變平聲，恰好變調後的音值與本調音值都合乎和弦的結構，如 So 變 Mi、Mi 變 Do 或 SoDo（高降）變 So，正是音樂上中央 C 調的主和弦，因此台語的疊字不但維持兩音和諧，還有旋律變化之美。拙作《胭脂淚》這部史詩就有許多同音重複的疊字詞，如「鏗鏗鏘鏘」、「浮浮沉沉」、「咿咿唔唔」、「膏膏」、「糊糊」、「鬆鬆」……。

2. 同聲重複：即雙聲 (alliteration)，指重複子音（聲母）相同的字，如詩經中的「參差」、「輾轉」…便是，《胭脂淚》中也有不少台語雙聲詞像「四時」、「綾羅」、「留戀」、「種籽」、「逐條」、「忤逆」、「腥臊」、「順適」、「張弛」、「冥蒙」……，西洋詩把雙聲視為押韻的一種稱為「頭韻」，它也能促進聲音的和諧感。

3. 同韻重複：即疊韻 (assonance)，指重複母音（韻母）相同的字，「憂愁」、「姓名」等是大家常見的疊韻詞，前面雙聲例中的「輾轉」一詞同時也是疊韻，古人詩中的疊韻詞所在多有，如「蒼茫」、「清影」、「連環」、「鐘聲」、「闌珊」……，《胭脂淚》中也有一些疊韻詞，如「溫吞」、「黃酸」、「光芒」、「止飢」、「溫純」、「記智」、「闌干」、「稀微」……。疊韻與一般所稱的「押韻」其實是同質的，西洋詩就等同看待它們，都屬押「尾韻」，而在漢語詩來說，差別在於同韻腳的字是否接連出現，接連出現的押韻才屬疊韻，疊韻與雙聲一樣，重複的聲韻因特別諧音，容

易形成固定詞彙。

4. 尾韻重複：即所謂的「押韻」，它是句尾或一句中的停頓處使用同韻字的情形，通常是指句尾同韻，有連句押韻或隔句押韻，唐詩「一三五不論，二四六分明」的說法便是一種雙數句必須押韻的定律，但詩人往往連某些單數句也押韻。押韻的例子在古詩和台語現代詩中俯拾即有，《胭脂淚》雖主要由白話自由體構成，然而她的大部分詩行也押各種韻，在此不必例舉。

以上四種重複之所以能製造諧和感，主要是靠聲音的同質性，而非不同音高間的諧和性，音質越近似便越有諧和感。至於聲與韻兩者比較，顯然韻重於聲，由於所有母音都是振動聲帶的濁音，聽得最清楚，又可以延長，而且人類發音需有母音才能成聲成話，因此關於聲音和諧感的產生，同韻（疊韻與押韻）的效用要遠大於同聲（雙聲），例如前面所舉同字重覆的字詞給我們的音感也是韻比聲明顯，擬聲詞主要以韻比擬，音譯外語有時無法兼顧聲韻，便是以韻為準，職是之故，古人只把押韻定為詩律之一，聲就沒那麼講究，近代西洋詩也在有尾韻時，就可免去頭韻（雙聲），現代白話詩雖不規定押韻，但詩人總會自由的押韻，特別是寫作歌詞時，可見押韻對諧音的重要。這就是古人重押韻而不重雙聲的原因。

詩人在押用同韻字時，需要注意語音的複韻差別及台語的文白音差別。前者如「連(lian)環(kuan)案(an)」三字雖

同樣有複韻母 an，但前兩字還分別與其他母音結合，使音質產生質變而造成三字並不完全同韻，因此諧音的效果就弱些，必須如「連、賢、宴」、「環、願、彎」、「案、安、緩」才是百分之百同韻，只是寫作時一方面要顧到文義，又要尋求百分之百的同韻有時很難，因此不同的結合韻母間，只要最後兩個單母音相同，我們就可當它押韻，就像入聲韻與帶半鼻音的韻，若其主要母音與未帶鼻音的韻母相同，我們也視同押韻，如「伊一圓喜彼耳」等字可算押韻。不過文白差別就無法等同看待了，因為有些字的文言音和白話音的韻母的音質已經截然不同，如「天 (tian,tiN)、黃 (hong,ng,uiN)、重 (diong,ding,dang)」，也就是說「心入波旬沉在色欲天（文）」與「日頭失蹤置烏陰天（白）」這兩句（臨時造的句子）算不得押韻，幸好文白差雖造成不同韻，但文白音的音高調值仍然相同，可在和弦方面補足音質方面所失去的和諧感。

（二）合乎和弦結構的變化組合

　　前節談的是以重複的聲韻來增進語言旋律和諧的方法，接著來看該如何運用高低長短不等的調值變化，才能組構出較和諧的語言旋律。由於有起伏、有長短變化的一段聲音才是旋律的本體，而旋律的組構要素在於和諧，因此將哪些相異調值的音（字）加以連接或由某個字轉入另一個字才比較和諧，是重視語言音樂性的詩人所要講究的。古人為詩詞製

訂格律，在語言的音樂性方面同時兼有節奏與旋律的考慮，由唐詩到元曲，格律越訂越嚴格，就語音的部分來說，唐詩只講究平仄和用韻，宋詞的平仄有時還分四聲，所以前人把作詞稱爲「依聲塡詞」或「按譜塡詞」，至於元曲更嚴格，有諸宮調之分，又有南、北曲的四聲之別，誠如吳瞿安在《詞餘講義》中說的：「宜平不得用仄，宜仄不得用平，宜上不得用去，宜去不得用上，宜上去不得用去上，宜去上不得用上去。上上去去，不得疊用，單句不得連用四平、四上、四去、四入。……一調中有數句連用仄聲者，宜一上一去間用。……或又謂平有提音，上有頓音，去有送音；……」這種嚴格遵循每句每字的四聲及其陰陽的寫作規定，寫來有如在作曲，無非是要以聲音的調値特性來表現某種情感，所謂「平聲聲尙含蓄，上聲促而未舒，去聲往而不返，入聲則逼側而調不得自轉」（所引同上），或如《元和韻譜》所稱「平聲者哀而安，上聲者厲而舉，去聲者清而遠，入聲者直而促」，每個人對個別聲音的感覺容或有異，但對一段旋律的感覺則有某種程度的共通性，因此由某一格律所組成的某個詞牌、曲調，便具一定的情感性質，像周德清在《中原音韻》所列：仙呂宮表清新綿邈；南呂宮表感嘆悲傷；商調表悽愴怨慕；大石調表風流蘊藉……。作者要表現怎樣的情感內容，自可選擇適宜的宮調來按譜寫作，如是旋律與情意自然兩相宜，每首詩都可唱，即使只用唸的也充滿音樂性。

　　寫作台語詩，如要在語句間創造較和諧的旋律，詩人

宜了解各聲調之高低長短及動向的特性，然後盡量按曲調
的和弦結構來選用較合乎和弦的字，比如哀婉的小調是以
LaReFa（Dm）、LaDoMi（Am）⋯⋯爲主和弦；開朗的大
調是以 DoMiSo（C）⋯⋯爲主和弦，我們就盡量運用聲調
吻合和弦的字來寫作，然而台語的聲調如前節所列，其範圍
及音階未必能完全合乎和弦的要求，幸好一般人的音感不是
非常敏銳和準確，有時差個半度音是聽不出來的，尤其在
聲音的行進間，往上時高一度或往下時低一度，也沒啥差
別，何況語音的高低往往會隨讀者的情緒及唸腔而稍異，
因此 La 音可以 So 音字代替、Fa 音可以 Mi 音字代替。試
看下列四句：（注：-表長音，＼表滑音下降，／表滑音上
升，斜線前後之兩音需迅速連發，如能以提琴彈奏滑音會
更準）

     日頭 - 花 - ，目睭 - 金 - 金 - 塊看＼ 伊 - ，

     Dore-mi- ， domi-re-mi- mi mi\re mi-

     櫻 - 桃 - 紅／ 的嘴 唇／， 想著 - 甜 - 甜 - ，

     Re-re- do/re remi\re do/re dore- re-mi-

     輕 - 輕 - 喝 (ghap) 出來 - 的 鶯 - 聲 - 燕＼ 語＼，

     Re-mi- re dodo-re re-mi- fa\do mi\do

規-暝/　歇＼置漢　秋-的耳-。

Re-do/re　mi\do domi\domi-rere-

　　（引林央敏著《胭脂淚》第六卷第四節末四行）

　　這是以低音階聲調來唸這四句詩所形成的旋律，由記譜可知，詩句中只有「燕」字與前後字略有不諧，但它其實是加強 mi 音的音勢，致使 mi 音稍為升高而變成 fa 音的現象，只差半度，若不細聽將不覺得它有急降的突拗感，整體聽來像一段有抑揚頓挫的旋律，如果把唸的速度放慢些，旋律將更明顯。

　　台語的音域雖比華語寬些，但純然要依賴語調的自然連結以形成變化多端的旋律誠屬不易，尤其詩的文句結構需顧及語義的表達，總不能任意組合而變成只有聲音卻沒有意義，因此我們在寫詩在創造文句時，幾乎無暇再顧及音調的變化組合，不能同時注意到哪些字的音合乎和弦才加以運用，在這種無可奈何的情況下，如果我們還想寫出具有特定旋律又能表現某種情感的詩，有兩個較直接且便利的方式可以應用：

　　1. 套用古典漢詩的格律：古代漢樂府、唐詩、宋詞、元曲都有格律，這些詩律經由古代詩人及音樂家所製，自然已具備某種聲調起伏有致的旋律，勿需勞煩我們再費心。其中樂府鬆散自由，幾乎只有句式，唐詩律絕的聲調規定重在節奏，旋律則過於單調，至唐宋詞及元曲才在聲調的變化起伏

上有較豐富的體制，然元曲諸宮調又嫌太複雜，其北曲的格律也不符台語所用，因此筆者以為現代詩人若要套用古典詩的格律，最宜仿套唐宋詞，其四聲的陰陽平仄有定格有別格（變格），可謂難易適中，每闋的字數及長短句型比較恰合現代白話小品詩的需要，上百個詞牌，有作淒音悲調的「阮郎歸」、「小重山」、「雨霖鈴」…；聲情低抑的「一剪梅」、「揚州慢」、「壽樓春」…；蒼涼激楚的「金人捧露盤」、「滿江紅」、「蘇幕遮」…；駘蕩豪壯的「破陣子」、「念奴嬌」…；纏綿縈迴的「水調歌頭」、「生查子」…，為各種情感所製的格律可說應有盡有，只不過要套用它，需對台語的四聲平仄及韻部的獨用通用先有些基礎認識，寫起來才能得心應手。史詩《胭脂淚》中有兩段小詩節是分別套用宋詞格律〈水調歌頭〉及〈念奴嬌〉寫成的，茲舉一例如下：

拜六暗，漢秋的心頭

互翠玉的面容舞弄規半暝，

靈感來，給願望寄託日記，

給心情褶做一曲唐朝式的歌詩：

　〈水調歌頭〉

　孤獨野郊外，忍受夜生寒。

　早前痴思暗戀，準是望城關。

　不可近身行悷，

　只好徘徊眺看，岩壁又懸懸。

人影亂心鏡，暝日剪操煩。

頭一番，激勇膽，敲門環。
開窗相應，毋驚情短意難全。
從此長年見誚，
拋入雲天做雨，有話沃山川。
來日共杯酒，結伴在雲端。

　　　　　　　（引《胭脂淚》第四卷第三節最後一段）

　　這塊詞牌本出自唐代大曲的「水調歌」，相傳爲隋煬帝鑿汴河時所作，宋代樂制將它編入中呂調，共九十五字，分前後片，各押四個平韻，也有在前後片的兩個六言句押仄韻者，其聲調旋律適宜抒寫婉轉低迴的情緒。上引詩節完全按照古詩格律寫成，並且在幾個古律不需押韻的地方也押了韻，作用在於增加旋律的和諧感。

　　2. 配合音樂歌曲的旋律：樂曲、歌曲一定有旋律，而且比任何詩律更有起伏變化，好歌必然都具聲音之美，所以直接取一首歌的主旋律來套用，自然最能塑造出詩的旋律，然而語言的聲調不比音樂的音符，可以做大範圍的跳動銜接和變化，因此我們只能盡量配合其高低起伏及強弱長短的動向。這種寫作方式，純粹是先有旋律再有詩句，旋律方面可取自古今台外任何歌曲，但要取怎樣的旋律呢，由於各調所引起的情緒有所差別，如古希臘人認爲E調安定、D調熱烈、

C 調和愛、A 調發揚、B 調哀怨、G 調浮躁、F 調淫蕩（參閱朱光潛《文藝心理學》附錄三），但筆者覺得未必然都如此，F 調似乎比 B 調哀怨，如貝多芬的「F 大調羅曼史」便極其哀怨，一點也不淫蕩；而巴赫的「G 弦之歌」便很沈隱，但一般說來，大調（長調）適於嘹亮、愉悅之作；小調（短調）則適於陰鬱、哀愁之章，我想只要作者覺得自己所要傳達的情感、意念可以「寄託」給某一支歌的旋律就可以套取它。

　　《胭脂淚》中的部分詩節片段就是依循某些歌曲的旋律感寫成，或取自藝術歌、或取自流行歌、或取自民間歌謠，有的只部分模擬參照，如〈思念的夜曲〉（七卷一節）、〈毋甘情人淚〉（七卷二節）、〈求藥詞〉（七卷四節），有的全部配合曲式，如〈溶血珠〉（十卷三節）就是傳統南北管的「百家春」曲。這裡僅舉筆者另一首較短的詞〈淒冷小夜曲〉為例以見梗概：

　　　月　娘掛天頂，寒星一點　明。
　　　1- 5 63- 5--，1-1-3- 7- 6—5

　　　暗暝 的寂靜，　 使我想起佮妳的戀情。
　　　2-- 3 5 4 3-4，5 3 2 3 5 3 2 3 1--。

　　　如今妳　嫁予豪額人，

1 2 3- 3 3 1 1 1-

只留我 互風吹霜凍。
2 3 4- 5 5 5 1 1-。
……（省略五行）
也通好安慰阮孤單的心胸，
忍受夜色　淒冷！
——（引自林央敏著《故鄉台灣的情歌》，前衛，1997）

　　會唱譜並且對該旋律熟悉的讀者，頂多只需讀前四行
的音符便知這首詞「乘著」陶西里 (Toselli) 的「嘆息小夜
曲」(Serenata Rimpianto) 的旋律，由於只憑筆者愚鈍的音感
並且只粗略的模擬主旋律寫作而非按譜填詞，再加上語言
的自然語調受限於語義，因此文字未能完全吻合固定的旋
律，如「嫁予豪額人」，整句唸時經變調後的語調旋律應是
「31312」而非「33111」，所以如前所說「我們只能盡量配
合其高低起伏及強弱長短的動向」，如能模擬到六、七分像，
則該詩隱然就有該歌曲的旋律，也就適於套用該歌的曲調來
唱了。

五、綜看音樂性及其作用

　　關於台語詩的旋律及和諧感的問題，大約如前所述。最

後我們引《胭脂淚》開頭的一節前奏曲〈話頭前奏〉（第一卷第一節）來綜看一下台語詩的音樂性：（注：為方便敘述，各行前加注數字）

1. 天上無甲子，人間有四時，
2. 三光日月星，替人分干支。
3. 西方歲月一八五九年，
4. 大清黃曆行到咸豐紀，
5. 王朝日落西天。
6. 鏗鏗鏘鏘宮角商，綾羅紡絲嘟咧咪，
7. 我來唸歌囉予恁聽啊咿，
8. 毋免抾錢啊免著驚啊咦！
9. 賣唱詩人琴聲起，故事就安呢開始。

　　這節詩幾乎包含了我們之前所談到關於聲韻調方面的每個音樂性要項，它的形式屬於台語傳統詩歌的「歌謠詞體」，其中卻又包含「五七言體」。內容分前後兩小節，一到五行的內容主要在表現時間的流轉，在節奏方面，前二行四句是五言體，每句都以「二三格」音步的節奏在循環；三、四行雖為九言句，但仍屬傳統的節奏模型，它們是前面五言句的拉長再拉長，節奏略變，由「二二格（或四）」回復到「二三格」，第五行變化較大，轉為「二二二格」，如此變化，在音樂上要非是轉調的開始，就是原調的結束，這裡其節奏配

合旋律感可以感覺到是一個小結束,而且下接後半節(第六到第九行)變為七言句,節奏變為「四三格」音步,給人的音感儼然像轉成另一個調了。後半節整體說來是六個七言句,雖然第七、八兩行的外形是十言句,但實際上是由「我來唸歌予恁聽,呣免抾錢免著驚」這兩個七言句添加虛音節構成的,所以後半節是以典型的「四三格」音步形成節奏,但最後一句的節奏顯然又與前幾句不同,為「二三二格」,因此全詩由起頭唸到「故事」時都可以用較慢的速度唸,但唸到「就安呢-開始(三二)」時卻突然變快(這兩個詞的聲調及習慣唸法就會讓人自然加速),尤其「開始」的音長因高降調而變短,音勢卻加大,這種突變,真如文意所示的「以下才是正式開始」。

　　前半節的文字每句都有實質的文意,但後半節的文字主要在表現聲音,第六行完全是兩句擬聲句,大家習見的擬聲詞「鏗鏗鏘鏘」是以「同字反複法」製造的諧音,後三字「宮角商」也是擬聲,不過它不是一般模擬自然界聲響的擬聲,而是模擬古代音譜的唱音「宮商角徵羽」中的三個音符,下一句的「嘟咧咪」也是擬音符的唱音,摸擬現代的「DoReMi」三個音,「宮角商」唱做「gong<chē-siang」,音高等同「DoReMi」,而「綾羅紡絲」四字好像是一個有文意的詞,但又像無義,讀起來也是在模擬音符,於是「鏗鏗鏘鏘宮角商,綾羅紡絲嘟咧咪」兩句的旋律就如「ReMiReMi-DoReMi-,ReDo/ReMiMi-DoReMi-」,可說純

粹在製造聲音、製造旋律,所以下面所引用的兩句(七、八行)台灣早期那卡西唱遊藝人的「江湖調」唱詞,自然應以該詞的唱腔來唱這兩句了。

這節詩從起頭的五言句開始便是平仄互間,而且句尾大多用平聲,意在延長拍子,字字連結唸起來,有高低、有長短的變化,加上許多擬聲字和句句押韻,增強了諧和感,使整節形成一段旋律,唯最後兩句句尾用高降的仄聲,使聲音變短變強,好像彈奏者的音樂戛然而止,暗示以下正式開始的內容將是另一種調子。

六、小結

以上,包括本文重點觸及的重複聲韻以營造諧音的方式和連接不同語音以產生和諧旋律的方法,以及附帶談到的擬聲修辭,都以語言文字本身的聲韻調為探討對象,它們和節奏同屬文字音樂性的實體要項,亦即可以單憑聽覺就能感受到的音樂性形式。然而詩中,乃至其他文學作品中,還有一種「想像的音樂」必須靠「心耳」才聽得出,這種想像的音樂是無形的,不靠字音組成,而是靠字義引起,讀者需從詩人對聲音的描寫及比喻中,透過聯想引發和經驗共感方得一聽究竟,如前一節中的「綾羅紡絲」一詞,它其實不只是擬音符的唱音,而且包含想像的聲音,即要引起讀者想像紡織時的機杼聲,它不同於〈本蘭詩〉和其他古樂府詩裡的「即

即復即即」是直接把紡織聲模擬出來，而是以描寫事物或呈現動作來引起聲音的想像，古典詩裡，白居易的〈琵琶行〉、李頎的〈聽董大彈胡笳弄〉及李賀的〈李憑箜篌引〉，是富有這種想像的音樂的重要作品，台語詩中也有類似作品，只是規模尚小也還少，因此這部分在性質上與節奏、旋律等具聲音的實體形式迥然不同的音樂性，將留待另一文再談。

　　文學史上詩樂從同源、分立，再回到合一有其循環，台灣亦然，由早期平埔族原住民或漢人的民間口傳詩歌都可見到詩樂原本一體，後來當歌謠演唱不再與民俗活動密切結合後，詩與樂開始分道揚鑣，到二十世紀，受白話詩解放格律的影響，詩、樂分隔得更清楚，僅以戰前及戰後文人筆下的台語詩來說，也有類似的循環現象，戰前的台語白話詩大多是為譜曲而作，既使不為譜曲，作者也會模仿傳統歌謠的句式，把它寫得像歌，當詩人重視詩句意象的營造後，詩、歌又分立，如戰前的楊華、戰後一九七〇年代稱「方言詩」時期的林宗源、向陽、黃樹根等人的作品，極少可以譜曲的。接著八〇年代，台語文學運動正式興起後，詩人再度重視詩的音樂效果，而採用傳統的節奏模型來作詩，如宋澤萊、林央敏、林沈默…等人。到了九〇年代後，有詩人甚至只為配曲才寫台語詩；也有「歌詩」之倡，想藉歌曲的承載將台語詩傳播出去的做法，像莊柏林、林宗源、黃勁連…等人尚且斥資請人將詩作譜成歌以期詩樂合璧，如此好像台語詩又有回到詩樂合一的趨勢，至少顯示詩人非常重視詩的音樂性。

但不管一首詩是否爲歌而作，有豐富的音樂性絕對能增加詩
的美感，因此詩人作詩理應對語言的節奏、旋律和諧音方面
多下些功夫，唯不能因聲害文，使詩句單有音樂而文字不具
詩意又乏內涵，畢竟文學與音樂的本質有別，詩的音樂性存
在文字中，而非外加的音符上。

　　——2006.12.16 完稿。原載 2007.04，《台文戰線》第 6 期。

一首散文化的好詩

——評胡民祥的〈翻頭看〉

　　二十世紀西洋文學的新批評家，一般都認為散文是科學的語言或接近科學的語言，適於敘事說理，而不適於表情寫詩，但也是新批評家的翁因特斯 (Yvor Winters) 卻主張詩可以散文化 (Paraphrase)，也就是說詩不必然需要有或多或少的意象語才能成其為詩，散文式的語言也能構成詩。這個觀點曾引起也是新批評家的布魯克斯 (Cleanth Brooks) 以一篇〈散文化的謬論〉("The Heresy of Paraphrase") 加以反駁。到底散文化的文字能不能產生詩意或詩的質感？在台灣，興於現代詩的詩人一般都很講究文字意象，以為詩所以異於散文的關鍵在於意象 (image)，這大體上是正確的，因為散文的一般特徵是以直線法表示主題，詩則以彎曲法表示主題，詩句中的意象就是彎曲的地方。不過，也有例外的，我發現一篇純用散文語言寫成的作品，只要它用以反映主題的文字

內容能呈現一個統一的詩化的結構，也能產生詩的張力，那麼這篇作品便能成爲一首好詩。我且以胡民祥的一首台語詩〈翻頭看〉來說明這種以「結構張力」形成的散文化的詩，這裡所謂「散文化的詩」並非指一般所謂的「散文詩」，而是指不依賴意象語言，且文句如散文的詩。

胡民祥先生是 1980 年代台語文學運動在海外最主要的領航人，創作及評論俱佳，作品以散文爲主，詩大概是他的興來之作，以我手頭上的兩種《胡民祥台語文學選》（南縣文化中心及金安版）來看，他的台語詩只有 29 首，集中在 1991 到 1995 年間，在這少量的詩作中，有兩首是以批判國民黨的海外黑名單政策爲主題的詩，即〈翻頭看〉（1992作）與〈汝莫去〉（1993作），兩首都屬難得的佳作，但我想多數人應該會以後者爲優，因爲〈汝莫去〉的主題明顯，文字處處帶著機智 (wit)，並使用多個意象，寫法正符合美國詩評家藍孫 (J. C. Ransom) 所標舉的寫詩的正道，又詩裡的同一個「烏秋」比喻，由「烏名單……敢是那像……烏秋」的明喻 (simile) 轉爲「你……猶原是……烏秋」的暗喻 (metaphor) 後，效果上也呈現出藍孫所稱道的「形上詩」(Metaphysical poetry) 的優越點，化不同事物爲相同事物，把部分類比變成完全複合的現象。其中種種得力於意象語的好處都是〈翻頭看〉所闕如的，不過我個人認爲〈翻頭看〉優於〈汝莫去〉（這首詩請讀者自己找來看）甚多，其原因便是同一主題，〈翻頭看〉表現得比〈汝莫去〉更深刻、更

具詩的張力 (tension)，〈翻頭看〉這首詩的語言雖僅是散文化的，而實際上卻運用了更深度的技巧把零亂統整起來，使全詩呈現一個統一的結構之美，以及布魯克斯所謂的「驚覺」(wonder) 效果和「反諷」(irony) 效果。接著我們直接來看〈翻頭看〉這首詩。

　　〈翻頭看〉應是作者的地方腔詞，台語一般說做「斡(uat) 頭看」，即華語「轉頭看」的意思，但「斡頭」的動作有大有小，大者轉頭連著轉身，這是站立時的轉頭習慣；小者僅有轉頭，通常發生在行進間。本詩分五段，每段都以「一九八二年正月落雪天」開始，點明情節發生的時間及天候景象，使人以爲每段要說的內容是在演述同一件事的幾個動作或同一時段背景裡的幾個事件，然而不是這樣，實際上作者是「熔鑄」了三個相異的時、地、事，因此我想讀者初讀〈翻頭看〉時，很可能會覺得這首詩的結構有些散亂，內容缺乏邏輯的連貫性，尤其對一個不知本詩主題背景的讀者來說，也許只知它在寫「送行」和「別離」，其餘恐怕會有不知所云之感，但當讀者了解作者部分生平，及國民黨政府的海外黑名單暴政後，再細讀本詩，當能深刻體會本詩的主題及寫法，爲了方便了解，先引一段筆者曾爲本詩所寫的一段背景說明：「1946 年到 1990 年間，凡留學在外或者僑居異國的台灣人，在思想、行爲方面，若表露出與外來國民黨蔣政權所欽定的模式不同時，都會被國民黨列爲『黑名單』，而一旦被點痣做記號後，除非願意違背良知，爲中國國民黨

效力，做壓迫者佈線海外的爪耙仔，否則，不管任何原因，都被禁止回台灣。[1]」而作者胡民祥正是海外黑名單之一，他於 1967 年預官退伍後，赴美留學，因參加海外台灣人活動，名字便被關入黑名單，前後 21 年不得返台。知道上述背景的讀者，細讀這首詩後便知它的主題表面上是寫送行，實際上是在反映或批判該不人道的黑名單政策，這個主題隱藏在詩段中幾個相異的人、時、地所做的「翻頭看」之動作 (act) 中，從美學的角度來看，正充滿美國南方學派那位重要的文學理論家阿倫特地 (Allen Tate) 於 1938 年起所大力標舉的〈詩的張力〉("Tension in Poetry")，特地是文學教授，也是詩人兼小說家，他所謂的「張力」是取邏輯學的「伸展性」(extension) 與稠密度 (intension) 兩詞，各去其字頭且合併其意義而來，「伸展性」意指事物與事物間的邏輯連貫性；「稠密度」指一件事物本身意義的深度，特別是該事物得有更深度的伸延義 (connotation)。「翻頭看」，這樣一個極其平常的字眼或動作，經由其後的文句，即所「看到的內容」的烘托，使它含帶這樣深切的大主題，因此它（「翻頭看」）不再只是一個單純的散文句，它已經成為一種「動作意象」，其本身便張力十足了。

接下來必須引錄全詩來分析，讀者才能明白「翻頭看」這個動作意象及其張力是如何形成的：

1　見林央敏編《台語詩一世紀》之「編按」，2006，前衛出版社。

一九八二年正月落雪天／阮老爸捷捷翻頭／看伊的後生，奈何／行去機門的通道／短短無幾步，續落去／十五點鐘的噴射雲／會佫製造十五年的分離／／

一九八二年正月落雪天／阮也煞來翻頭／看著的是：十五年前／阮中年勇健的父母／佇熱天的松山機場／送您的後生／／

一九八二年正月落雪天／阮老母直直行無翻頭／看伊的後生，總是／佫看是會凍安怎？／唔免兩個十五秒鐘／就佫是十五年分離的開始／／

一九八二年正月落雪天／阮翻頭／看著的是：一九八一年六月天／阮提無著簽證的亞東協會辦事處／佇阮去出差的日本大阪城／只好拖著行李／飛轉來新大陸佫再流浪／／

一九八二年正月落雪天／阮佇停車場翻頭／看阮父母離開的美東機場／是怎樣？／一片白茫茫／白茫茫

　　這首詩的內容單一簡要，所寫的是「某個時候有某個人轉頭看到某件人事物而起某種感嘆」，每段的文義大致如此，可以將它的文義結構簡化爲「時間→動作→結果」的敘述模式，它很像修辭學上的「排比」，只不過它並非單純的字句排比，而是一種「段落排比」，即每段的文句結構相似。而這種文句結構「接二」「連三」地使用五次，因此又像「類疊」法，當然是一種「段落類疊」，而非一般的類疊，不過

「一九八二年正月落雪天」這句則是最標準的隔段疊句。如是運用「讓劃一中的多數反複出現」的類疊原理，及排比的「共相的分化」和「多樣的統一」原理，雖然效果上可增強本詩要表達的題旨，即讓各段之不同「結果」都趨向「批判海外黑名單政策」這一主題以強化其批判、感人的力量，但它也只能達到局部的、初步的效果，還不足以成就筆者稍前所提到的本詩「運用了更深度的技巧把零亂統整起來，使全詩呈現一個統一的結構之美」的效果，因爲段落的排比或類疊僅是尋常技巧，常見用於許多詩歌中，特別是歌詞，而且在這首詩裡，每個「翻頭」的動作意象（各段形象化的內容）是各別存在的，沒有因爲排比而連貫起來。事實上，使之連貫、結合起來的是心理邏輯或情感邏輯的連結與相互作用，這點才是作者處理本詩的獨到之處，下文將特別解析這一點。

　　本詩第一段簡述臨別之刻，父親依依不捨，常常轉頭看兒子，因爲此去雖只十五個小時的飛航，但將是另一個十五年的分離。這節裡的「噴射雲」是飛機或航程的「略喻」，它是全詩唯一用到的非散文化的物質形象語，然而它無法構成意象，因爲「噴射雲」一詞在台灣文學中早被普遍使用，已失去鮮活的意象特質，成爲一個普通詞彙了，它對詩意的貢獻度還不如末句裡的「製造」一詞，本段以 15 小時的航路來「映襯」15 年的骨肉分離所凝結出來的詩質，便來自「製造」這個動詞，而非「噴射雲」這個名詞譬喻。

　　第二段敘述主角轉頭看到十五年前，父親在台北松山機場為他送行的一幕，我們若用段首的「一九八二」減去段中的「十五」，答案正是作者離台赴美留學的 1967 年，可知本詩是作者自述。第三段寫「來送行」或「被送行」的母親只是一直走，沒回頭看兒子。這「無翻頭」的原因，可有兩種，一是現實上的，因為登機時間（兒子登機或母親登機）緊迫（只剩三十秒），被送別的若是母親，恐怕已無暇轉頭，而如果是母親在送行兒子的話，其情況也可能是兒子已入機艙，即使回頭也看不到兒子身影。二是心理上的，因為黑名單政策予母親的打擊很大，使之充滿離別的傷感及無奈感，「總是／佇看是會凍安怎？」本句正透露這種無可奈何的生離如死別般的心境。作者把 30 秒拆成兩個「十五秒鐘」，用意在對應第一段的「十五點鐘」，時間由 15 個小時大大縮成 15 秒，竟然也同樣能「製造」出 15 年的分離，其「反襯對比」以暗示生離之無奈的力道更強，而小 15 對大 15 便是一個反諷。

　　第四段寫一年前，作者近鄉情「切」，想利用到日本出差的機會碰碰運氣，看能不能躲過黑名單政策所佈建的蜘蛛網，想來作者在僑居地美國應已多次向國民黨的駐美公署申請返台簽證都碰壁了，沒想到連非自己僑居所在的日本也有自己的名字，只好無奈的飛回新大陸繼續流浪。本段暗示蔣政權阻止台灣人返鄉、鎮壓基本人權的暴政無所不在，這種被迫式的「流浪」，本質上如同古代帝王時代的「放逐」，

「只好拖著行李」一句也淡淡露出作者心裡的不願（離開日本）和無奈，這裡又暗諷蔣政權如封建王朝。

第五段寫主角送別父母後，將離開機場前，在停車場因不捨的心理作用，而「翻頭」想看看已入機艙的父母或已飛在天上的班機，然而盡是「一片白茫茫」，自然看不到父母。「白茫茫」指雪景及遍地覆雪予人的感覺，這是淺而易明的，但作者還問道「是怎樣？」造成「白茫茫」，顯然這個問句的答案不只是正月的冰天雪地，「白茫茫」成了雙關語，它具現實義與象徵義，除暗示黑名單政策造成台灣人生離死別的無奈感、寂寥感之外，也有此去茫茫，未來不可知的影射，特別是對未來能否再見父母的期待頓生絕望，也許還有白色恐怖連天接地的象徵。「白茫茫」又與本詩未點明的主題「黑名單」形成顏色上、氣氛上的強烈對比，這是一個矛盾語形成的反諷，諷刺和控訴黑名單政策的神秘莫測，到了令人聞之心寒的程度。

本詩主題是在批判黑名單政策，但始終未明指，而僅用送別時的親情來對比黑名單政策的無情，不但全詩不見任何「黑名單」及其相關字眼，讀來也毫無火藥味，卻更顯得深刻。這就是筆者將本詩收入拙編《台語詩一甲子》（1998）時，在「導讀」的末段所說的「這首詩寫台灣的父母在思子心切之下，只有『自力救濟』，家己動身去美國探望十五年昧凍相見的子兒……。這首詩的手法非常高明，寫烏名單寫甲像羚羊掛角，不露痕跡，絕對是上乘佳作。」

　　本詩手法高明的地方更見於它的佈局。筆者認為〈翻頭看〉全詩佈局得相當精緻，各段的情節、文字已連結成一個緊密的結構，儼然就像十九世紀英國詩人柯律治 (S. T. Coleridge) 所謂的有機體，即一篇好詩是一個有機組織，如人的身體一般，形成之後不可隨便拆散、增減或重新組合。我先以簡單文字列出本詩的內容結構：

(1) 父親轉頭之「未表明送行者」的 (1982)「現實場景」

(2) 兒子轉頭之「父送子」的「遠程」(1967)「記憶場景」

(3) 母親沒轉頭之「未表明送行者」的「現實場景」疊「記憶場景」

(4) 兒子轉頭之「無送行者」的「近程」(1981)「記憶場景」

(5) 兒子轉頭之「子送父母」的 (1982)「現實場景」

　　這裡所謂「現實場景」是指正發生在現象界的外在情節；所謂「記憶場景」是指過去曾發生在現象界如今已成記憶的心理情節。由上列可知本詩情節乃採現實場景與記憶場景交互並交疊出現的方式進行。在第一段裡，我們很難根據文句判明到底是誰送誰，需讀到最後才真相大白，原來本詩是以兒子送別父母飛離美國的情節為主要線索，因此第一段寫的是「子送父」了。唯第三段的情節設計非常特殊，本段一如第一段，作者都未表明送行與被送行的雙方是誰。母親若是

被送行者，則本段情節乃上承第一段的未寫完的情節，先寫父親再寫母親，屬「現實場景」，要做此判斷，需等讀完全詩，有第五段的內容來佐證才合乎邏輯、才能做此判斷；而母親若是送行者，則本段變成是第二段的延續，屬「記憶場景」。如此一來，「現實」與「記憶」兩場景不只是交互出現，而是交疊在一起，達到真正的融合為一了。筆者過去頂多只能看到交互描寫以造成心象意境重疊或合一的作品，像這樣能以一整段文字來同時「寄放」兩個不同時空的情境，並且可同時讓兩個不同段落的情節得以延展的寫法還屬首見，不知這樣的段落效用是否出於作者的有意設計，但無論如何，我猜作者應較偏向於希望讀者將第三段當作第二段的延續來解讀，因為第二段的文義結構及「敘述模式」和其他四段相較，顯然少了「時間→動作→結果」中的「結果」，但它並非沒有「結果」，而是落到次段才出現，即第三段的「結果」——「唔免兩個十五秒鐘／就佫是十五年分離的開始」——正是第二段的「結果」，也唯有這個「結果」可以做為第二段的「結果」。

　　談結構，兩千多年前的亞里斯多德即寫一部《詩學》，認為一件作品需有「頭腰尾」，而且要有整一性，亞氏嚴格要求好作品不可有多餘的、即缺少因果關係的情節，也不可少掉應有的情節而使結構塌陷，這話雖是對悲劇與史詩而發的，但也適合其他文學作品。按以上分析來看，〈翻頭看〉實相當符合亞里斯多德的要求，不只全詩具「頭腰尾」，連

各別段落的情節也都有「頭腰尾」，而且全詩的整一性已達到極致，之所以如此，關鍵就在第一句：「一九八二年正月落雪天」，這個類疊修辭法，使全詩變成現在進行式，包括明講屬於記憶場景的第二、四段也成現在進行式，這兩段記憶場景都是作者的親身經歷，過去曾是在地面上演出的情節，如今因性質相同（即同樣起於黑名單）的「送行」及「轉頭」再發生，因此引起作者「翻頭／看」到過去的事，兩段記憶便移到此時此地重新「演出」，於是，地上演著現實情節，腦裡演著記憶情節，兩者都在「一九八二年正月落雪天」的「美東機場」進行著，古今交融。

　　總之，我們可以說這首詩的各個成分已被結構統一起來，各成分在此結構中，一方面保持自己的張力，一方面互相作用而產生全詩的張力，這就是我在本文開始時所謂的「（詩的）結構張力」，而具這類整一性的、美的、詩化的、充滿張力和反諷的結構，美國新批評學派的重要理論家華倫 (R. P. Warren) 稱之為「戲劇（性）的結構」。台灣現代詩，不管華語寫的或台語寫的，絕大多數都只有「頭尾」，也大多只講究字質、講究詞句意象，而忽略全詩的結構。希望台灣詩人們在結構方面多下些工夫，那麼散文化的文字也能產生很好的詩，就像愛略特 (T. S. Eliot) 的長詩〈四部曲〉(*Four Quartets*)，有80%的內容都是由散文化的文句構成的。

──2006.05.10完稿。原載2006.09，《海翁台語文學》第57期。

意念・字圖・圖象詩
——綜論台語的真假圖象詩

一、詩的精要由格律轉往意象

在早前古代人的看法中，詩的精要在格律，即特別講究詩的音感部分，並以格律的有無來區分詩與散文的差別，凡是帶有格律或合乎某種格律的文字作品，都被當做詩。當然寫文章，按格律寫，或是自創一格，並按這一個格律寫作填詞，一定比單純順乎語言的文法在寫散文要困難許多，縱使最簡易的格律如台灣民間文學的「七字仔」四句聯，至少還講究字句數（七言四句）和押腳韻，然而格律其實沒有難到讓文人怯步，對一個熟悉文字的人來說，七字一句兼押韻的寫作方式幾乎是會寫文章的人都做得到，所以在古時候，每個文人都會「賦詩作對」，凡書香出身的士大夫階級可謂人人皆為詩人。

　　不過，同樣按固定的格律寫詩，不同作者的作品，好壞差異很大。多數人寫的格律詩，只有格律，而無詩意，或者他們寫了一籮筐，才勉強可以找到幾首讓人感覺有點詩意的文句，另有少數人寫的格律詩，格律與詩質兼備，字裡行間多少總含有讓人覺得美麗的質素，這些人即使不按格律寫詩，也能把文句寫得富於詩意畫意。

·詩的關鍵在意象

　　比較這兩類詩之後，我們大概會發現詩之好壞以及詩之所以為詩，格律似乎不那麼重要，至少格律並不居關鍵作用，同時我們會發現詩的關鍵在意象 (image)，要判斷一首詩的好壞，特別是要判斷一篇作品是不是詩？總要看她的文句結構及文字意義有沒有創造出意象──一種給人具體的、好像可以看到或觸摸到的形象化的感覺，這種感覺就是所謂的「詩情畫意」，於是意象成為後來詩論的先決要素，我們說這首詩「詩意濃厚」或「具有詩質」，便是著眼於作品內容所呈現的圖畫感，蘇東坡品王維的作品所稱的「詩中有畫」是指詩有意象，讀王維的詩會有看畫的感覺，詩的文字意義能觸引讀者產生想像的圖畫，而「畫中有詩」是指圖畫含有詩意，並非指在畫中題詩。

　　這裡姑舉兩例來說明文字單靠格律不足以成詩，必須創造意象才帶有詩意。這兩個例子都是台灣民間過去流行的婚俗中，喝新娘茶時所說的四句聯：

1. 新娘生水實在講，親身甜茶双手捧，廣柯好話說相
   送，新婚水某配水尪。

   （新娘生婿實在講，親身甜茶双手捧，講寡好話說
   相送，新婚婿某配婿翁）

2. 咱來喜酒食眞多，今冥卜搬鐵公鷄，趁早來返恰好
   細，仲着刀鎗做狗把。[1]

   （咱來喜酒食眞濟，今暝欲搬鐵公雞，趁早來轉較
   好勢，中着刀鎗做狗爬）

　　兩例都是七字一句，四句一首，而且每句押韻（上排明
體是原文用字，下排楷體是筆者校訂後的文字）。例1是純
粹的散文直述，這是台灣民間七字仔作品的普遍現象，例2
才有用到一點點形象化技巧，「搬鐵公雞」暗喻洞房之樂的
動作，末句是誇張的諧謔式比喻，也有把旁人過乾癮的尷尬
心理化爲形象的作用，這類句子，其實詩意還不濃厚，但在
民間「七字仔」中已屬鳳毛。現在就以例2的主題，仿其文
意並保留原韻，將它改寫如下：

3. 喜酒飲了換甜茶，茶甌開開紅包哲，量早收去暗房
   底，昏醉雞公啄貝螺（林央敏 2012.3.10 改作）

1　兩首例句引自《食新娘茶講四句歌》，集二，竹林書局，1989。

　　筆者不能老王賣瓜,不過試比較例2與例3,同樣影射性愛,例3應該更恰合男女燕爾的情狀,並且更具詩的效果。

　　由前所述,詩的本質是從「詩樂合一」轉向「詩畫合一」,尤其現在所謂的「自由詩」,已不再講究格律,但不能不講究意象,即局部字質必須是形象化文句,比如:「春風又綠江南岸」是詩句,但「江南的春天到了,岸邊的樹又長了新葉」是散文句。如果一首詩,形象化文句太少,她的詩質就不高,要是一句也沒有,恐怕就不被當做詩了,可是也不能處處充斥形象句,因為意象過多會使詩變得太晦澀,如何拿捏才恰當,應是詩人永遠需要琢磨的課題。

二、圖象詩的寫作理念

　　就是因為詩講究意象,每一首詩至少有一個意象是主題所在,而這個意象需要讀者也具有某種程度的感悟力才能欣賞,才能在讀詩時構築出一幅想像的圖畫,缺乏詩的感悟力或者感悟力低的讀者很可能因為讀不出來,就不易享受到這份品詩的趣味。於是有些作者,便利用文字造型與排列上的性質,如線條的粗細、字體的大小、乃至色調上做變化,尤其是改變排列方式,直接將文字排成主題意象的圖形,讓讀者在「讀詩」之前就先「看詩」,光用肉眼就看到一個簡單的圖案,這個圖案必然代表這首詩的某個題旨。這種有排出圖案的詩作就叫「圖象詩」(Concrete Poetry),也叫「視覺詩」

(Visual Poetry)。台灣圖象詩的寫作理念來自 1960 年代西歐前衛詩壇 (avantgarde poetry) 興起的一種創作所謂直觀詩、具體詩的想法和做法，筆者推想可能也有受到 20 世紀美國「新批評」(New Criticism) 理論家衛姆塞特 (W. K. Wimsatt) 及詩人藍蓀 (J. C. Ransom) 的啓發，兩人都認爲詩的意象或文學的意象能夠繪影（形）繪色乃至繪聲，內容也能訴諸讀者的感官，因爲文學作品正如一幅愛康聖像 (Iconic Icon)，而文學的語言是「愛康符號」(Iconic sign)，可以把抽象和具體重新結合成一個整體[2]。這些理論於 1960 到 70 年代間被引進台灣，使當時的台灣文壇也盛行一陣圖象詩的寫作風氣。

‧眞、假圖象詩

　　過去有人將圖象詩當作一種詩的創新，每個不同的排列都是一種獨創，而文學貴獨創，於是好寫圖象詩者便紛紛獨創特有的文字排法及圖象，以致有些作品變成只有圖，沒有詩。針對這種現象，我曾寫一篇叫〈有缺陷的文學貴獨創論〉[3]，以部分古今台外的所謂圖象詩爲例，並指出「文學貴獨創，但不能流於非文學」的觀點，該文雖然評論的對象

2　愛康主義的理論參看顏元叔作〈新批評學派的文學理論與手法〉，
　　1969.1-3，《幼獅文藝》，收入顏元叔著《文學的玄思》。
3　收入林央敏著《睡地圖的人》附錄，蘭亭書店，1984。

是西洋、中國和台灣的圖象詩，但如果我們將這個觀點用在後來才出現的台語圖象詩也是適合的，筆者當年曾創造一個術語——「字圖」，來指稱一些沒有詩質的假圖象詩。一首圖象詩，如果只是單純的字圖便不算文學作品，不是文學當然就不是詩，既不是詩，當然就不算圖象詩。戰後的台語詩發展到今天已有四十年之久，部分詩人也生產了一些圖象詩，新創之獨到與圖象之類型，筆者認為已不遜於中文詩，甚至比中文圖象詩更新穎，種類也更完整，值得欣賞其美，也「值得」指出其謬了。以下本文就把焦點放在台語詩，將筆者所知的台語圖象詩，試舉一些例子說明其種類樣貌。

三、台語真假圖象詩的樣貌

　　所有的作品都含有創作者所要表現的某種意念，而意念必須形之於外，別人才能感受或理解。圖畫是空間藝術，以線條、色彩（光影）當表現媒介；詩、文學是時間藝術，以語言、文字當表現媒介。圖象詩既是結合空間性質及時間性質的作品，因此圖象詩的根本原理便是、也必須是以文字構成的圖象來表現意念，或者說一首圖象詩必然含有以文字構成的圖象，但光有文字構成的圖象未必是詩，必須組構圖象的文句兼具形象化的語言性質才是詩。而不能算是詩的「文字圖象」只是「字圖」，字圖也含有意念、也可以傳達某種意念，最典型的字圖是書法藝術，我們可以說書法藝術是在

寫（畫）「字圖」，不能說是在寫詩。又有些「圖象詩」其實只能稱為「會意句」，因為它的字句只單純的表現某個意念，既不構成圖象，也不具備詩的性質，所以「會意句」可說是傳達意念的最簡單的文字形式，如果會意句可以排出圖形的話，它便成了字圖。

上述這段話是筆者對「意念→會意→字圖→圖象詩」的思考所形成的基本看法，也是依據這個理論對諸多台語圖象詩的種類做出分別。

（一）圖象詩的雛形

單純只利用個別字體本身的外觀形貌，使作品很自然的產生一點點視覺效果的詩，這種作品還不是圖象詩，但有視覺圖象的因子像嬰兒那樣隱藏在字句中，所以叫它「圖象詩的雛形」，或者稱為「雛形圖象詩」。

有些詩作，字表看起來沒圖象，而實際上句子裡有些字具有象形作用，能夠展露文句意義所描寫的意象圖，這種詩或這種文字作品就是標準的雛形圖象詩。雛形圖象詩不同於正常的字圖和圖象詩的構圖方式，它不需把文字做特殊排列，而是將具有象形作用的字鑲嵌在詩句中，並且該象形字的字義是文句所需要的，即能夠與其它文字做有機連結。例如詩經「甫田」篇，「婉兮變兮」按其古字寫法，「婉、變」二字被認為是在摹寫女舞者曲身蛇腰般的美姿，又「總角丱兮」、「突而弁兮」兩句不僅是在描述女舞者的頭髮，而且

「屮、弁」二字除了表意之外，還被認為具有摹寫髮狀的象
形作用。又如陳秋白的〈麻黃〉，其第一段可說整段都以漢
字本身的圖形式線條來呈現圖象，與「甫田」篇不同的是「甫
田」只鑲嵌字詞，所以任何排列方式皆可，而〈麻黃〉是以
類疊法鑲嵌整句成段，並做直式排列，使〈麻黃〉不僅是圖
象詩的雛形作品，甚至可當做一首天然圖象詩，是由一部分
文字組構視覺圖象：

　　　密密密密密密密密密密
　　　㑊㑊㑊㑊㑊㑊㑊㑊㑊㑊
　　　㑊㑊㑊㑊㑊㑊㑊㑊㑊㑊

　　讀這首詩，我們一開始就邊聽邊「看」木麻黃樹上的果
實纍纍。這一段的圖象最不需人工處理，因為台語「密㑊㑊」

一詞的漢字剛好兼具形聲、象形與會
意三種造字法，使字形與字義完全恰
合。

　　還有一種是靠人工處理的方式，
讓詩句或詩意隱藏在被變化形貌的
字體裡，這些有特別外觀的字也是圖
象詩的雛形。例如蘇東坡首創的神智
體，把〈晚眺〉一詩的句子——「長
亭短景無人畫，老大橫拖瘦竹節；回

首斷雲斜日暮，曲江倒蘸側山峰」──加以簡省，寫成 12
個外形異常的字：

　　詩中每句都依其文意剩下三個字，好比「亭」字特別高
佻，意指「長亭」、「老」字特別粗大，意指「老大」、
「拖」字順轉九十度，意指「橫拖」；再以完整第三句「首
雲暮」為例：「首」字左右反寫表示「回首」、「雲」字的
「雨」和「云」上下離得更開叫「斷雲」、「暮」字中的兩
個「日」都故意寫歪就是「斜日暮」，於是「回首斷雲斜日
暮」簡略成三個書法字圖，讀她好像猜謎，所以神智體又稱
「謎象詩」。神智體謎象詩之所以能夠當做古代圖象詩的一
種模式，前題必須是她的文字圖象的謎底可以組成有意義的
形象化詩句。要是讀者像那個古代的遼國特使猜不出蘇東坡
的真實意含和字句，或者自己推測出來的文義字句缺乏詩
意，神智體的〈晚眺〉就只能算是具有圖象詩雛形的字圖而
已，必須恢復完整原文的〈晚眺〉才是詩，如此一來就不是
圖象詩了。

　　在台灣，台語詩發展到現在，作品沒有中文詩多，但僅
指所謂「圖象詩」這一範疇，雖然作品也沒有中文圖象詩
多，不過種類似乎比中文圖象詩還要多樣，即台語作品已經
完整包含「意念作、會意句、字圖、圖象詩」這四種樣貌，
只是前三者都不能算是詩，也都不是真正的圖象詩。在筆者
孤寡的閱讀印象中，記憶所及，至少讀過林宗源、謝安通、
林央敏、方耀乾、李勤岸、胡長松、胡民祥、李長青、林沈

默、陳秋白、陳金順…等超過一打（12 個）詩人的台語圖象詩，其中林央敏、胡長松的圖象詩偏屬大型體，陳秋白、陳金順偶有中型體，其餘諸家都屬小型體。當中以方耀乾寫得最多，也只有他的「詩作」包含四種樣貌的眞、假圖象詩，而且似乎只有他對文字的瑣碎小技樂此不疲，特別製造一堆「意念作」和「會意句」來爲台語文類添加餘興佐料，顯示台語文也和各國通用語那樣都具有提供詩人簡易雕蟲的效能。

（二）意念作與隱性會意詩

　　第一種樣貌，筆者稱之「意念作」，這種作品只有單純的表現某種意念。因意念是促成一切人爲現象的最初本源，所以用來傳達意念的「媒介物」通常都很簡單，只需單字、單詞、單句或簡少的線條、顏色等，頂多再配合媒介物的排放位置來表現主題意念，而其功能和創作目的大概也僅止於蘊含某種意念。例如方耀乾的〈人類的源起頭〉這一首「非詩作」，全文只有一行兩字：

　　　　　○一

　　讀這種作品往往要像參禪或猜謎那樣，必須靠讀者自己去解題會意，爲何「01」是人類的起源？答案很可能人人各有體會，說出來便人言人殊，你也許認爲作者所要傳達的意

念很單純，「○、一」只是象形，分別代表女陰、男陽的性符號，「一桿進洞」而兩者結合，從此開啓人之初。或者你可以附會說「○」是無、「一」是有，從無到有或無中生有，無極而太極，於是無生一、一生二，二化陰陽（兩儀），兩儀化四象……而有人類（乃至萬物）；也可以解爲「○」是空、「一」是本、或執、或「抱元守一」……而演化出人類（乃至萬有）；也可以配上現代科技說「0、1」是電腦機械語言的兩個最原始、最根本的符號和概念，電腦所產生的一切東西都是由「0 和 1」組合而成的，從機械語言創造出組合語言、再創造出 C 語言等低、中、高階電腦語言，最後產生數字、文字、點線面、色彩……，以此暗喻人類（乃至萬物）也是經歷這樣的過程而產生的。

　　在方耀乾的所有詩作和「非詩作」中，與〈人類的源起頭〉同性質的作品還有很多，像同期[4]的〈我來進前，我去了後〉，全篇除了題目之外，一個字、一個符號也沒有，也就是說內容是空白；另一首〈等待〉則相反，內容只印一個塗滿黑色的矩形圖，假定有字存在，由於字體沒用反白印出，當然也就看不到字。十年後，作者再度大大發揮這種簡便技巧寫了 72 件作品，並翻成英文同時收錄在《烏／白》

4　這些作品都寫於 2000 年左右，一起收錄在 2001 年出版的《白鴿鷥之歌》中。

這本「非詩集」⁵（2011 出版）中，每頁一首，全書幾乎每一件作品，手法上都屬形名學的辯證技巧（一種狡辯術）的應用，來傳達性質上屬於佛法學的境界、說法，其中有些也可屬於理則學的概念，要讀她們時，每一首都是要讀者一眼看到就直截了當的進行「禪修」，靠自己去參悟、去會意，不管讀懂讀不懂謎底，無論會意到什麼都無所謂，甚至都可以不算錯。筆者覺得要是把這本非詩集拿去給禪宗和尚們當打禪修悟的教材，也許效用不亞於古代的許多公案。例如〈**佛**之二〉、〈**神**之二〉、〈**上帝**之二〉⁶ 這幾首，她們的寫作靈感也許來自蘇軾看佛印是「一堆牛糞」的故事，以及莊周所謂「道在屎尿」的哲思，但經過作者化約成題目與內容的最簡「對答」後，省略了許多中間辯證的過程，便更適合禪修的讀者進行直觀證悟。

　　《烏/白》非詩集中還有一些以簡單符號、或線條圖形、或有色紙張、或有色文字、或透明膠紙、或挖破紙張等方式呈現主題意念的作品，其中幾首，題目雖異，但內容一模一

5　作者方耀乾及有人稱《烏/白》為「詩集」，筆者認為不是，無以名之，只好稱它「非詩集」。這情況類似哈維爾 (Václav Havel) 的《反符碼》(Antikódy) 一書，有人叫它「圖象詩集」，但有人認為應叫做「語言圖表」才合適和準確，也有人稱它是「Constellation」，作者哈維爾自稱「反符碼」。

6　〈佛之二〉內容只有「糞埽」一詞；〈神之二〉內容只有「屎」一字；〈上帝之二〉內容只有「尿」一字。

樣，比如〈**佛**之三〉、〈**神**之三〉、〈**上帝**之三〉的本文都是一個「無」字；又〈**烏**之一〉、〈**白**之二〉、〈**天堂**之二〉、〈**五花十色**之三〉的內容都是一張全頁塗黑的紙。這些作品的「寫（作）法」與「讀（解）法」也都屬於「意念作」的類型，讀者要懂得腦筋適時急轉彎，有時指鹿為「馬」鹿叫「馬」、以黑為「白」白做「黑」；有時什麼是什麼、什麼不是什麼；有時什麼也是什麼、什麼又是什麼，如此這般，讀者要會其意，必須標題與內容一起直觀，把標題當做內文的一部分或會意的引子，標題不同，可領會出不同旨意，也可解做它們（標題物）本質都一樣。

　　凡是「意念作」都不是詩、也不是字圖，甚至還不到「會意句」的模樣，這種作品，古來似乎無以名之，筆者姑稱它叫「意念作」。不過「意念作」有機會成為隱性的「會意詩」，關鍵在於作者說出他的創作意旨或讀者會解其意時，是否能以具有詩意的文句呈現，能將意念以詩句現形就好像在寫詩。我們就以前述〈等待〉和〈**天堂**之二〉為例，若會意的結果脫出嘴巴或流過腦際的是下列語句之一，則「意念作」就成了「隱性會意詩」：

　　　等待是一片烏暗
　　　等著一片烏暗
　　　置烏暗內面等待

天堂，只是一片烏暗

烏洞無邊，給天堂吞無去

天堂嘛墜入無邊的烏洞

這些句子是筆者揣測這「一片漆黑」的用意所想到的句子，也許有「猜」到作者的意思在其中，但也可能都不是作者本意。

（三）會意句與顯性會意詩

第二種樣貌，筆者稱之「會意句」，嚴格說來，會意句還屬於意念作的範圍，主要差別在會意句已有實質的文字語句，文意比較完整了。會意句通常是由一個或兩個的普通散文句構成，如〈烏/白之二〉的「毋是烏毋是白」、〈上帝之一〉的「無所不能？」、〈當你講‘空’〉的「已經毋是空」、〈生之一〉的「來來去去」等等都是。會意句還有一個小地方與意念作有所差別，即會意句有可能構成字圖，像〈老伴〉以「日斜西，老翁公婆仔坐佇藤仔椅」兩句排成落日斜照椅子的簡單圖樣便是。此外會意句要是寫得好，不但會進化成顯性的會意詩，即變成「單行詩」或「兩行詩」，也就是很短很短的小詩，甚至可以成為真正的圖象詩，如〈開發台灣〉一詩只有一句，這一首恐怕是漢語文學中最簡單的圖象詩之一：

　　四百冬來兮　　　猶原閣咧疼
　　　　　空喙

　　整首詩在文句兼圖象上，簡小的程度大概只有方耀乾自己的〈命運〉[7]、〈堅持〉[8]以及康明思 (E. E. Cummings, 1894-1962) 的〈L(a)〉[9]等詩差可比擬。筆者以為這種含有詩質的會意句，就是顯性的會意詩，這種單行詩不管有沒有排成某種圖象，都比單純的會意句和意念作具有文學價值，也比字圖更有詩的品味，可供無暇欣賞大作品的人隨機品茗詩情畫意，詩的愛好者也可以拿它做賞詩和習詩的入門。

　　既然純粹的會意句（指沒有詩意的散文句）可以歸屬意念作，而顯性的會意詩（指有詩意的會意句）是一種微型小品詩，因此我們可以省去「會意句」和「會意詩」這兩個類別。

（四）字圖與准圖象詩

　　第三種樣貌，筆者曾名之曰：「字圖」，何謂字圖？我

7　〈命運〉的全文為：「黃昏撐開一隻粉筆仔」。「一」在最下位置，排成鳥翼做飛翔狀。

8　〈堅持〉的全文為：「雨夜兮厝簷墘一滴唔願墮落兮雨」。「滴」字直排在「一」字下方，自成一行。

9　〈L)a〉的全文為：「loneliness(a leaf falls)」。整句拆開字母或直排或橫排，排成「1」的象形。

們在稍前已經說明過，是指由不具詩質的文字句子所排列或組成的圖形，換言之，一首圖象詩如果光有圖象，但欠缺形象化的文藻，本質上只是字圖，不是圖象詩，所以**圖象詩的先決條件必須是它的構成文句本來就是詩**。詩人把詩作的全部文字或部分文字依主題意念或某個意象做特殊排列後形成一幅圖，這樣的字圖才是真正的圖象詩。一首詩當然也可以只做分行排列，甚至按順序做一般文章的散文式排列，古代的漢語詩人通常就是這樣排。所以要鑑定一首圖象詩是不是真圖象詩，最簡單的方法是將它的文字恢復成一般排列，使外觀與小品文無異，只要她是詩，讀者必能感覺到她有或濃或淡的詩意，反之詩意很淡乃至毫無詩意的作品，要不說她「不是詩」，也會說她是「品質低陋的詩」，這種作品就是筆者所謂的「字圖」了。比如下引這首台語字圖：

　　讀者應該很容易讀出這首「圖象詩」毫無詩意可言，她其實是從筆者的一篇散文[10]中節錄一小段，再按其文意排成一座菱角分明的字圖。應知，平鋪直敘的散文要變成詩，必須大範圍的改變其文藻的內在結構才有可能，不會因為把它排成圖案就字質突變，轉成一首圖象詩。

　　但有一種文字圖象的作品，她的字詞或全篇、或部分已經打破正常的句型結構，而將字彙擺在特殊位置以產生某種

---

10 引自林央敏台語散文〈過年上冊〉，見林央敏著《寒星照孤影》，前衛，
　　1996。

想
起來亦
就是這種性
格，雖然比孔子
卡早進入「而不惑」
的修道境界，但是無孔子
彼款愛四界「推銷家
己」的熱情俗面
皮，所以叨
無法度
像
伊
三
不五時仔亦會得
著當權者的器重

意義或某種圖象，這種作品不易、乃至不能將它的文字恢復
成散文式排列，因爲它不是句子，而是位置。這種作品其實
是較大型的意念作，因爲已構成圖案，所以也是字圖，例如
方耀乾的〈上課〉：

學生

教師　教師　教師　教師　教師　教師

教師　教師　教師　教師　教師　教師

教師　教師　教師　教師　教師　教師

教師　教師　教師　教師　教師　教師

　　文字的排列顯然是象教室的座位圖，作者將學生與教師的位置互調自有其含意，也許意在諷刺放牛班的上課狀況或反映現在的某種上課型態出現角色顛倒的現象。〈上課〉算是字圖作品中構思及技巧都屬非常簡單的一首，不過還有更簡單的，比如李勤岸的〈瀑布〉：

水水水水水水水水水水

chhiang chhiang chhiang chhiang

水水水水水水水水水水水水

水水水水水水水水水水水水

（同上，省略六行）

　　〈瀑布〉與〈上課〉寫法雷同，而意思更淺薄，一看便知全「詩」只有兩個單字「水」和「淌（chhiǎng，沖）」，「水淌」就是瀑布的台語詞之一，通常指水傾面狹窄呈帶狀但水勢洶猛的瀑布，至於水傾面積寬廣如張開之布籬的叫「水濂」，顯然李勤岸這幅字圖的用意只在象一幕水濂而已。

　　類似〈上課〉、〈瀑布〉這種幾乎純靠堆疊相同字詞構成的字圖，比較沒什麼內涵可供玩味。不過如果處理得好，充份發揮圖象詩「以意寫圖，令人自悟」[11]的創作原理，將比意念作和會意句有趣，除了含意較多外，有些還隱約露出那麼一絲兒詩的味道，像林沈默的〈蟬聲〉：

唧唧唧唧唧唧唧唧唧唧唧唧唧唧唧唧唧唧

唧諍諍諍諍諍諍諍諍諍諍諍諍諍諍唧

唧諍錢錢錢錢錢錢錢錢錢錢錢錢諍唧

唧諍錢　　　　　　　　　錢諍唧

唧諍錢　　　名嘴開講　　　錢諍唧

唧諍錢　　　　　　　　　錢諍唧

唧諍錢錢錢錢錢錢錢錢錢錢錢錢諍唧

唧諍諍諍諍諍諍諍諍諍諍諍諍諍諍唧

唧唧唧唧唧唧唧唧唧唧唧唧唧唧唧唧唧

唧唧唧唧唧唧唧唧唧唧唧唧唧

　　這首象老式電視機外形的字圖，標題「蟬聲」，意在諷刺所謂「名嘴開講」的節目及這類節目的常客話語聒噪，名嘴一開，整個電視便充斥不堪入耳的蟬聲——唧諍錢……，

11 語出中國宋朝桑世昌，見桑著《回文類聚》卷三（按：桑世昌爲陸遊的外甥）。

這三個諧音異義字頗有意涵，代表節目進行的形態及名嘴爭辯的聲音、動作和目的。這幅字圖，我們可以將她改寫做類似下面的單句詩或二行詩：

標題：名嘴開講

本文：2100 隻蟬爭先恐後的叫著／唧諍錢唧……

（2012.4.23 林央敏改寫）

　　這類主題較明確、含意較豐富的字圖，因為她比較容易引起讀者產生詩的感覺，也比較能夠讓我們以原作為本，結合其主題及隱約的詩意重新創造，改寫成詩，所以這類字圖是隱性的圖象詩，也許可以將它視為「准圖象詩」，方耀乾的〈鏡花水月〉[12]、〈人生〉[13]及筆者的打油字圖〈火災〉[14]都是准圖象詩，李長青的字圖〈新歷史主義〉[15]及胡民祥的〈對話〉[16]也是，不過〈新歷史主義〉比多數字圖含藏更多詩的質素，也許可以「准做」圖象詩的一員，而〈對話〉包

---

12 〈鏡花水月〉，全文參看方耀乾著《白鴒鷥之歌》，1999。

13 〈人生〉，全文參看方耀乾著《阮阿母是太空人》，2001。

14 〈火災〉，全文參看方耀乾、林文平、胡長松、陳秋白編《台文戰線文學選：2005～2010》，2011。

15 〈新歷史主義〉，全文參看李長青著《江湖》，2008。

16 〈對話〉，全文參看方耀乾、林文平、胡長松、陳秋白編《台文戰線文學選：2005～2010》，2011。

含英文字母，每句由漢字文句接續若干或有含意或只表音的英文字母組成，全詩如是構成前後符號好像在「對話」的方形。爲節省篇幅，這些作品我們就不列舉說明了。

（五）圖象詩＝眞正的圖象詩

　　第四種樣貌，文字作品有圖形有畫意，又有顯著的詩意，才是筆者所謂的「圖象詩」。在前文各節的敘述中，我們已多次說明圖象詩及其他三種假圖象詩的差別，讀者應已清楚了解什麼樣的作品才是眞正的圖象詩，前文曾列舉幾首單句詩如〈堅持〉、〈命運〉、〈L(a)〉……都可算是最簡單的圖象詩，不過這種構圖簡單的單句型、兩句型的圖象詩比較沒什麼圖形上的特殊價值，筆者這句話的意思是指這種小小詩，有排出圖象和沒排圖象，兩者的藝術性份量（含文學品味）差別極小，小到有排圖象只是徒增紙張篇幅的浪費而已，前例方耀乾的〈開發台灣〉單句詩，筆者相信將她恢復正常排列，只按語氣句讀斷句，即：

　　　「四百冬來兮　空喙　猶原閣咧疼」

　　與原作的特意掉字以造成缺口的排列，兩者效果差異極微，同理，方耀乾仿襲自「春風又綠江南岸」的另一首單句型圖象詩〈楓仔樹〉，特意將全文「一葉的**紅**染出一個秋天」直排並把「紅」字筆劃加印粗黑，除了象楓樹直立貌外，也

沒比正常排印增加什麼，看過楓紅景色或知道楓紅特性的
人，讀這句詩，心裡如果會浮出楓葉秋紅的形象，絕非因為
文字直排和強調紅字，才特別容易引起讀者想像，何況漢字
傳統上就直排，單只一行字，直排和橫排並不構成圖象上的
意義，而這句詩所製造出來的一個動作意象──由點漫展成
面──的動感狀態，才是本詩主題和最重要的所在，將〈楓
仔樹〉排成圖象詩對這個主題意象的欣賞毫無助益。

　　接著我們來看幾首圖象有助欣賞或增加詩趣的圖象詩例
子：

星
徛佇
樹仔頂
照咱的路
擔咱的罪孽
懺悔悔過過去
哈
利
路
亞
阿門

　　這是方耀乾少數幾首符合圖象詩條件的最大型的小品叫

〈耶誕〉，圖案應該是在象耶誕樹之形，詩句裡的「樹」有雙關義，可以是戶外一般的大樹，也可以是用來裝點節日布景的小樹，兩者雖非詩文內容的主角，仍以樹的形狀當詩的圖象還是符合耶誕主題的，這是外加的「以意寫圖」寫法，純粹靠圖形來傳達耶誕印象，使簡短的文字產生較多意象，於是詩文的主角——那顆高掛樹頂的星星，也有了更多的指涉。

‧人工圖象詩

　　圖象詩依其文字圖象的形成方式可分為「人工圖象詩」與「天然圖象詩」兩種。所謂人工圖象詩，是指文字為了構出圖案，必須強行分解字彙、文句，迫使完整的字句在原本應該連續的地方也出現斷句、斷詞、或散置、錯置、或改變正常排列次序和方向的情況。例如方耀乾的兩行詩〈鄉愁〉，為了讓她變成圖象詩，把首句「故鄉愈行愈遠愈細」排在下方，尾句「思念愈遠愈深愈厚」反而排在上方，並且尾句文字採由下往上再依序退後的方式排，於是越後面的字就擺在越上方了。這是錯置文字位置，因為只有短短兩行，而且是有秩序的錯置，不會讓讀者產生閱讀上的困擾，要是胡長松的「港口之歌」[17]系列圖象詩，也採散置或錯置方式排印，讀者應會看得霧雾雾，捎無寮仔門，因為該系列以港口為主

17　參看胡長松著《棋盤街路的城市》之第五輯，收錄三首圖象詩，2008。

題的詩相對多數圖象詩來說都屬大型體圖象詩。而雖然作者只採斷句、斷行方式排列,將這三首的文句都排成象連綿海浪的圖形,就已讓我們的視覺神經感到字浪潦亂了,幸好還是依序分行,不會困厄閱讀,試舉〈愛情碼頭 e 一粒流星〉的一小段如下:

　　我想起
　　　　　　彼個暗暝
　　一位
　　　　朱紅嘴唇 e 姑娘偎來
　　　　　　　　我 e 身邊
　　紫色 e 薄紗衫內面
　　　　　　　有閃熾銀粉
　　　　　　　　　金滑皮膚
　　合幽幽芳味 e
　　　　　胭脂水粉

　　這段文字的斷句、分行不是在語氣自然停頓的地方,因此算是人工圖象,不過它至少還沒有出現斷詞。如果我們試圖改變它的排法,讓它呈現詩句中的女體意象,比如排出一對倒三角形以象女性乳房:

我想起彼個暗暝，一位朱紅嘴唇 e
姑娘偎來我 e 身邊，紫色 e 薄紗
衫內面有閃爍　銀粉金滑皮膚
合幽幽芳　　味 e 胭脂
水　　　　　粉

　　這樣它的強行斷詞、斷句的現象就更明顯了，因為其中
有些詞彙本應連續的音節被切斷了。

・天然圖象詩

　　圖象詩的圖象凡是以上列方法為主要構圖方式者都是人
工圖象詩，至於所謂「天然圖象詩」是指它的圖形不是靠強
行斷句或非自然分行等方式排出，而是在維持正常的文法句
式下，只按詩的一般性排列就自然而然現出特有圖形的作
品。其實圖象詩之所以有視覺圖象都是作者刻意造成的，猶
如所有詩、所有文學作品也都是人工的產物，說它天然形成
只是相對人工圖象詩而言，比如前引方耀乾的〈耶誕〉，除
「徛佇」「樹仔頂」一句是比較明顯的非自然斷句外，其他
各行都算維持完整的句讀，排列也合乎行文的自然順序，因
此這首詩可算是天然圖象詩。
　　雖然天然圖象詩的文句表面上比較少人工處理的痕跡，
實際上其圖象的形成過程比人工圖象詩要難得多，需要詩人
花費更多遣詞造句的功力，這是因為人類的語言在說話、寫

作時，非經刻意琢磨，通常都呈現長短句的散文形態，例如前例胡長松作品這段「我想起……胭脂水粉」，若純以一般的分行排列，頂多是從可句讀標點的地方分成四行或五行，每行字數長短參差。我們寫文做詩，若完全順乎自然句讀，恐怕連古代的五言體、七言體、四六駢體…都不易寫成，遑論要產生特殊圖象了，所以說天然圖象詩的圖象實際上並非天然形成。〈耶誕〉一詩裡的「照咱的路，擔咱的罪孽，懺悔悔過過去」三句應該是經過作者一番雕琢遣詞才能在表達出作者所要的義理的同時並符合構圖的需要，而「懺悔悔過過去」這行還刻意使用頂針法來選詞構句。不過由於這是一首不滿三十字的小小詩，要使之成為天然圖象詩還算簡單，對於文章長、字句多的詩作，要為它構築天然圖象就不容易了。

　　陳秋白有一組叫「心內樹」的系列詩作，其中有兩首幾近天然圖象詩的要求，第一首〈麻黃〉屬圖象詩的雛形，前文已談過。第二首〈水筆仔〉則以全詩構圖，這首詩如果以一般台語文比較常用的橫式排法列印，讀者未必會將她視為圖象詩，因此作者特意使用直排並且讓每行文字由底部對齊，她的圖象就隱約可見了，詩分三段，首尾兩段只需按語言長短句的形式排，就反映出水筆仔長得高低不齊的圖象，中間這段呈現方形，筆者不解作者在這一段打破水筆仔的參差貌而改為齊頭齊底的方形圖象有何用意，只能揣測也許代表有些（有一片 pian\）水筆仔長得一樣高呢？或者是要表

現該段詩文的意義，指某些被海水沖離岸土而淹沒、而沉底的水筆仔正在重新生根發葉，因此頂多與水面齊高？這首因為是直排，筆者不方便全文引用編排，只引橫、直排都不影響的方形這一段：

　　當滿月的海潮淹過你
　　拄生根閣幼毗的身軀
　　鹹澀的鹽室滿你的喙
　　時間佇爛塗水底浮沈
　　佇暴浪絞滾的岸靠底
　　離塗飄浮的身軀相絞
　　沈底閣重新生根發芽[18]

　　構成這個方形圖的每一行都是完整的句子，這些文句只按詩的最簡單的分行排列就自然成形，所以〈水筆仔〉是一首天然圖象詩。接著是兩個構圖剛好相反的詩段：

---

18 〈水筆仔〉全詩參看方耀乾、林文平、胡長松、陳秋白編《台文戰線文學選2005～2010》，2011。

一陣西北雨
　　　落
佇稀微的街
　　　頭
　　　巷
　　　尾

彼陣西北雨
　　　落
甲滿流直界
　　　捸
　　　桶
　　　倒

　　這是陳金順的〈袂輸西北雨〉的頭、尾兩段，這首也可算是天然圖象詩，全詩分三段，上引頭、尾段以類似「下」或「F」字形的構圖也許象街燈、象電線桿、或象下雨，也許是象「THIEF」的頭尾字母，因爲該詩是作者寫他看電影《自轉車賊》(*The Bicycle Thief*) 的觀後感，又中段方形[19]也許在象城區一角，而每行字句代表街道。但這些象式是筆者猜測的，實際要象什麼，只有作者最清楚。

19　〈袂輸西北雨〉中段參見 2011.8，《笠詩刊》，284 期。

　　一首圖象詩的字圖是人工造成，還是天然構成，應該不重要，因為所有字圖都是人為的，即使一個單字、一個字母要寫成怎樣的造形，也都出自人工，它們的差別只在讀詩句本文時才有感覺，天然圖象詩的文句會比較自然。另外由於圖象的形成方式有別，人工圖象詩的圖，可以修改，如果覺得這樣排不夠好或不夠美，是可以調整文字的排列位置，但也有不能修改的。而天然圖象詩的圖是順著字句本身的文法結構自我生成的，比較有機，所以字句不能動，每行字句的長短一經改動，圖象很可能便消失。林央敏的〈觀音水濂〉[20]一詩的文句由強行斷句的人工圖式與順乎語法的天然圖式共同組成，但兩者的文句皆不能改動，因為詩中的「水」字都處在構圖的有機位置，而且部分「水」字的音義含帶雙關。

・文字融合標點的構圖

　　接著我們來看一首比較不一樣的圖象詩，一般圖象詩是以排列文字為圖象的主體，這首詩除了也利用文字構圖之外，又利用所有標點來構圖，她是筆者拙作〈先覺慧眼通〉[21]，全詩 54 行約 500 字，是筆者所知目前最長的一首大型體圖象詩。這首詩依其內容，前半段是寫白色恐怖時期，

20　〈觀音水濂〉全詩參看 2008.04《笠》詩刊，264 期。或《咱的土地咱的詩》，張珩主編，2011.6，新台灣人文教基金會。

21　全詩〈先覺慧眼通──我的作品・予宋澤萊〉，參看 2005.12，《台文戰線》，創刊號，或林央敏詩集《一葉詩》，2007，前衛。

惡質政權像一條毒蛇箝制思想、言論，鎮壓台灣人的心靈意識，脅迫作家和知識分子使之不敢講眞話的現象，因此文句的排列、斷句方式採人工圖象法，使每一句的標點上下有秩序的排成一條明顯的曲線，曲線象一尾長蛇由首行起，企圖貫穿全詩，代表獨裁統治者想要「貫徹始終」，掌控台灣文學、文化界。由於標點已連結成左右彎曲的線，所以標點前的文字就很自然的形成多個互相連接起來的或大或小的三角形區塊，象徵蛇身紋路，特別像龜殼花的皮紋，前半段終了的三角形區塊也代表毒蛇的三角頭，到了詩的後半段，毒蛇遇到威武不屈的作家，所以代表蛇身或毒汁的標點無法繼續貫穿下去，雖然威嚇手段仍在作用、仍企圖扼止反抗分子，但終究無法成功，未能穿頭穿尾，懾服所有知識分子。詩的後半段大多數句子以天然圖象法結構九言體長方形，也隱喻不屈者的正直性格和堅毅骨氣。茲因文長，只節錄分別含有部分前半圖象與部分後半圖象的中間部分：

　　　（省略前 20 行）
　　　無人想會到的，
　　　這尾三角蛇，
　　　頭已經死，
　　　賰尾溜，
　　　抑佇，
　　　躘，

。

我

毋肯被霧封印的靈魂

只有拚力頭貢開鐵鏈

隨在傷口流出來的血

堅凍做一片一片作品

文字像紅帕帕的火炭

燒疼恐怖驚人的威權

（省略後 20 行）

　　這首詩以標點構圖，又因文章較長，分印在不同紙頁，如果不仔細看，讀者可能就會忽略她也是一首圖象詩，不過讀者應該會發現，在最後一頁的文字間有鑲嵌兩個「圓中一點」的甲骨文象形字「日」，代表眼睛、代表日頭般銳利的眼光——慧眼通，這兩個圓形符號也算是文字。

　　一首詩之所以叫圖象詩，並不是因為它使用文字以外的圖形符號來構圖，如果一首作品的「內容」只有線條，沒有文字或文字只是點綴，比如方耀乾有二首不同標題的作品，內容都是同一個太極圖，這種作品既非字圖，更非圖象詩，但可算是意念作的一種。而圖象詩中，除線條圖形外，當然也可加入色彩的成分，筆者 1977 年曾寫了一首名為〈離別〉的圖象詩，上面除了有構成作品主體的文句外，在經過特別排列的字裡行間，還依字意應用到其他符號、圖案及色彩，

而出現有五官形貌的人臉、心形軀幹、紅色珠淚、綠色林木字、彎曲的五線譜及音符、音符譜示一句「驪歌」的旋律等等，但這些對於詩文學來說，只能算是可以增添一點玩賞趣味的小技把戲，不能當做詩的主要成分。

四、結語

我們已經完整闡述了眞、假圖象詩的各種樣貌，也知道意念作、會意句、字圖，以及純以線條、色彩構成的圖畫都不是圖象詩，關鍵在於該作品是否爲詩，既不是詩，縱然作品是以文字寫成並且排出視覺圖形，也只是字圖而已。**如果文字意念和字圖都算是「詩」的話，那寫詩就太簡單了，因為只要會寫字、或排個字圖、甚至隨意畫個圖形都是在「寫詩」，則人人都是詩人了**。在徐志摩的年代，中國有人畫了一台很簡單的平面汽車圖，樣子就像那個時代的公共汽車，每個車窗又各畫一個人頭形，表示有乘客，他說這是一首圖象詩。其實他是在諷刺一些偏離正途的圖象詩及作者，把文字搞成遊戲。

前文有提到 1960 年代西歐前衛詩壇的直觀詩 (visual poetry)、具體詩 (concrete poetry) 曾影響台灣的圖象詩寫作，秉持這派詩觀的詩人志在創新文學，做各種語言、文字上的實驗，包括放棄詞彙原有的內容和意義，拆散句子、分解文字……等許多做法，最普遍的方式是用字母建構各種圖案，

去年 (2011) 剛去逝的捷克前總統、人權作家哈維爾 (Václav Havel, 1936-2011) 的《反符碼》(*Antikódy*) 一書便是這種理念下的產品，一般都把《反符碼》當圖象詩集，但用我們的標準來看，裡頭大部分作品只是意念作和字圖，特別是當中以數學、邏輯、語言解構等方式表現的作品，這些作品當然有其嚴肅的、荒謬的、諷刺的含意，比如〈戰爭〉這首字圖（假圖象詩），上面（最初）幾行是由一對分開的捷克字彙「mir」（相當漢字「和平」）有秩序的重疊排下來，「mir」間夾帶類似驚嘆號的符號，這個驚嘆號形如炸彈，當兩邊的「mir」交會後，字彙開始解體，分成個別的字母，並與驚嘆號交雜在一起紛紛落下，字彙、字母、驚嘆號三者也組構成一個炸彈的圖象。這首顯然在反諷國際政治詭譎虛偽的和平表象，或者戰爭與和平相伴隨。這首〈戰爭〉因為有字，勉強還可稱它字圖。另一首〈作者改寫〉，內容只有紙張最上方的兩個字－「自我檢查」(Autocenzur)、「不存在」(Neexistuje) －和兩處刪塗的痕跡，此外全部空白。這首雖然也有字，但不成圖象，因此只是意念作。我們不能因為它們有含意、或者有深意，就說它們是詩，要是把「和平」解體可以會解成詩，唐伯虎題岳陽樓的析字石碑「虫二」[22] 也是在寫圖象詩了，因為這兩個破碎的字（圖象）隱含「風月

22　虫二，應左右對調位置，即原碑是「二虫」，且原碑的「虫」字上方有一撇。

無邊」的深意。

　　1970-80年代，台灣文壇開始受到歐美後現代主義影響，反文學、反語文形式的解構觀念滲透進台灣現代詩壇中，表現在圖象詩的寫作上尤其顯著，前文已說過，詩壇標榜這是詩的創新和文學貴獨創，於是當時有些詩人大耍文字遊戲的雕蟲小技，記得有一回，筆者親身聽瘂弦以開玩笑的口吻諷刺這個現象，他說：現在寫詩，最好是把報紙上的一段文字一一剪下來，然後往上一丟，看這些字掉下來落在地上後怎樣排列，它就是一首獨創的現代詩（大意如此）。後來，我也應苦苓之邀寫了一篇短文附帶一首圖象詩，題目叫〈王維累壞蘇東坡〉[23]，本文最後就引筆者替王維戲改的字圖做為結束，如果讀者熟悉王維的詩，這首字圖就有資格當隱性的圖象詩，不熟悉的話，它只能當字圖看：

23　〈王維累壞蘇東坡〉，全文參看《兩岸》詩叢刊，苦苓主編，
　　1987.11，第3集。

煙
　煙
　　煙
　　　煙
　　　　煙
　　　　　煙
漠漠漠漠漠漠漠漠漠漠漠漠漠漠漠漠

河河河河河河河河河河河河河河河河

　　　──2012.4.28完稿。原載2013.12～2014.02
　　　《鹽分地帶文學》第49～50期。

風花雪月何時了

——讀小品詩的一點感想

　　曾聽過文壇的一句玩笑話說，台灣每日生產三千首現代詩。這是語帶諷刺的誇張語，誇飾點在數量奇多，諷刺點在文字垃圾，這話雖非完全正確，但也反映不少事實，當白話詩的格律解放、自由，並且紛紛走向小品化之後，寫詩好像成為文學創作裡的舉手之勞。尤其當網路興起，人人得以自由貼文發表的今天，這句話幾乎可說名副其實了。單以個人接觸到的來估計，姑先不計較在報章雜誌及網路媒體出現的詩作是否魚目混珠，僅把那些以分行形態出現且作者也自認是詩的文字小品都當做詩，數量之多，恐怕一天 24 小時也讀不完。

　　年輕時，我總以為詩是文字的結晶、文學的精品，最美、最精煉，因此也最難寫，所以特別喜歡詩。但當詩讀得多、各文類作品也讀得多之後，我的觀念開始髮夾彎，認為前述

的所謂「結晶」和「最」，需在作品所表現的內容也足可和散文或小說相媲美的前提下才能成立，換句話說，一首詩若能以更少的字數表現出和一篇散文或一篇小說那樣多的內容才能叫精品，也才是最難寫，否則詩是文學的精品便不成立了，因為散文或小說也要講究美和精煉。現在，我認為詩，若做不到言之有物或言之有故事，便只能算是文學類型裡的餘興小品。縱觀詩壇，絕大部分的詩作都屬短小卻未必精幹且內容陳腔爛調的小品，於今網路所見尤其然。這樣的小品詩就變成文學作品中最容易寫的一種文字隨筆了，現在幾乎人人都能寫白話自由詩，所謂「詩人踢倒街」、「寫詩的比讀詩的還多」大概就是這個現象吧。

　　按創作歷程來說，大部分的小品詩都可算是「因時生感，即景言情，興到筆隨」[1]的有感而發之作，也就是所謂的「即興詩」(extempore poetry)，既為即興偶得，自然只得袖珍型，觀之包括中國與台灣在內的整個古今漢語文學可說都是如此，宋代朱淑貞與明代王冕的〈即景〉，以及其他沒有明示「即景、即興」的短詩如曹植的〈七步詩〉、鄭板橋的「送賦」和「吟蟹」，在性質上也是即興之作，幾個傳為美談的文人雅集如蘭亭修禊、金谷酒數、龍山落帽、桃李春宴、福台閒咏等等，每位參與者其實都是在寫即興詩，即便李白、杜甫、白居易……這些古代詩人的小詩也差不多每一

1　語出清百一居士《壺天錄》上卷。

首都是見景、臨場、感時而起興的詠嘆攄懷。台灣詩壇應是深受傳統漢詩的影響，現代詩人所寫的自由體白話新詩也如出一轍，雖各有詩題，但實爲即興小品。

　　小品詩如果言之有物而能感人，也有可觀之處。但不幸地，十之八九的作品在內容方面大約不出風花雪月蝴蝶夢和悲歡離合鴛鴦情，大概也是因爲這類題材好寫，容易產生詩情畫意，所以多數詩人才慣看秋月春花，熱衷於雕琢一己私情，其中有些作者爲了避免文字顯得陳腐，便孜孜於扭曲文法、轉化詞性，競相弄巧爭奇，創造所謂「超現實」的詩，像「坐在時針掉落處／那是分針的邊境／陽光孵化棉糖成爆裂蛋黃／我努力鑽研咖啡和標點符號的互動」、「笑聲轉出放蕩的圓周率／另一邊有舌頭製造著泡沫／我在靠近春天的淪陷區／整頓衣領和扣子／爲秋天的愛人寫詩」等等，結果造成字義模糊、內容不著邊際，使讀者如墜五里霧，彷彿讓詩產生晦澀效果才叫意象新穎或文句獨創。這種好耍文字拐子花的現象是最近半世紀的台灣才格外火紅興盛，迄今不衰。

　　也許即興寄情就是漢語小品詩的傳統典型，但我覺得不該拘泥於此，寫小品詩不必只有寫景、詠物和抒情，也可以擴大篇幅，加入歷史、文化、思想、社會、政治等土地與人文的素材，並且可以寫實紀事，使它的內容更豐富，更有歷史感或現實感，在這方面，我以爲西洋即興詩的寫實紀事傳統值得我們借鏡和學習。說到西洋即興詩，我首先想到的是

英國桂冠詩人丁尼生 (Afred Tennyson, 1809-1892) 的《國王即景詩》(*Idylls of the King*)，這篇可說是即興詩發展的終極型態，由十二首描述亞瑟王傳奇的敘事詩組成，因此又被稱爲「國王敘事詩」。由此可見即使即景小品也可以在寫景詠懷之外加入說故事，丁尼生這篇詩曾經給我靈感，在史詩《胭脂淚》裡讓角色觸景生情想起往事，敘說一段故事。但我們也不必把小品詩都變成敘事詩，畢竟用詩說故事是文學創作上絕頂的難，不是眞正的大詩人無以爲力。因此我又想到古羅馬詩人佛吉爾 (P. Virgil, BC.70-19)，他的小品詩《牧歌》(*The Eclogues*) 和《農事詩》(*The Georgics*) 都是描寫自然、吟詠田園之作，可做爲改造並深化漢語小品詩的最佳類型，前者較短，優婉感性；後者較長，描寫田間的生活與工作，具有寫實風格，而爲了增加趣味，有時會帶入一個掌故或一段神話。

佛吉爾的田園詩 (pastoral poetry) 正是師承希臘亞力山大時代的西洋即興詩的奠基者狄奧克利多斯 (Theocritus)，狄氏的詩讀來像在欣賞民間風俗畫，背景有田野、城市和海邊，內容貼近土地、社會，使他的小品詩同時具有眞實和理想的美。狄奧克利多斯的寫實紀事風格不只影響佛吉爾，也影響後世文藝復興時期的許多意大利和法蘭西的詩人，到十八世紀法國古典主義末期的詩人謝尼葉 (André Chénier, 1762-1794) 都是他的傳承者，有希臘血統的謝尼葉情感奔放，對美、正義和眞實的愛好極爲熱烈，很推崇狄奧克利多

斯的寫實精神，他寫詩不避諱對時代、對政治的口誅筆伐，可惜因參加法國大革命而下獄，在恐怖時代結束的前兩天被送上斷頭台，斷掉 31 歲的熱情。

　　我希望台灣現代詩人寫作小品詩，尤其寫作即景詩、田園詩，不要只侷限於寫景抒情，有時也應寫實紀事，或者溶合二者，作品才能反映時代、落實土地，杜甫和白居易之所以比李白偉大，就在前者比後者更貼近社會現實。其次，現代詩人寫作白話詩都不興韻律，但我覺得韻律仍相當重要，可以強化一首詩在聲音上的美感，前面提到的古代詩人，無論中西，他們雖處於詩律尚未解放的時代，在文句韻律上有不得不爾的要求，但即使不存在傳統的韻律格式，我相信他們也會重視詩的音樂性，而自發性的講究文字韻律。

　　寫實紀事的小品詩不好寫，但台灣詩人們如能往這個方向走，一來可好好磨練自己的詩藝，二來可豐富小品詩的內含，使之更具文學藝術的價值。詩人朋友啊，請不要把大半情感和精力都沉浸在春花秋月的迷霧裡，風花雪月何時了，端看你什麼時候願意正視悲苦人間。

　　　　──2017.09.23 作。刊於 2017.10.15 中華日報副刊。

（台語＋華語）

台語小說的定義及其他

——台語小說網路筆談

／筆談人：林央敏．胡長松

按：2007 年初，《台文戰線》雜誌社曾舉辦一次關於台語小說的網路筆談，由該社總編輯胡長松起題發布，透過網路供台語文學界的作家、學者自由參予和自由發言，這個活動的全部記錄後來刊載於當年度的《台文戰線》(2007.4-7-10，第 6-8 期)。這裡僅節錄其中林央敏、胡長松兩人關於「台語小說的定義」、「金門 823 砲戰」與「史詩即小說」的筆談內容。敘述語文或用台語，或用華語，讀者一讀便知。

．林央敏（2007.2.2）

林央敏 2007/2/2 予各位前輩後進：

今日倒返來桃園，千張批信內底有字寶、有糞圾，也刣也看，到拄才才處理了。

　　原來各位已經就台語小說的定義、生做啥款才會當歸做
台語小說的問題、以及台語小說史等等交論足濟足久矣，意
見也足寶貴的，下面就順各位的話尾簡單續幾句：

　　一、什麼是台語小說？這個「台語」當然是指通用意
（陀意）所謂的閩南話，這點無爭論，嘛毋是問題焦點的所
在。爭論之處是作品所用的語言是毋是台語，或者使用台語
語法、語詞的純正度唔濟才算是台語小說。主要的論點佮爭
論的焦點作品是以蕭麗紅的《白水湖春夢》做例，以早我將
它歸做台語小說，原因是：

　　Ａ－作者敘述部分，有真濟所在用台語來讀抑算是通順
的台語，加上（必要）借意的訓讀，一字對一音的直接性訓
讀（毋是中文翻譯做台文的間接性譯讀），我感覺大多數的
文句攏符合台語語法（只是感覺，並無實際統計比例）。而
若對話的部分，佮較濟是較純的台語，嘛較少需要訓讀的所
在，這點是各人相全的認定。

　　Ｂ－彼當時，我推測出身東石白水湖村的蕭麗紅大概
有意思欲用台語寫這本較有政治色彩的小說，但因為作者
（蕭）大大顧慮一般讀者對較純的台語文的認識度佮接受
度，同時她也希望互較濟讀者（已經受過中文教育到某一程
度的人，甚至包括袂曉台語的人）看有，以及作者初用台語
來寫，有真大的可能對台語「言文一致」的掌握能力抑真媱
(vai\)，因此不得不大量假借中文字詞來寫。安呢作者設定

讀者內面，會曉台語的叨會使用華語或台語（加上訓讀）來讀，而袂曉台語的用華語來讀嘛看有，雖然攏毋是百分百的通順，但攏會當簡單就理解文意。

這點寫作者的心理，並毋是蕭氏特有，我想是全部或大多數的台語作者置初寫台語文的時（尤其在 1990 年晉前就開始初寫台語文的人）攏會產生的一種心理，所以就會面臨著語文純度、讀者群的考慮佮選擇的問題，這種考慮互較濟一般讀者看有，或是互中文、台語攏量約讀會通的主張、希望，日治時的一九三〇年代的多數台語文運動者、支持者普遍攏有，就算講到戰後的林宗源置初期嘛有這款主張（請參看《台文戰線》第 5 期，頁 24、頁 34），所以才會寫真濟「不中不台」或「華中有台」的詩。因此蕭麗紅置這方面的做法，咱會當理解佮體諒。

C－散文體（散文語言）的小說，不比詩體的小說（如真正的史詩）會使較大規模的變形記述語言的語法佮文字作用，尤其對話部分加較需要講究寫實，所以《白水湖春夢》的作者，選擇對話部分用比敘述部分佮較純的台語的方式來寫是真自然的做法。這就親像一九七〇年代的中文鄉土文學，黃春明、王禎和等人的小說中的對話，會大量使用台語語法佮語詞，以及佮較後壁的台灣鄉土小說，對話用純台語的現象愈濟，攏是為著「寫實」。

以上是我幾年前初讀《白水湖春夢》彼時認定它是台語

小說的看法，這個認定毋是眞嚴肅，嘛無關「台語小說」定義的闊意或阨 (eh) 意的問題。但這陣欲嚴肅來稽考台語小說，特別是因爲牽涉著台語小說史，可能需要有一個定義或範圍，置我抑未重看以前，毋敢隨肯定它欲算是抑毋是，所以現在，我因爲前面所講的原因，可以接受它是台語小說，但印象中它的作者敘述部分確實也離數百年來的任何一代的白話台語有袂少的距離，所以若欲將它排除做台語小說，我也感覺合理，會使接受，特別因爲它是一九九〇年以後才寫、才出現的作品，就算講作者有意吸收華語來擴展台語，敘述中純正台語的成分也甚少。將來我個人若有需要就這本冊的歸屬做一個只對我個人交待的認定，我會佫重讀一遍，然後舉例來講。

不過這陣，對某一篇小說是毋是台語小說的認定，我個人會採取兩個原則性的判斷：

1. 作者不管用什麼「觀點」的敘述語言是毋是台語，若毋是台語，這篇作品就毋是台語小說，所以東方白的《浪淘沙》毋是台語小說，就算台語對話用蓋濟的彼部（一或二，我袂記之矣）也毋是，全款道理，其它早期敘述部分明顯用中文的鄉土小說嘛毋是台語小說，像我個人以早有眞濟篇短篇小說（收置《不該遺忘的故事》、《大統領千秋》內面），雖然對話已經全部攏是純台語，但敘述用純中文或溶合幾

個台語詞的中文，嘛袂當算是台語小說。現在我認
爲用作者的敘述語言比用小說人物的對話語言來判
斷語類的歸屬是較重要的根據，因爲敘述語言上會
當顯示佮代表作者的選擇佮態度，對話有可能只代
表角色的身分或角色講話的「寫眞」。某篇的作者
用台語敘述，就算全部人物因爲實際上攏講華話，
因此造成全部對話攏無台語，安呢，我也有可能認
爲某篇是台語小說，當然這可能有比例的問題，作
者的記述字數應該袂比人物的對話字數較少吧。

2. 判斷寫作語言（作者敘述或人物對話）的語言歸屬，
　叨用台語讀看眛，若台語讀著眞順，而用華語讀較
　袂順，它就是台語，反倒轉講，台語讀著較礙嘴舌，
　換用華語讀煞比用台語讀較順較滑溜，它就是華語。

　　以上這兩項看法提供判斷的參考。其它議題，比如二、
台語民間文學作品佮作家文學作品內面有像俄羅斯文學所謂
的「長篇詩體小說」，以及黑格爾所稱的小說鼻祖的「眞正
的史詩」（EPIC），咁欲园踮小說的範圍來談？三、台語
小說史的分期、歸類種種；四、理論佮作品等等問題，有冗
（閒）再談。

・胡長松（2007.2.3）
　央敏兄：

多謝你的意見，我會將它加入第一單元的發言。

我贊成將史詩囥入小說的範圍來談，特別是咱底談類似「小說的敘事藝術」「小說的修辭」即款題目的時，特別是我發覺你的史詩作品《胭脂淚》受著未少的注目，嘸管認定上「是」或者「嘸是」小說，攏對咱瞭解台語小說的藝術有幫贊，若大家無意見，我會將《胭脂淚》先列入討論的冊單。

「史詩是小說」的認定觀點，卡晚我會補充一段英國小說家史帝文生（《金銀島》作者）的看法先來合大家分享！

若對其他議題有興趣，嘛歡迎隨時的補充合發問。

平安！

長松 敬 2007/2/3

・林央敏（2007.2.3）

林央敏 2007/2/3：關於 823 砲戰的一個實相，簡要提供下列兩則供參考：

一、約 20 年前，我曾旁聽家舅（陳智昌，我在一旁聽他與人閒聊到此事）談到他的親眼所見及親身經歷，那時家舅是一名台灣籍被徵召的「大頭兵」，正在金門，便經歷了「八二三砲戰」，我尚記得他說到兩件事或兩個現象：

　　1. 外省兵膽怯又懶惰，敵方砲彈打過來，總是他們最先找掩蔽躲藏，不敢立即還擊，台灣兵較英

勇，總被排在最前線應戰、當炮灰，因此死傷
也較多，長官也較喜歡命令台籍兵做事和作戰，
家舅認爲若沒有台灣兵的英勇，「咱（指台灣方
面，即國民黨軍）一定慘敗」。

2. 當場，我提及我「不久前」（當時的不久前）應
邀赴金門訪問，並參觀擎天廳這偉大工程而表讚
嘆一事，家舅立即表示，該工事正是他們做的，
然後津津的、像回憶當年勇般的述及他們如何把
花崗石的大武山挖空，他表示當時金門許多較大
較難的防禦工事及工程，主要也是靠台籍兵的不
畏辛勞才得以完成。

家舅在述及此事時，純然是以一個曾參加 823 砲戰的台
灣小農民的身份在說，應屬眞相，至少是他所親眼目睹的部
分眞相。

二、林明男有一首詩題爲〈823 砲戰〉，發表於 1995 年，
有選入《台語詩一甲子》及《台語詩一世紀》，該
詩所寫的正反映當時國民黨外省人及長官將台籍大
頭兵當做「奴兵」的心態及做法，其兩族（台、中）
之異或衝突，不只是因語言不通的齟齬而已，我在
該詩之後的導讀（見《台語詩一甲子》）中有一段
這樣說：『1958 年發生在金門的「八二三砲戰」
（國共的金門砲戰），雖然打沒幾天就在美國的介

入下結束，可是幾十年來卻經常被外省中國人執政
的官方拿來宣揚蔣家軍的勇敢與功勳。本詩以一個
不受國民黨洗腦所影響的台灣人的立場，對該次戰
事作另一現象的詮釋，詩中寫道：台灣人被迫去充
當中國人內戰的炮灰，並且死得真不值，台灣人戰
死了被當做病故處理，成為無家可歸、無人超渡的
野鬼，只能在異域遊盪，而中國人戰死，才是「為
國捐軀」，不但可「丹心照汗青」，還能得到蔣朝
獨夫追封「烈士」，魂進國廟（忠烈祠）享受果位。
這對「忠愛中國」的台灣人來說實在莫大的諷刺。
詩中再引二二八事件，是強調台灣人縱使「心懷中
國」，也還是被當異族看待的可悲下場，因此最後
向台灣人棒喝，台灣才是台灣人的祖國，為台灣而
戰，死也要「做台灣鬼」。（1998.03.05）』

　這首詩，各位手頭上大概都有，值得看看。以上提供討
論及研究的參考。

・胡長松（2007.2.4）
　史帝文生會如何認定《胭脂淚》？

　央敏兄、各位同仁：
　關於《胭脂淚》可否看成一部小說，在此補充史帝文生
(R. L. Steveson, 1850-1894,《金銀島》作者) 關於小說藝術

的重要觀點。

　　此觀點源於 1884 年在英國的貝贊特（Walter Besant）、亨利‧詹姆斯（Henry James）以及史帝文生三者間所展開的關於「什麼是小說」的討論。

　　1884 年 4 月，貝贊特在倫敦王家學會上發表了一次題為「小說藝術」的演講；同年 9 月，亨利詹姆斯在《朗文雜誌》（*"Longman's Magazine"*）發表題為「小說藝術」的長篇論文（此論文對於小說理論而言極為重要，日後有機會再詳談），是對貝贊特論點的挑戰；同年 12 月，史帝文生亦在《朗文雜誌》上發表了論文「謙恭的爭辯」，則是對前二者論點的進一步反駁。

　　對於什麼是「小說藝術」，貝贊特的定義是「用散文敘述虛構故事的藝術」，史帝文生尤其質疑這個定義。史氏認為「散文」和「虛構」都不足以構成小說藝術的本質，而唯有「敘事藝術」才是小說藝術的本質所在。

　　首先，史氏說：「敘事，不管是真實的還是想像的，實際上都是敘述的藝術。」這個論點在於反駁貝氏所提的形成小說藝術的「虛構」的條件。

　　再者，史氏說：「一個敘事文本，無論是採用無韻詩或者史賓塞詩體（按：為一種押韻體）寫成，還是用吉朋（Edward Gibbon, 1737-1794,《羅馬帝國衰亡史》作者）的圓周句（period）或查爾斯李德（Charels Reade, 1814-84, 英國小說家）的碎片或短語寫成，敘事藝術的原則必須同樣受

到遵循。」這個論點則反駁了貝氏所提的「散文」的條件。他把荷馬史詩、喬叟的「坎特伯雷故事集」（按：原為韻體）及司各特的長詩「湖上夫人」都歸在小說之列，他說：「在我看來，〈奧德賽〉是最好的傳奇小說；〈湖上夫人〉雖然略遜一籌，但也算得上高品味的小說；喬叟的故事及其序言則包含了較之穆迪先生（按：為一當時出版商）的整個書庫還多的現代英國小說的題材和藝術。」

史帝文生將小說藝術置於敘事藝術的大架構中進行思考，主要是為了把握小說在敘事結構上的特質，例如人物角色、場面、情節的經營、語言的開展等等所交織出的「模式」與「網狀結構」。他大膽地摒棄將詩歌、小說分別對待的傳統作法，以形式結構的角度提出「小說藝術即敘事的藝術」的看法。也正是這種眼光下，他一語道破了如此的事實：無論貝贊特還是詹姆斯，他們談論的都是「敘事的藝術」。從這個說法來看，史帝文生乃是之後於 1960 年代興起的結構主義敘事學的先驅。

總之，就敘事藝術的角度來衡量，史帝文生不排除押韻的詩體於小說藝術之外，一切純以敘事論敘事，我相信他很可能會認定央敏兄的《胭脂淚》是一篇「小說」。

以上請參考。平安！

長松 敬筆 2007/2/4

・林央敏（2007.2.4）

　　長松及各位朋友：

　　沒錯，史詩即小說。這在西方文學界，大概已成公論
——是普遍認同的觀點。最早將史詩視爲小說的可能是十八
世紀初，英國文學評論人中有相當權威的阿迪生（Addison）
先生，即當時頗具影響力的《觀察報》的主編及主筆，這份
以評論文學爲主的週報（發行於 1711～1722 間）有許多期
都談到古典史詩，阿迪生就認爲 Epic（指眞正的史詩）的
描寫技巧可做爲近代小說藝術的先驅。20 世紀美國史詩學
者保羅・繆遷（Paul Merchant）在分析奧維德（Ovid, B.C.
43-A.C. 17）的神話史詩《變形記》（*Metamorphoses*）的特
徵時，特別加上一個重要的成分：詩人傑出的技巧。接著指
出：「……與其說是令人想起一篇拉丁詩，不如說更令人想
起一部十九世紀的小說。」俄羅斯文學將該國大詩人普希金
的大敘事詩《奧尼堅》及他國的類似長詩（不完全具備史詩
特質的大敘事詩）都稱爲「詩體小說」，美學哲學家黑格爾
甚至把《奧德賽》當做世界第一部長篇小說，應是持相同的
看法。也因此，現代評論人常把某些歷史小說或具有歷史
內含的大長篇小說比喻或形容爲「史詩」，如美國華萊斯
（Lewis Wallac,1827-1905）的《賓漢》（*Ben Hur*）、南斯
拉夫安德利奇（Ivo Andric）的《波希尼亞的故事》（*Bosinian
Story*，台灣翻做「德里納河之橋」）、波蘭顯克微芝（Henryk
Sienkiewcz,1846-1916）的《你往何處去》（*Quor Vadis*，曾

被拍爲電影「暴君焚城錄」，我在 30 年前看過電影，今年
又重看一次）……，後二書在獲諾貝爾文學獎時，便被以
「如史詩的……」的字眼稱譽。

　　我個人認爲史詩除了敘述語言探詩化的及詩的某些格律
之外，其它所有關於現代小說的構成要素及結構、布局等技
巧都與一般小說相同或差不多，尤其在內容上等同於具有歷
史的、民族的、神話的等性質的小說。因之，大約兩年前，
我在靜宜曾開過一門「史詩概論與選讀」的課程，我在自編
的講義中即稱：「簡單講，史詩就是以詩的語言和形式寫成
的一篇包含歷史的小說。」

　　很高興你有相同的看法，不過你說要把史詩比如《胭脂
淚》列在小說筆談的項目中也許不宜，不是不好，而是恐怕
增加小說座談的複雜性及負擔，將來如有必要，也許在小說
及詩之外獨立來談，讓談者自由選擇要就小說成分、或就詩
的成分、或詩與小說的綜合體來談皆可，這樣，題目也比較
單純，易於談論。你斟酌看看。

林央敏 2007.2.4 凌晨

小說描述的旁敲側擊法

　　寫作，無論哪一種文體或類型的寫作，作者通常都需要透過文字的「記述」（記敘）來表達內容。以說理達意為主和要求客觀呈現的內容，大約只需對人、事、景、物、時、地、情、理等等構成內容的成份做單純的敘述 (narrative)，使文章具備簡單明瞭的效果。至於文學創作，除了也需要敘述之外，對前述構成內容的成份有時還需加以描述 (description)，更準確的說，是含有主觀呈現的描寫，使文章產生栩栩如生、讓讀者有如親臨其境的效果。而文學作品中，以散文和小說較常見也最需要用描述來敘述各種人物場景。

　　一般說來，當作者需要描寫時，絕大多數是採取直接的方式來描寫對象，即針對被敘述的對象、情境進行描述，無論描述的文句用了哪些修辭技巧，都是直接反映該事物的樣

貌，比如：「整個的巴黎就像是一床野鴨絨的墊褥，襯得你通體舒泰，硬骨頭都給熏酥了的——有時許太熱一些。……。巴黎，軟綿綿的巴黎，只在你臨別的時候輕輕地囑咐一聲『別忘了，再來！』其實連這都是多餘的。……香草在你的腳下，春風在你的臉上，微笑在你的周遭。不拘束你，不責備你，不督飭你，不窘你，不惱你，不揉你。它摟着你，可不縛住你：是一條溫存的臂膀，不是根繩子。」（徐志摩：〈巴黎鱗爪〉）這段文字在於描摹巴黎帶給作者的感覺，句中用了明喻、暗喻、夸飾、比擬等等修辭手法，讓讀者與被閱讀的標的物巴黎之間產生文藝美學上所謂的「形相的距離」，但仍是直指作者主觀意識下的巴黎。

　　直接描寫 (direct description) 是描寫的常態，例子之多隨處可見，本文所要介紹的是另有一種以描寫彼物來間接呈現此物；或者以描寫附屬物、延伸物、局部借代全體的方式來呈現主體物的動作、心理、狀態等等。由於這種「側寫」(sideway description) 方式比較少見也較奇特，偶而遇之，大多見於小說作品，所以我曾將這種「寫彼道此」、「聲東擊西」的「間接描寫」(indirect description) 稱為「小說描述的旁敲側擊法」，試看下列引自荷塔・慕勒的長篇小說《護照》中的一段描述：

「He can see the small white roses, the war memorial and the poplar tree from far away. And when it is foggy, the white of the roses and the white of the stone is close in front

of him as he rides. Windisch rides on. Windisch's face is damp, and he rides till he's there. **Twice the thorns on the rose thicket were bare and the weeds underneath were rusty. Twice the poplar was so bare that its wood almost split. Twice there was snow on the paths.**」（Herta Muller:《*The Passport*》, translated by Martin Chalmers, 2009, CPI Bookmarque, p.7）

　　小說起頭寫主人翁在天色微明時獨自騎著腳踏車前往磨坊，這是他每天清晨的例行路線，途中會經過一座白色的戰爭紀念碑、白玫瑰花叢和白楊樹，首段作者先以旁觀者對場景作扼要而鮮明的描寫，第二段配合路旁景物之異，寫主人翁一邊騎車一邊算年度、數日子，顯示主角悶急又無奈的心理。上列引文是小說開始的第三段，可說是把前二段的事物再焦點式的重述一次，但敘述方式不同，中間筆者未以粗體標示的文字是單純的直述，其他較粗黑的文字便屬「間接描述」，因為它所要表現的重點並非純指字面上的意義，而是：在前半段中，以白玫瑰、白楊樹及白石頭（紀念碑）之相對於主角的距離遠近的轉換，間接表示車子在移動。在後半段中，各以「兩度」重複發生的花草樹木之凋萎枯裂和落雪來間接示意主角的某種等待的時間已然經過二年。這種表面寫外景，實際反映人物動作和心理的手法就是一種「旁敲側擊」。

　　我們再看同書的另一段文字：

　　「He look down the street. Where it ends, the grass beats

into the village. A man is walking at the end of the street. **The man is a black thread walking into the field. The waves of grass lift him above the ground.**」（同前註，p.8）

（「他看向街道，街尾處，野草侵入村莊。**一個男人走在街道盡頭，這人是一條走進田野的黑線，草的波浪將他抬離地面。**」）（林央敏譯）

先直寫雜草侵入村莊街道，暗示村子的沒落荒涼。再喻寫由街尾走入郊野的男人像一條被野草綠浪浮起的黑線，都間接指出觀望者正在遠處且不停移動身體，但被觀望者（男人）的動感更大，身影高低起浮，恐怕是舉步惟艱的畫面。這段側寫很好，尤其後半句簡潔優美而含縕豐富。

筆者覺得荷塔慕勒是我讀過的作家中最擅長運用側寫描述法的人，我們也可以在她的其他作品中找到例子，比如長篇小說《風中綠李》，裡頭至少有兩段描述最像：

「**脖子伸得長長的，耳朵紅通通，嘴巴半張開。頭一動也不動，但是眼珠子溜來溜去。**」（荷塔・慕勒《風中綠李》，陳素幸中譯，時報出版，1999，p.39）

「葛歐格不知道如此持續了多久。皮傑樂上尉的桌子上放著一盆紫羅蘭，葛歐格說。**當葛歐格進門的時候，那盆紫羅蘭只開了一朵花。當他被准許離開時，開了兩朵花。**」（同前註）

　　這二例描述都是帶有「意在言外」的效果，第一例是兩人在談話時，其中一人的頭部反應一如字面所述，卻間接映現心理的緊張和恐懼，他害怕被黨校老師視為不認真或不專注，乃至視為異端或反對分子，雖故做鎮靜反而更加緊張的情狀。這一場景使筆者想起一九九〇年的前後幾年間，有幾次在學校與同事私下談話，特別是談到批評兩蔣統治的政治敏感話題時，少數幾位對國民黨的白色恐怖有所認知的同事就會在邊聽或邊說的同時，頭部也會轉來轉去或「眼珠子溜來溜去」的注意周遭，深怕被監視教師思想的安維老師看到，而把他們視為和我一夥──也是反對專制黨國的異議分子。第二例是寫角色葛歐格因為唱一首歌被角色皮傑樂上尉約談審訊，文字中的粗黑字部分就是旁敲側擊的寫法，以紫羅蘭的開花暗示審訊時間冗長。

　　外國作家除了荷塔慕勒之外，近幾年我也在沃爾芙(Virginia Woolf)、葛拉斯(Gunter Grass)的長篇小說中看到少量可稱得上側寫或類似側寫的描述，本文就不一一列舉了。同樣的，我們也可以在台灣作家的作品中找到一些，比如出現在胡長松的台語小說〈雨佮戰鬥〉中的有一段描寫就是相當典型的旁敲側擊：

　　「（筆者按：省略一段先描寫囚犯放風時下起大雨，包括做為第一人稱敘事者的主角在內的囚犯們興高采烈歡迎這陣雨的情景，不久，獄警吹哨子要所有囚犯回籠）**我確實聽見山坪的樹葉咧為我拍噗仔。閣來，邏顧監狗出現一陣龜怪**

的表情，您的啡仔聲大作，所有鐵鐐的聲，佇啡仔聲了後對牢房徙過，包括我的跤鐐。……」（胡長松：〈雨佮戰鬥〉，收入《金色島嶼之歌》，2013，台文戰線出版，p.96～97）

前句寫道葉子的鼓掌聲，實指雨打樹葉的聲音，已被主角囚犯的心象轉化成鼓舞戰鬥的聲音。接著明寫哨聲和鐵鐐聲，由聲音催促聲音，造成聲音的移動，這段描述實際是間接襯出（暗示）獄警將犯人趕往牢房的動作景象，這段側寫式的描述極具烘雲托月的效果，不言人身移動，而能深刻感覺到鐵鍊拖地的人身移動。

再如長篇小說《大港嘴》有一節敘述小孩子在門外忍受屋裡的母親和其他男人相好的凄苦心境，作者先描寫屋外雨打芭蕉的情景，再寫陌生男人來到時的動作：「……伊（按：指小孩）佇窗仔邊看著一个瘦 kah 若稻草枝的生份查甫人，鬖鬖 mua-leh，共竹籬仔門 sak 開，行入厝埕。這个查甫人佇砛簷下停步，共鬖鬖褪落來，掛佇門邊的釘仔鉤。**窗下的彼欉山芙蓉開 kah 當是紅豔。**」（胡長松：《大港嘴》，前衛，p.177）最後一句是隱喻，明寫山芙蓉開花，間接暗指正在屋裡的交媾。

拙作長篇小說《菩提相思經》中，男主角在自述他和女主角的愛戀時也採用「雙關式的描寫」來敘述纏綿悱惻的性愛：「……**然後阮做夥合唱一條長長膏膏的「漁歌子」——雙子山前赤鷺飛，妳是桃花流水，我是鱠魚肥……。**甜蜜的

歌詩唱了，阮才智覺厝尾頂佮窗仔門有霎霎叫的雨聲。」（林央敏：《菩提相思經》，2011，草根，p.261）這段化用唐代張志和名詩的改寫文字表面在描寫山水景物，實則在隱喻性愛。

最近，我也在新秀小說家洪明道的小說中看到這種旁敲側寫的描述，像「寫字時，伊面路仔的影會特別深，手蹄仔的影共字的出路攏罔咧……」（引自〈Siat-tsuh（シャツ）〉，「等路」台文版，九歌，p.147）這句明的是直接描寫角色的臉及手的景象，暗的是側寫光源的方位，角色應是背光或右側斜斜背著光在寫字；「朋友攏講伊和魚相跋是專門科的，有影教。**恁逐日去海墘仔報到，時間化做肉粽角頂頭的薰屎。**」（引自〈虱目魚栽〉，同上引，p.75）這句寫樂此不疲的海邊釣客在等魚上鉤的同時也吸著煙，而且幾乎在定點靜靜地消度光陰。

好了，看完上述文例和說明後，如果讀者還不甚清楚筆者所謂的旁敲側擊描述法的話，請比較下列兩段描述，第一例是對事物的直接描述，第二例裡的粗黑字是旁敲側擊式的間接描述，它們所要表述的內容其實相同，但第二種敘述更具形象：

1. 謝莉莉經過一番打扮後，走出房間，左手提著亮麗的 LV 包，右手放在手扶梯上一步一步從二樓走下來，在一樓等待的張啟明聞到一陣香味，趕快起身

迎了過去。（按：筆者自寫）

2. 謝莉莉經過一番打扮後，走出房間，閃著亮光的 LV
   包吊在左手腕，**漆得鮮紅的指甲沿著手扶梯漸漸向
   下移動，一陣香味直墜一樓，刺激張啟明的鼻子，**
   叫他起身迎了過去。（按：筆者自寫）

　　旁敲側擊不是描寫的常態，所以並不常見，它通常要先
有一段對場景的直描式鋪陳之後，再結合「省略、借代、替
代、譬喻、婉曲、轉化、烘托、暗示、影射…」等其中一種
或二種修辭來進行後續的描述，以達到旁敲側擊的效果。一
般說來，構成旁敲側擊的文句不會很長，也不需要長，更不
能太長，這樣才容易突顯焦點，刺激讀者的感覺神經，覺察
該句所隱含的弦外之音，而對該句描寫產生深刻印象，同時
使讀者覺得描寫細膩且文句創新又美麗動人，充滿詩意。旁
敲側擊描述法就比單純的直接描述法更能產生這些效果。

　　前面提到，這種旁敲側擊描寫法大多見於小說作品，所
舉例子也都是小說作品的文段，但它並非寫作小說的專屬技
巧，散文及詩也可以，只是散文與詩也許因為篇幅較小，作
者需要描寫某事物的時候大多直接描寫被摹寫的事物，筆者
孤陋，閱覽有限，因此覺得下引一例是詩裡的鳳毛麟角：

　　啊！現代的灞橋跤
　　流光掣我向南流去

幹頭看你

兩粒稀微清亮的星

置夜色中慢慢浮起

　　　　　（引自慧子的台語詩〈站橋傷別〉）

　　末尾兩句，就修辭來說是「雙關」，就描寫來說就是以「隱喻」完成旁敲側擊的描述，兩粒星星暗喻眼睛，同時表現離別者心中感覺到送別者的含情眼神充滿不忍告別離的神色。

　　此外，有一種假性的側寫，也具有旁敲側擊的功效，實際還屬直接描述的修辭，比如：

例一：「賽因河的柔波裏掩映著羅浮宮的倩影，**它也收藏著不少失意人最後的呼吸。**」（引自徐志摩散文〈巴黎鱗爪〉）

　　　前句是直接描寫，後句意指跳河自殺。

例二：「……**這款已經浸出酒芳的情話，出口則化消，入耳隨化無，愛用嘴脣講予嘴脣聽才聽有，所以後壁這尾『妳』魚抑袂赴放出嘴就直接泅入惠貞的嘴內。**」（林央敏：《菩提相思經》，p.261）

　　　這段文字是在敘述兩人情話綿綿之後的熱吻。

例三：「彼暝山頂的羊寮厝，冷風洒雨踮厝外伴奏，厝

內暗淡的蠟燭光貼 (dà) 置蠓罩頂閃爍，**伊用指頭仔做目睭跐完全烏暗的被單內認真讀林惠貞這首美麗奧妙的情詩**：雙子山下赤鷺飛……。」（同上引，p.437）

粗體字部分是以「裝飾性的譬喻」在描述愛撫的動作。

以上三例都只是「婉曲」（曲繞）修辭，稱不上旁敲側擊式的描寫。像這類婉轉曲繞的寫法在文學作品中就不少了。

------2022.02.28 完稿。原載 2022.07《台文戰線》第 67 期。

莫要誤認歌仔簿是史詩

—— 兼釋黃勁連的誤解

　　無論台灣或中國，漢語文學裡面，不管古典文學或民間通俗文學，都沒「Epic」（史詩）這款類型的作品，差不多是現代文學界數十年來共有的看法。不過，20 世紀尾期，中國那邊有人很不甘心數千年「道行」的中國漢文學沒有史詩，因此費了十二年時間（1984-1996）努力翻找，「挖出」一篇五千多行的民間七字仔歌來當做史詩，這是一首「牽亡曲」，題名《黑暗傳》，結果被中國本身具有西方文學修為的學者批評膨風而將它否定。幾年前（1997-2000 之間）筆者曾暗想，既然中國自古沒有史詩，假如台灣民間有，把它「提」出來，不但能增加台灣文學的光彩，最大的作用還可以豐富台語文學兼提升台語文學的地位，那時我想，台灣民間流傳的七字仔歌仔簿有很多具有故事性的作品，也許其中有些作品符合史詩的條件，這樣，我的願望就能稍稍達成，

於是把歌仔簿認眞看，仔細鑑定，可惜到最後還是願望落空，因爲就我所知的歌仔簿中沒有一本是史詩。雖然歌仔簿沒有史詩，但意外得到一個歡喜，就是那些七字仔歌仔冊可以當我們台語文學的「肥底」（養分），她們已經先爲台語文學起造一個記事傳統，而且比一些題目中號稱「史詩」的作品更有文學價值，值得我們好好的重視和親近。

此後我雖然有打算要發揚歌仔簿文學，但不敢再寄望其中有作品得以堪稱「史詩」。日前，又看到好友台語詩人黃勁連在《海翁台語文學》（47 期，2005.11）發表一篇〈歌仔簿是台灣史詩〉的文章，使我頗爲寄望、也頗好奇，以爲近年來差不多將全部精神放在民間文學、戮力注解台語的勁連兄有什麼新發現，詳細一看，原來只是他的一篇舊作重刊而已，不同的是該篇「新刊舊作」有增補半段關於筆者的《胭脂淚》「自序」，其他並無新意。原本不想寫這篇文章，但是由於他那篇文章裡面除了誤解《胭脂淚》序文之外，又繼續錯認「歌仔簿是台灣史詩」，因此不得不回應一下。

〈歌仔簿是台灣史詩〉全文將近三千言，但是與標題有關的文字只出現在第三段，下面引文就是他論證「歌仔簿是史詩」和關於筆者《胭脂淚》序文的全部文字：

> 一本歌仔簿，著是一本長長兮四句聯仔、七字仔歌詩。……其中大多數是敘事、記事兮，以歌詩兮形式，……來說唱古早兮神話傳說，歷史故事，地方

分新聞事件或地方兮傳奇。一本敘事、記事兮歌仔
簿，著那像一本《史詩》咧。史詩，西洋儂叫「Epic
poetry」，亦有儂加翻譯做「敘事詩」，伊主要是咧
說唱神話傳說，歷史事件兮英雄人物兮事誌，參咱兮
歌仔簿兮精神、內容，風格共款兮。台語詩人林央敏
最近出版一本九仟外暇、十一萬字兮史詩《胭脂淚》，
真正是「驚天動地」，佫恰「驚天動地」兮，是伊兮
序文內底，伊講「胭脂淚則是真真正正台灣第一部史
詩」，伊否定劉輝雄兮《島戀》，周明峰兮《台灣史
詩》、鹿耳門漁夫兮《台灣白話史詩》，講奚啥是真
正兮史詩，我無話講；但是伊否定台灣兮歌仔簿，講
《鄭國姓開台灣歌》、《台省民主歌》、《周成過台
灣》、《雷峰塔》、《白蛇傳》、《三伯英台》等等，
只不過是「類似」、「唔是」台灣史詩，我著感覺足
遺憾兮。中國兮文學傳統是抒情兮傳統，比較恰欠缺
敘事、記事兮傳統，這是事實；但是咱兮台灣文學，
有抒情兮文學、亦有記事、敘事兮文學，著是壹仟四
佰外本兮歌仔簿，有誠濟誠濟兮史詩。……

　　我先說明他誤解《胭脂淚》序文（〈我的史詩因緣〉
2002.8.16 自由時報副刊或《胭脂淚》2-9 頁）的部分：
　　第一、我的序文只說到劉輝雄、周明峰、鹿耳門漁夫等
人的名叫「史詩」的作品不是史詩 (Epic)，並沒有「否定」

那些作品,這一點要辨明清楚。我了解黃勁連的意思,但他的文句語法容易造成誤解,以爲我不只說那些作品不是史詩,又否定那些作品。

第二、我的序文裡面並無「胭脂淚則(才)是眞眞正正台灣第一部史詩」的文句,這句應該是黃勁連判斷我的序文的意思所寫出來的,雖然是斷章取意的「捏造」,還不算很大的誤解,因爲在我的序文的論述中,雖然也有「假設」用比較不嚴格的標準來「鑑定」史詩時,說李喬的《寒夜》改編作品可以算是台灣第一部「史詩」以外,也有這種「若用很嚴格的史詩標準時,《胭脂淚》就是台灣第一部」的意思。但是無論標準是嚴或鬆,《胭脂淚》都是台語文學目前出土的第一部眞正的史詩,這也是我的序文的意思。

第三、我的序文有很明顯的意思是在肯定一些台灣歌仔簿的文學價值。而且我並無必要「否定」台灣的歌仔簿是什麼,因爲那些歌仔簿本來就不是史詩,不必我再去「否定」。那些七字仔記事格律文,也不會因爲我「否定」才變成不是史詩,同樣道理,也不會因爲黃勁連說她們是史詩就變成史詩。這個語義學上的邏輯需要辨明一下。

第四、我的序文只說《雷峰塔》、《白蛇傳》、《三伯英台》等是「七字仔傳奇歌」,並沒有認爲她們「類似」史詩的意思。我講「類似」的是《鄭國姓開台灣歌》、《台省民主歌》、《周成過台灣歌》等。

接下來,簡單談一談黃勁連對史詩以及台灣歌仔簿的誤

解。照他那段話來看，他認爲歌仔簿與西洋史詩的「精神、內容，風格共款」，所以歌仔簿就是史詩。他有說到兩者的內容，但到底什麼是兩者同款的「精神」與「風格」並未說明，大概是指兩者都是「敘事、記事」的「敘事詩」，以及兩者都是「說唱」的方式。如果這樣的話，便是錯誤的類比，我分三點來說他的錯誤：

第一、內容。神話傳說、英雄人物的事誌只是史詩的題材之一，史詩不僅僅只寫這些，尤其十三世紀以後的史詩更加包羅萬象，和其他文學類型的題材已經沒什麼差別，就算兩者同樣或類似，也還不能因此說歌仔簿是史詩，因爲內容不是判斷史詩的唯一標準。

第二、說唱方式。用這點來講歌仔簿是史詩更加離譜，因爲西洋史詩百分之九十以上都不是用來「吟唱」或「說唱」的，只有荷馬時代的史詩才予遊唱詩人吟唱，自魏吉爾（Virgil，西元前一世紀）以後的史詩就脫離說唱的表現模式。所以兩者（史詩與台灣歌仔簿）的形式或風格事實上不一樣。就算一樣，也不能說歌仔簿是史詩，因爲能否「說唱」並非構成史詩的條件。

第三、敘事詩。「敘事詩」確實是構成史詩的必要條件之一，也就是說史詩必定是敘事詩，不過並不是敘事詩就能夠成爲史詩，雖然 Epic 也有人譯做「敘事詩」，但一般來說，敘事詩是 Narrative Poetry，並未等於 Epic，這點西方文學的常識毋需我再詳細贅嘴哺舌。我們就含含糊糊用這個標準來

看台灣民間的歌仔簿是不是史詩？我認爲歌仔簿裡面的記事性的敘事作品若要成爲史詩，最起碼也要先通過「敘事詩」這關，但是我找不出有哪一本「七字仔古」可以叫做「詩」，黃勁連文章裡所提到的那幾種都是「七字仔格律文」而已，並不是詩，也不是敘事詩，因此單憑這點就可以判斷她們都不是史詩。其他史詩的必要條件就不必再講了。

　　美學家黑格爾將史詩分做「東方的史詩」、「一般的史詩」與「眞正的史詩」，台灣歌仔簿這些「記事格律文」或「記事詠情歌」裡頭，部分作品的性質有一點點類似前兩項，但離「眞正的史詩」很遙遠。台語界的人千萬不要誤認歌仔簿是史詩，否則，不清楚台語現代文學的水準已經超越這些通俗文學很多的人，要是跟著誤解，恐怕會以爲台語文學的最頂級的史詩原來只是故事小品，連帶的也誤解其他類型的台語作品也可能粗淺而無甚可觀！我們要重視民間傳統文學，不是將它們加封進冠一些好聽的名詞，是該像莎士比亞這樣，從民間傳統裡面掬取題材來加工再製，才是提升台語文學、豐富台語文學的法門。

　　—— 本篇原作爲台文，2005.11.10 夜晨嘉義旅次中作，原載
　　2006.01，《海翁台語文學》，49 期，原題「毋通誤認歌仔
　　簿是史詩」。2012.1.8 中譯。

史詩也是活的

—— 評何信翰的「論《胭脂淚》的文體」

·前言

2007 年 10 月 6、7 日兩天，在中山醫學大學舉辦一場「當小說找到舞台 —— 2007 台語文學學術研討會」，會中朋友何信翰教授發表一篇論文：〈史詩？小說？敘事詩？ —— 論《胭脂淚》的文體〉（以下簡稱「何文」），主辦單位邀我做「對談人」，負責評論。當日我只能就在電腦上讀過一遍電子檔的記憶來做短評，又因為發表時間很短，無法一一說明這篇論文的優缺點，就算僅單就較大的缺點提供修正的意見都講不完，所以趁這場研討會要出正式的論文集的時機，重看當天才拿到的手冊文本來表達我的較完整的簡評，同時辯證這篇論文關於史詩的一些看法，希望對何文的完滿或修改有所幫助。

　　下面文章仍維持研討會口頭評論的行文方式，盡量按當日講話順序來寫，及補充較完整的意見。

·本文

　　何教授這篇論文不知是不是寫不完全，還是話沒講完，以致造成文題不合，雖然作者在話頭的「研究動機」與「研究的目的」兩節中都強調「要用"類型學"裡的各種方法，研究《胭脂淚》的內容和形式，判斷在文學研究中，一篇作品確實的文體」、要「在實務方面，一方面分析『胭脂淚』的形式和內容，一方面確立這部作品的文體」。但是整篇論文的重點實際上並不是在論《胭脂淚》的文體，從頭到尾也沒判斷或確認《胭脂淚》是什麼文體，不過題目如果改做「《胭脂淚》是史詩嗎？」或是「《胭脂淚》是不是史詩？」就很符合整篇論文的內容。以上只是建議，並不是我要講的重點。

　　何文主要的兩大章節（2,3）是先介紹所謂「嚴格的文學"類型學"分類中，"史詩"的形式和內容的標準」，然後就這些標準，也就是「所謂史詩『背後的規則』」，來探討《胭脂淚》是不是史詩，結論之一：「《胭脂淚》並不算是一部史詩作品」，因為史詩特徵的限定，何文又認為「史詩作品其實在目前的時代可說已經沒什麼機會再被人創作出來。……畢竟史詩這個的文體在世界文學中，已經公認是死

亡的文體」。這部分有許多爭議的地方，甚至我可以確定何
文的論點是無法成立的，假如它的結論是：「《胭脂淚》是
史詩，但不是英雄史詩」就完全沒爭議，不過有些論點仍然
要修正。另外在結論中附帶講到的看法或觀念，比如「（《胭
脂淚》）這篇作品的重要性，絕對不是在它是『台灣的第一
部史詩』。這部這麼好、這麼重要的作品，也不必靠說它是
『第一部…文類的作品』來提升地位」，這段話就很正確，
因爲任何文類的作品，「第一部」並不包含好壞的意思或評
價。下面我就針對爭議點來談它爲什麼不能成立的理由。

　何教授說「本論文主要運用的分析方法是"類型學"的
各種研究法。…是（"類型學"）用科學的方法從許多不確
定的個體中抽出一部分確定的個體來當作類型的標準」，雖
然何文沒寫明這些標準是根據哪幾本它所謂「目前世界公認
的史詩作品」所訂出來的，不過我們可以推測何文所根據的
類型學學者應該有先就某幾部史詩做過嚴格分析後，才歸納
出何文所講到的關於史詩在內容與形式方面的特色或史詩的
條件。在這方面，何文所根據的是希臘古學者亞里斯多德與
露西亞（俄羅斯）現代學者巴赫金的講法。其中，亞里斯多
德是兩千三百多年前的人，他的文學理論有許多點到現在來
看仍然很正確，但是他只看到幾本希臘古典史詩，所以他對
史詩的講法就無法完全適用後代的新作品與別國的作品，何
況何文引自亞里斯多德的話有誤用或誤解的情形，亞氏在
《詩學》中提出史詩與悲劇的「行動的單一性原則」，是單

指情節，何文卻擴大範圍，把它用來指情節與整部故事，認為史詩所描寫的是「盡量模做單線的行為」、是「單一的事件」而已，因此連帶也誤解亞氏認為史詩主角的特性與性格「都是定型的，從頭到尾都不會變的」。亞氏關於史詩的理論分散在《詩學》前後好幾個章節，到較後面的章節，亞氏也有就形式與內容的不同將史詩分做四類，何文所指的應該只是其中叫做「簡單的史詩」這類而已，相對的一類是「複雜的史詩」，是指故事、情節結構不只單線，主角的性格、道德、作為、運命等等也有變化、逆轉的史詩。因此，假如說何文的標準可以成立的話，亞里斯多德所謂的「複雜的史詩」就變做不是史詩了。

另外，何文對史詩的認定還有幾個最主要的講法，這些講法不管來自亞里斯多德，或是巴赫金，或者作者自己就前兩人的話所引伸出來的解釋，都有很大的破綻。我先歸納這些所謂史詩的基本特色，大約有五點：

1) 史詩所描寫的客體是一個民族美好的過去，而且是「絕對的過去」；所以就有——

2) 史詩所描寫的歷史都是史前時代（指無文字或文字未普遍的口傳時代）的歷史，於是乎，史詩的題材來自民族的傳說，不是來自個人的經驗或是以個人經歷為基礎的虛構創作；因此有——

3) 史詩的時代離當代很遠，也就是離史詩作者（歌手）與讀者（聽眾）很遠。前三點都有特別說到的古之

又古的時間差，巴赫金稱爲史詩作品與歌手之間所隔的「絕對的史詩距離」，何文特別強調史詩要有這種「史詩的距離」，認定史詩不能以作者當代或前代的歷史（我、阿爸或阿公生活的時代）做題材。也就是因爲這三點特性，何文斷定「一部史詩作品的內容不可能描寫『現代』（創作的時代）發生的事情。也不可能把主要背景設在『外國』甚至是『外太空』」。

4) 史詩的主角一定是英雄人物，就是大角色，國王、王子、大將軍等等，而且有崇高的道德涵養與理想，在歷史上，這些英雄的行爲會影響民族或國家的前途。

5) 是形式方面的特色，因爲語言有別，何文沒堅持史詩一定要像希臘古典史詩用長短短格的六音步格律來寫，但認爲史詩的語句讀起來要有「長、慢、莊嚴」的效果，強調形式上因爲「史詩內容的單純必須透過『單純的形式』來表現」，所謂「單純的形式」是指史詩從頭到尾所用的詩體、格律應一致，或者不可以變化太大。

因爲人文科學的標準本來就存在見仁見智的現象，特別是關於文學藝術的研究方面，更難訂出固定的、一致的標準，所以何文所根據的標準（指前述所稱：史詩一定要有的特色或條件），我們不能說它對或不對，我們只能說它是不

是可以成立？或者可以完全成立否？如果是成立，而且按何文所說要「完全符合」這些條件的話，不只《胭脂淚》不是史詩，連一向大家所知的史詩，比如荷馬、維吉爾、奧維德、但丁、彌爾頓、史賓塞…等人的史詩作品也都不算是真正的史詩了。另外，有所矛盾的是，何文在談史詩的歷史性與民族性時，除了提到《奧德賽》、《伊利亞德》以外，還有提到印度的《羅摩衍那》、《摩訶婆羅多》與圖博（西藏）的《格薩爾王傳》這三部史詩，照說，至少這些作品應當是何文所認同可以算是史詩的作品才對，可是它們也不符合何文所根據的史詩規則（看下文補充）。那連荷馬的史詩都不算史詩，問題就大了，我們必須說，何文的論點與主要的結論都無法成立。

　　接下來，我簡單舉幾部內容不合以上標準的重要史詩。譬如：

1. 《伊利亞德》的全部背景－特洛伊戰爭－都設在外國，戰爭的地點在荷馬以前到以後的現代都算外國，第一主角阿奇利斯的性格、品德的表現，多數時候是不好的、對國家造成災難的，他侮辱敵人的屍體也違反當時的道德觀，是到最後才變高尚（或恢復高尚）；

2. 《奧德賽》主要的背景也是外國，而且還有重要的背景放在類似外太空的地獄；

3. 維吉爾的《伊尼特》有一半的背景在外國與地獄，

第一主角伊尼亞斯的特性也並非前後一致，他在半途（非洲）墜入桃花鄉（愛情里），放棄理想，改變意志；

4. 《神曲》的背景就完全不在人間，都在宗教觀念中的世界；

5. 彌爾頓的《失樂園》一半以上不在人間，前半部的第一主角是大魔頭撒旦（後半部化身蛇，變配角），第二主角是神明彌賽亞（未降生人間的耶穌），就算彌賽亞是英雄，但撒旦應當不能算英雄；

6. 拜倫的《唐璜》整本史詩的背景都不是作者的國家，也不是主角的本國；

7. 完成在西元第一世紀的奧維德的《變形記》是第一本放棄英雄概念的史詩，十八世紀英國批評家藍卜里埃寫一本書叫做《古典辭書》，這是詩人濟慈讀得快要爛掉的文學評論，這本書就認為《變形記》不是史詩，但濟慈不認同，現在西方文學界都認同它是神話史詩，奧維德是第一個大膽改變史詩內涵的大詩人；

8. 法國史詩《狐狸列那的故事》主角不但不是英雄，甚至都不是人，這本被稱做「動物史詩」，英國史賓塞的《仙后》角色類似，但她被文學批評家歸為「浪漫史詩」；

9. 文藝復興時代的騎士史詩《瘋狂的奧蘭多》，作者

亞利奧斯多將第一主角由原本一個品德崇高的騎士變做一個為愛失去理智,四處作亂打人的為害者;

10. 英國古早史詩《貝奧武夫》是一本英雄的悲劇;德國古早史詩《尼巴龍根之歌》又名「烏暗人民之歌」,以及好幾本史詩都是寫民族的悲慘的過去,這些史詩可以歸入亞里斯多德所分類的「苦難的史詩」,可見並不是史詩都在寫民族莊嚴或美好的過去。

何文最大的破綻是所謂「史詩的距離」這個問題,就我所知,史詩的距離或是製作史詩的距離不是只有靠時間(時代久遠)這個因素(其他因素、方法不是本文主題,在此不多講),事實上,遠古、中古、近代、現代的歷史事件、神話傳說……都可以拿來當史詩的題材,作者也可以選擇他與讀者當代的事情與他個人經歷的事情來寫,比如西元第一世紀的詩人魯坎,魯坎,大家可能較陌生,他就是但丁在《神曲》中講到(在淨土煉獄見到)的五個大詩人的第五位,魯坎有一部史詩叫做《法沙尼亞》,是寫羅馬帝國內戰,這部史詩的題材就是何文認為沒有史詩距離的事情,也就是不能寫「讓讀者從史詩所描寫的時代有參予感—我小時候也經歷過那個時代;我阿爸/阿母/阿公/阿嬤曾對我講起那時候的事情等等」,魯坎是頭一個將當代歷史寫入史詩的詩人;其實,在魯坎《法沙尼亞》之前的奧維德《變形記》已經有一點點寫到作者當代的事情,只是奧維德寫的是凱撒死後變

天星的神話，不是歷史。再看但丁的《神曲》，《神曲》可
算是一部當時意大利（佛羅倫斯）的政治鬥爭史，主角就是
作者自己，不是什麼英雄、大人物，作品裡面有很多「角色」
是作者同時代、甚至曾看過、曾接觸交手過的人；英國渥滋
華斯的《序曲》是寫他自己的詩的成長史，主角也是詩人家
己，已經有學者把這部長詩當做史詩；最後我再舉一部重要
史詩，就是何文有提到書名的印度史詩《摩訶婆羅多》，這
部史詩的中心故事是寫第一主角——大英雄「毗嘶麻」，在
內戰中戰死的經過（與古印度人的哲學思想、世界觀等等），
大主角毗嘶麻就是《摩訶婆羅多》作者「毗耶娑」沒有血緣
關係的兄弟（毗耶娑之母後來嫁予毗嘶麻之父），詩裡作戰
雙方的領導者（擔任國王、親王之眾親、堂兄弟）都是主角
毗嘶麻名義上的孫子，也都是作者毗耶娑血緣上的孫子，我
介紹到這裡，各位就知道《摩訶婆羅多》最重要的內容就是
寫作者親眼看到、或是親耳聽到的「當代歷史」。以上這些
史詩作品的歷史背景都比《胭脂淚》的歷史背景更不具何文
或巴赫金所謂的「史詩的距離」，可以說就是「新聞時事」。
新聞時事可以隨即被吟唱詩人用來當史詩的題材，這是荷馬
與維吉爾都認同的，《奧德賽》第八章描寫主角流落地中海
某一個國家受當地官民招待時，與《伊尼特》的第五或第六
章描寫主角逃到迦太基時，這兩位最具古典史詩代表性的大
詩人都安排主角親身聽到或看到自己參與的歷史事件（就是
木馬屠城記），已經被人處理成史詩內容，主角因此「觸景

「傷情」，感動得淚流不止（我記得奧德修斯有，但不記得伊尼亞斯有流眼淚否？好像也有）。

關於史詩的形式問題，前面我已經有講到，在此再補充一點：因為語言、國別的差異，並不是所有史詩作品都有同樣、一致的格律（何文也認同這點），就算有幾部史詩是刻意要模仿荷馬採用六音步英雄格來寫，他們的規格也有所不同，維吉爾、奧維德、但丁、塔索、史賓塞、彌爾頓……都或多或少有所改變與新創，其實荷馬也認同史詩可以有各種不同的唱法（寫法），荷馬在《奧德賽》第22章就借一個吟唱詩人的嘴表達這種看法。何文所謂史詩的文句形式讀起來要有「長、慢、莊嚴」的效果，這是相對抒情詩來講的「感覺」，條件不具體就不成條件。

綜合以上，我們就可以看出何文與「類型學」所列的關於史詩規則的論點是無法成立的，因為它有偏差、缺乏普遍性、又自我矛盾，因此何文認為「《胭脂淚》不是史詩」這個結論就不能成立，也就是說要鑑定《胭脂淚》是不是史詩，要根據別種條件。不過何文所列的條件若單純拿來適用古典史詩而且是其中的英雄史詩，破綻就比較少，但是自歐洲文藝復興以來，史詩就大大打破許多英雄史詩的古例，前面有講到亞里斯多德已經為史詩分類過，近代德國美學哲學家黑格爾也將史詩分成三大種類，所以史詩不只英雄史詩與口述史詩而已。

十七世紀的法國新古典主義與二十世紀露西亞（俄羅

斯）的形式主義都很注重類型，他們共同的特色就是保守。
事實上，文學是活的，史詩也是活的，美國史詩學者保羅‧
繆遷 (Paul Mercheng) 就認為史詩還在發展與擴充，並不是
「公認已經死亡的文體」。我想，我們無論是研究文學或是
創作文學，應該了解一點：「類型不是從頭到尾都不變的，
當新的作品加入時，我們的類別也會隨之變動。」最後這句
是美國新批評的評論家韋洛克與華倫的話。

　　——2007.12.14 補充 2007.10.07 的口頭評論。台文版原作刊於
　　2008.4《海翁台語文學》第 76 期。2008.4.10 中譯，本文中
　　引用到的何教授論文的文字，也一併譯為中文。

品詠文學敘事的美麗集合
—— 史詩與史詩型長篇小說

一、話頭

　　各位朋友，暗頓食飽未？今暗多謝小說家涂妙沂小姐安排這場演講，互我有機會來和各位相共（互相與共）探討兼欣賞美麗的文學敘事。所謂「敘事」，就是敘述故事，台灣人以前叫「講古」或「講故事」，現在則指寫故事、寫小說，特別是指敘述故事、如何呈現故事的方法。講題說的「文學敘事」包括兩種含義，當名詞用時指故事本身，當動詞用時指呈現故事的方法，有人把敘事方法稱為「敘事學」。今天這場演講的重點在於欣賞故事並了解故事的呈現方式，怎麼寫比較能使故事及文字產生優美動人的感覺，而且能在一篇作品中運用多種敘述技巧，使作品散發多種美感。我們欣賞的方式，有時會舉作品文字來朗讀、來吟唱，讓大家在用眼

睛看著文字的同時，也透過耳朵來欣賞文字的聲音，所以叫做「品詠」。

　　根據我個人的寫作經驗及閱讀經驗，我覺得文學敘事的美麗集合主要在史詩 (Epic)，也就是說史詩作品最能統合呈現敘事文學的各種技巧及美感，其次是由史詩文體變形而來的長篇小說，因為用詩體寫故事，既難寫又限制多，中世紀以後的歐洲，史詩文體開始解放格律，因自由化、散文化而蛻變為敘述歷史故事的長篇小說。因此咱今天就來品詠史詩和長篇小說，不而過，由於時間的關係，咱大概只能揀一些重點來講，先看史詩。

二、關於史詩的基本認知

　　記得 1970 年代，我大概二十歲左右，曾看過一部電影叫「木馬屠城記」(*Helen of Troy*)，那是 1956 年拍的一部黑白片。六、七年前 (2004) 又有一部電影叫「特洛伊 —— 木馬屠城」，布萊得·彼特演的，他演第一主角，希臘聯軍裡的一個大將阿基里斯，我也有看。那一年我和一個朋友都在一次文學營的活動擔任講師，他的課在我的前面，我聽他提到荷馬史詩，又提這部電影，他說：「『木馬屠城記』叨是根據『荷馬』的史詩『伊利亞德』改編的」，這位長輩朋友雖然用台語演講，但是要參雜很多北京話，這沒關係，咱今日有些地方也會用到中國話。我當時聽他這樣講，就知道他

沒有讀過荷馬史詩，至少沒有讀完《*Iliad*》（伊利亞德），課後我私下提醒他《伊利亞德》一個字也沒寫到木馬屠城，因為《伊利亞德》只寫到阿基里斯在雅典娜女神的暗助下殺死特洛伊大王子赫克托爾，以及特洛伊人為赫克托爾舉行喪禮就結束了，《伊利亞德》的部分情節只用在電影的前半部，後半部情節到最高潮的木馬屠城是改編其他曾經托名荷馬作的史詩《小伊利亞特》、《埃塞俄比亞英雄》、《伊利俄斯的陷落》等等。

　　我這位朋友沒讀過荷馬史詩其實是很平常的事，以前我曾在靜宜大學中文系開過一學期的史詩課程，也連續幾年教通識課的文學欣賞，曾經問學生知道荷馬史詩嗎，大多數人知道「荷馬史詩」這個名稱，有些人知道有兩部，是哪兩部就未必說得出來，再問有沒有人讀過任何一部時，好像沒人舉手。在問答的過程中，有人說荷馬的史詩是《奧德賽》和「木馬屠城記」，後一個名稱也是以訛傳訛的結果，可見人云亦云是很平常的事，在很久以前，我也因為聽人家說而誤以為《伊利亞德》寫的就是木馬屠城，只是我較少人云亦云，比較不會自己沒讀卻充當知道，隨便以肯定的語氣轉述未必正確的說法。

　　大多數人沒讀過荷馬史詩，文學知識又欠充實，因此對「史詩」也就不了解，這幾年我發現連有些讀到中國文學碩、博士，做到文學系教授的人，以及一些文學界人士也不了解史詩，他們很可能都沒實際讀過荷馬作品或其他任何一部史

詩，大概被史詩的「史」字影響，望文生義，總以為史詩就像歷史教科書那樣在概說歷史，差別只在於歷史用散文體敘述，史詩用詩體敘述，比如七字一句，配合押韻，或者像新詩那樣分行排列的方式來概說歷史，就說這種作品是史詩。如果大家同意這樣定義、這樣改變或擴大「史詩」的意涵，這種以詩體陳述歷史的作品，只要她真的寫得像詩，文句有詩質，她當然就是史詩，不過這和荷馬的作品、和西洋文學所講的史詩、「Epic」顯然一丈差九尺。那麼，什麼樣的作品才是史詩？

・史詩的定義：

　　依我個人對史詩的歷史、內容和形式的了解，史詩的定義可以歸納成下列三句話，凡是符合這三句話之一的作品就是史詩，也可以這樣說：必須符合其一的作品才是史詩。

(1)狹義的史詩是指長篇的歷史敘事詩，以六音步詩行或其相等物寫成，中心放在一名英雄或一個文明之上的文學作品。

　　這是針對部分古典史詩來說的，早期希臘羅馬的古典史詩都以六音步詩行寫成，所謂六音步詩行是指「長短短格」重複六次的文句。早期史詩和悲劇是兩種最正統的嚴肅文學，悲劇由劇團演出，史詩供吟遊詩人吟唱，他們覺得六音步詩行的格律最雄壯，最適於吟唱英雄事蹟，所以又稱「英雄格」，後來格律稍微解放，不再限制一定要用英雄格，但

寫詩仍然必須有格律，前述所謂「相等物」就是指有格律的
詩行。不過詩體完全解放以後，外在的文句格律就不再成爲
寫詩必要的形式了。至於史詩內容，雖然詩裡的角色可能不
只一個大人物，但她的中心主題通常會放在一個英雄之上，
像《伊利亞德》的中心角色是阿基里斯，另一個主角是赫克
托爾，但主題的重心在阿基里斯，《奧德塞》的中心角色是
奧德修斯，奧德修斯是希臘名稱，羅馬名字叫做尤里西斯。
因爲早期的古典史詩都在歌詠英雄，所以也叫做「英雄史
詩」。

　　但進入西元第一世紀後，史詩的形式、角色、題材漸漸
寬鬆化、多樣化，不再限定那麼多，應該這樣說，詩人不再
被固有框架所限定。史詩發展到十八、九世紀時，以下這句
話大概就可以清楚規範史詩的定義了：

　　(2)**史詩是一篇包含歷史，又超越寫實範疇的長篇敘事
　　　詩。**

　　美國詩人龐德說得更簡單，他說：「一部史詩是一篇包
含歷史的詩。[1]」意思是指史詩寫的不只歷史，還有歷史以
外的東西。而歷史在史詩中也不是我們一般所認知的歷史，
歷史只是詩人用來表現史詩主題的材料，不是詩人寫詩的目
的，亞里士多德認爲史詩中的歷史和實際的歷史有別，詩人

1　引自龐德 (Ezrz Pound, 1885-1972) 著《閱讀初步》(*ABC of Reading*)，
　倫敦，1961，p.46。

呈現歷史的方式不同於歷史學家，他說：「詩人的職責不在於描述已發生的事，而在於描述可能發生的事，即根據可然或必然的原則可能發生的事。歷史學家與詩人的區別不在於是否用格律文寫作⋯⋯。詩是一種比歷史更富哲學性、更嚴肅的藝術，因爲詩傾向於表現帶有普遍性的事，而歷史卻傾向於記載具体事件。」[2] 這句話是說，歷史學家撰述歷史要忠於史實，但詩人寫史詩時可以爲歷史加油添醋，所以史詩中的歷史都含有詩人的歷史意識，是詩人對歷史透視後，可能爲了滿足讀者的娛樂欲望，或爲了滿足詩人要表現的主題需求而加以剪裁，再加上詩人的想像力所寫成的，已經不是純粹的編年史，而是帶有某種程度的虛構成份了。換句話說詩人只是在利用歷史的材料來達到他自己的目的。

前述兩個說法都用到一個文學術語「敘事詩」，什麼是敘事詩，似乎很多人還不大清楚，有人以爲詩裡有講到某件事的詩就是敘事詩，這樣說來絕大部分的小品抒情詩也都算是敘事詩，因爲大多數的抒情詩裡也有一件事，比如唐代李益的〈江南曲〉：「嫁得瞿塘賈，朝朝誤妾期；早知潮有信，嫁予弄潮兒。」前兩句寫的就是白居易說的「商人重利輕別離」，所以經常不在家，或是歸期不定，常常沒按預定的時間回來，詩裡的女主角對這件事、這種情況很怨嘆，所以後兩句寫她看到捕魚郎都按照潮信時間在作息，早知如此，還

2　引自《詩學》第九章。

不如嫁個漁夫。這首短詩只有四句，至少就包含兩件事，這樣她算敘事詩嗎？當然不是，**真正的敘事詩是在講故事，詩裡至少有一個完整的故事，所以有人把敘事詩叫做「故事詩」，而故事就是我們現在講的小說**。前引龐德的說法過於簡單，「敘事」一詞又太抽象了些，因此我個人把史詩的定義改個說法：

(3)**簡單講，史詩就是以詩的語言和形式寫成的一篇包含歷史的小說。**

這句話看似清楚易懂，但對外行人仍然不算簡單，當中什麼是「詩的語言和形式」，恐怕要費很多口舌才能說個明瞭，不過至少大家都會想到詩的形式好像就是分行排列，或者再加上有某種字句格律，比如有押韻。我們知道排列方式和格律都只是詩的不重要的外在形式，可有可無，重點在詩的語言，它是構成詩的本質所在，這部分要講到懂，嘴鬚會打結，咱就不說了。

為什麼史詩詩人敘說一件事時，不能只寫概要，非得把這件事寫得像小說那樣有個完整情節的故事不可？這個問題，我沒有答案，也沒有人這樣規定，也許是有樣學樣，荷馬用詩體小說（故事）的方式呈現歷史事件，後代詩人就跟著用詩寫小說，不過，沒有讀過荷馬的人也都不約而同這樣做，比如巴比倫、波斯、印度、西藏、蒙古等等比荷馬更早或更晚的東方史詩，也同樣在表演故事，所以我想大概所有史詩詩人都知道這樣做比較生動、比較吸引人，也比較有藝

術性，所以都這樣做。這是**史詩的技巧**之一，最早把史詩的
這項說故事技巧點出來寫成理論的是亞里士多德，他談到詩
人如何敘述事件時說：「詩人還應儘可能地將劇情付諸動
作。[3]」又說：「顯然，和悲劇詩人一樣，史詩詩人也應編
製戲劇化的情節，即著意於一個完整劃一、有起始、中間和
結尾的行動。[4]」後來賀雷斯 (Horace) 補充亞里士多德的話
說史詩的動作要「從事件的中間開始（寫）[5]」。

既然已經談到史詩的技巧，我就順便再講一下**史詩的結**
構，「所謂『史詩的結構』，指包容很多情節的結構。」這
是亞里士多德在他的《詩學》第 18 章講的，意思是說一部
史詩除了中心情節（主情節）之外，可以有很多插曲，而插
曲也可以變化多端。記得有一個西方學者，他用一棵大樹來
比喻史詩，說史詩的結構是主幹分明而枝葉繁多，比如《奧
德賽》，主幹情節是寫足智多謀的奧德修斯回家前後大約兩
個月的事，從他的兒子出遠門去打聽父親的下落開始，到他
回到家後一一殺死那些來他家向他妻子糾纏求婚的人，可是
中間利用「樹箍分叉，粗枝發細椏」的插敘法、倒敘法，把
奧德修斯返鄉過程的冒險遭遇及部分特洛伊戰爭的情節都寫
進來，彷彿奧德修斯及其同伴的流浪冒險變成主幹情節。

3　見亞里士多德著《詩學》第 17 章。

4　同前注，第 23 章。

5　見賀雷斯作〈詩的藝術〉。

　　關於史詩的結構，亞里士多德除了說史詩容納很多情節外，他好像把史詩概分成兩種結構：「主副結構」與「均等結構」。由一條主幹掛著許多插曲的屬於主副結構，《奧德賽》就是，以角色配合事件來看也是這樣，奧德修斯是唯一的主角，戲分特別重，其他都屬次要角色，沒有一個可稱得上配角；而均等結構是有兩條主幹，前後進行或交錯進行，情節與篇幅大約平均分配，《伊利亞德》就是，不過《伊利亞德》的情節幾乎從頭到尾都在打仗，即使將其他非戰爭情節加起來也比戰爭情節少很多，兩者並不均等，好像不屬於均等結構，可是細究她的主題──憤怒，戰爭是《伊利亞德》的表面題材，憤怒才是她的核心主題，在《伊利亞德》中的戰爭是用來反映第一主角阿奇里斯的憤怒，前半部因阿奇里斯不滿她的戰利品－一個特洛伊女奴－被統帥亞加曼農奪去而憤怒棄戰，結果希臘聯軍節節敗退，後半是因阿奇里斯的未成年的好友穿著阿奇里斯的盔甲，假冒阿奇里斯的身份出戰，結果被第二主角──特洛伊王子赫克托爾殺了，因此激怒阿奇里斯歸隊參戰，造成特洛伊陣營敗退，最後阿奇里斯殺死赫克托爾。同是戰爭，兩種性質、兩種不同的結果，此外在史詩中，荷馬給阿奇里斯與赫克托爾的角色份量差不多，分別以他們兩人為中心的戲份幾乎不相上下。所以《伊利亞德》屬於均等結構。更典型的均等結構是魏吉爾的《伊尼德》(*Aeneid*)，這部史詩的結構可說是模仿荷馬史詩並且結合兩部荷馬史詩而成，荷馬先寫《伊利亞德》的戰爭，再

寫《奧德賽》的流浪，魏吉爾把兩大主要情節合在《伊尼德》
中，順序倒反，前半部第 1 到第 6 章先寫伊尼亞斯（特洛伊
人）的流浪，後半部第 7 到第 12 章再寫伊尼亞斯征服拉丁
平原的戰爭。

　　現在咱不管史詩採用哪一種結構，最重要的是頭、腰、
尾要有統一性，這是指中心情節的開頭、中間和結尾要構成
一個整體。這也是亞里士多德最先指出的，他說：「在詩裡，
情節既然是對行動的摹仿，就必須摹仿一個單一而完整的行
動。事件的結合要嚴密到這樣一種程度，以至若是挪動或刪
減其中的任何一部分就會使整體鬆裂和脫節。如果一個事物
在整体中的出現與否都不會引起顯著的差異，那麼，它就不
是這個整体的一部分。[6]」應該捨去，亞里士多德非常讚賞
荷馬的取材和敘事法，使兩部史詩都構成一個嚴密而統一的
整體。我個人覺得所有文學作品都應該這樣，這種文學結構
體才叫有機體，才是完美的結構，這方面，東方史詩遠不及
西洋史詩。小說的結構也應該這樣，短篇小說的結構比較容
易控制，長篇小說要做到結構嚴謹比較困難，以中國古典文
學裡的長篇小說為例，我個人覺得《紅樓夢》的結構最好，
比任何一部中國古典長篇都完美。

　　關於史詩的基本認知就講到這裡，其他像史詩結構的
三一律、史詩的特徵、規模、主題、種類等等，與史詩的

6　引自《詩學》第八章。

定義沒有關係，也沒一定標準，比如荷馬史詩是 24 卷（24章），魏吉爾改為 12 卷，16 世紀的塔索也將史詩定型做 12卷，於是 12 卷成為普遍慣例，可是 18 世紀，波普和拜倫也都知道史詩的 12 卷規律，卻都違反了，因為「史詩也是活的」[7]，就像美國史詩學者保羅‧繆參 (Paul Merchant) 講的：「史詩仍然是一種還在發展和擴張的形式。」[8]

現在各位應該比較清楚什麼是史詩了，**史詩包含三個要件：第一、它的語言形式是詩；第二、它的內容含有歷史題材；第三、它是有故事情節的小說。這三個要件缺少一樣就不是史詩。**

三、史詩的變形與史詩型長篇小說：

接著，咱來看幾段使用到「史詩」這個字眼的敘述：

＊「……他們對於境內的防守具有<u>史詩</u>的性質——也就是說，一件超越寫實範疇的藝術作品。」(1968.7.21，《星期日時報》，瑪莉‧麥卡錫 (Mary McCarthy) 對一場越戰的描寫。)

＊「……在全體畢業生就定位後，在號角聲中扮演凱撒

7　林央敏在 2007 年一次學術研討會中發表評論時所用的標題。

8　引自保羅‧繆參著《論史詩》(The Epic)。

的校長引領來賓進入會場。弓箭手射出劃過天際的金箭,驚爆的火光之下,展開一場驚心動魄的<u>史詩</u>。」(2003.11.5,〈重返榮耀〉記寫一場畢業典禮。)

＊(台語)「咱肩胛相并／用生份的手牽熟似的心／親像鄭(握)一支千里長的鋼筆／合寫一抱台灣的<u>史詩</u>。」(2004.2.28,林央敏參加「二二八牽手護台灣」活動時浮上心頭的感觸,摘自林央敏日記。)

這些話所說的事當然不是史詩作品,這裡「史詩」一詞已經轉品成形容詞,隱含史詩的精神和性質:

1. 史詩的精神:史詩一詞已被用來代表雄偉,雄壯、偉大的意思。以前有人用「史詩的旅程」表示很長、「史詩的奮鬥」表示很壯烈。那種氣勢就好像魯坎 (Lucan) 說的,魯坎是誰?各位也許比較陌生,他就是古羅馬政治家兼雄辯家辛尼嘉 (Sinica) 的侄兒,是但丁眼裡的大詩人之一,但丁在《神曲》第 4 曲中把他排在第五位,魯坎有一部史詩叫《法沙尼亞》,寫羅馬帝國的龐貝內戰,裡面有一段話這樣說:

> 凱撒,那位愛好偉大的人,探勘西久姆的沙地,
> 西莫伊斯河,洛條姆──有希臘人艾傑克斯的墓地,
> ── 以及受到荷馬恩澤的死者。(《神曲》第 9961-
> 9963 行)

　　史詩及史詩詩人就要有這種凱撒「愛好偉大」的野心，作品的內容與篇幅都呈現一種雄偉感的氣魄。《伊利亞德》有一萬五千多行、《奧德賽》和奧維德的《變形記》都大約一萬兩千多行、似乎還記得魏吉爾的《伊尼德》是九千多行，這些還不是最長的，印度史詩《Mahabharata》，中文翻做《摩訶婆羅多》有十萬行，聽說西藏的活史詩《格薩爾》有一百萬行，這兩部我都只有讀過節錄本，而很短的像濟慈的〈亥伯利安〉也有一千多行。此外史詩都有很壯烈的場面描寫。

　　2. 史詩的性質：史詩是「超越寫實範疇的藝術作品」，她的內容在敘述歷史或當代發生的某件事時，含有作者虛構的情節，例如《奧德賽》第 8 卷和《伊尼德》第 1 卷中，作者都安排主角在事件之後聽到或「看」到自己的過去，兩人都還活著就發現自己參與的事蹟已經成為史詩的題材，被詩人傳頌著或被藝術家做成壁畫，這些應該是出於作者的設計，這樣做可以讓史詩更生動的發揮做為民族記憶的功用。在《伊尼德》中男主角甚至還從盾牌上的圖案看到未來的羅馬城，這個恐怕也是詩人的虛構情節，詩人藉描寫伊尼亞斯的盾牌預示未來，目的在激勵特洛伊人的勇氣，讓流亡的特洛伊人知道建立羅馬是他們的天命。我想後來的羅馬人認為大詩人有預言的本能，大概是看到魏吉爾的這一段描寫，進而迷信整本《伊尼德》充滿預卜命運的暗語，以致出現「魏吉爾占卜術」，連將軍要出征時，都先隨機翻開《伊尼德》，接著手指頭任意指在被翻開那一頁的任一行詩句上，由相命

的（占卜家）解讀那一行詩句的意義，看是正面的、還是反面的性質，再決定是否出兵。我猜想，比魏吉爾慢一千六百多年的彌爾頓，他的《失樂園》在第 11、12 兩卷中，寫米迦勒天使長奉上帝聖旨，準備把亞當、夏娃逐出伊甸園時，先預示幾件人類未來的情景給亞當、夏娃看，可能有受到《伊尼德》的這個預言寫法啓發靈感，因爲聖經並沒有這段敘述，至少我讀過的聖經全譯本沒有這段敘述，大天使米迦勒受命執行這個動作也是彌爾頓虛構的。另外，**史詩的寫法可以不受寫實主義限制**，荷馬的史詩就加入許多神話情節，我們不能說《伊利亞德》裡的戰爭有神仙助陣是不合理、不可能，也不必說荷馬安排奧德修斯誤入地獄和魏吉爾安排伊尼亞斯進入冥界都是無稽之談，**因爲史詩的性質本來就超越寫實的範疇**。再說史詩中的神話情節是別有用意的，可能用於某種象徵或隱喻，不用在乎它是否眞實。

　　接著，咱簡單介紹幾本重要的史詩，可以發現史詩是活的，她也會變形，最後變成有歷史內涵的長篇小說，這時就不是史詩了。

　　我認爲史詩是所有文學創作最頂級、也最難寫的作品，所以自古到今史詩作品非常少，我個人所知，自古到今比較重要的長篇敘事詩大約 140 部左右，有些可能不能算史詩，其中我有完整讀過的差不多四十幾本，大部分是翻譯本，還有一部分只讀節錄本，其餘都只是讀概要或介紹而已。西洋文學比較有史詩或長詩的傳統，所以咱就以西洋史詩爲例：

　　荷馬的《伊利亞德》和《奧德賽》是英雄史詩,這是大約西元前第五世紀的作品。

　　第三部經典是魏吉爾的《伊尼德》,這是快要進入西元紀年時寫的,這部史詩被許多西方詩人認為超越荷馬,魏吉爾尚未完成就有詩人普羅柏秋斯 (Propertius) 歌頌她「比《伊利亞德》還要偉大的東西已經構想出來了」。這個恐怕是出於民族驕傲的說法,13 世紀的但丁在《神曲》第 1 曲中對魏吉爾的讚揚應該也是這種心理:

　　　「那麼,你就是魏吉爾嗎?從你的嘴裡,
　　　流出多麼美麗而和諧的詩句。
　　　啊!眾詩人的火把,一切的光榮歸於你!
　　　……(省略)……
　　　你是我的師傅,我的模範。」

　　不過但丁在第 4 曲的章節中,當魏吉爾帶領他看見荷馬時尊稱荷馬是「詩人之王」。可是 19 世紀和 20 世紀都有英國詩人讚揚魏吉爾,應該是出於他們對詩的認知和誠心敬佩,丁尼生 (Tennyson, 1809-1892) 寫一首詩〈致魏吉爾〉,認為《伊尼德》是「曾經從人類口中塑造出來的 /最莊嚴的韻律」。由美國人入籍成英國人的愛略特 (T. S. Eliot,1888-1965) 甚至說《伊尼德》是西方文學的第一經典。魏吉爾除了延續荷馬的英雄性質之外,還添加民族主義的元

素，使這部史詩變成既是英雄史詩，也是民族史詩，形式只
稍為改變。

可是進入西元第一世紀後，奧維德 (Ovid, 43B.C.-17A.
C.) 寫《變形記》(*Metamorphoses*) 開始把史詩的樣貌與內容
大幅變形，全詩分 15 卷，不只小改卷數，也放棄英雄概念，
並改變敘事法來適應不同題材，不過仍舊使用六音步詩體。
因為改變較多，《變形記》最初不被當做史詩，最主要原因
是她的題材不是歷史，而是神話，然而在上古時代的人類觀
念裡，神話是太古時代的歷史，今天宗教的虔誠信仰者，可
能也相信他們宗教裡的神話故事是歷史，比如基督徒認為聖
經〈創世紀〉所寫的事是真的、道教徒認為三清道祖或盤古
開天是真的。《變形記》全部以神話的變形故事為題材，即
使最後敘述到凱撒被刺這件真正的人間歷史也將它變成神
話，寫凱撒死後靈魂升天化做一粒星。後來，人們認為神話
是歷史的變形或隱喻，於是《變形記》變成第一部神話史
詩。這部史詩對後來的文藝復興時代發生很大影響，作品充
分展露詩人的想像力，奧維德可說是把語言形象化的高手，
一千六百年後的莎士比亞大概時常向他「請教」，所以在作
品中尊稱奧維德是「想像的老師」，這句話好像是在《仲夏
夜夢》中說的？另外 17 世紀的彌爾頓死後，據他的女兒說，
彌爾頓生前最愛讀的書，聖經之外就是《變形記》，尚未失
明前，總把《變形記》放在枕頭邊。彌爾頓失明後，靠口述
並由他女兒抄寫下來的《失樂園》就是把聖經裡的神話當歷

史，他在《失樂園》第9卷談到英雄史詩的主題、題材及寫法，但不因循古代英雄史詩，而是選擇以聖經內容、教義當題材，並且自認是在寫史詩，這一點取材的方向也許受到奧維德的啓發，《失樂園》本身也是一篇偉大的心理故事，和但丁的《神曲》一樣都是一部道德與精神的史詩。

接著就來看13-14世紀的但丁，他的《神曲》對古典的英雄史詩來說算是一次史詩革命、一次比奧維德更大的顚覆，不只放棄英雄主角，也放棄以人爲中心，改以靈魂爲中心，但丁是第一個以作者本身當主角的詩人，用第一人稱敘事，在詩中藉自己所愛戀的女子的嘴提到自己（但丁）的名字，並將章節稱爲「曲」，擴大曲目成100曲。而最大的變革是寫作語言，不用統一的、官方的、知識份子的、上流社會的拉丁文寫作，改以方言寫作這種最高層級的嚴肅文學，據說這是但丁詩友卡瓦堪迪 (Guido Cavalcanti) 建議的。因此《神曲》有新語言、新風格、新形式、新主題，奧維德以「變形」當外在主題串連全詩，但丁以「愛情」當內在主題統合全詩：

> 「愛情啓迪我，他口授的時候，
> 我加以留意；我是這麼一個人，
> 也這麼樣子寫作。」（引自「煉獄」，第24曲）

這個愛的主題，由男女思慕的愛最後昇華爲上帝的愛

──基督信仰：

　　「但丁，不要因爲魏吉爾消失不見

　　而哭泣，還不要哭泣

　　因爲你必須爲另一支劍而哭泣。」

　　　　　　　　　　（引自「煉獄」，第30曲）

　　《神曲》寫詩人自己（假藉靈魂）遊歷西洋觀念中的三個靈界，將許多歷史上被歸屬忠奸、好壞的著名人物，和他自己欽佩、友善或厭惡的當代人物分別放到靈魂應得的歸屬處，加以頌讚或批判，包括他痛恨的教皇（教宗）也被他打入地獄。這部史詩除了反映詩人的宗教觀之外，透過對各類型人物的描寫，也反映義大利中古時代的現實生活和政教狀況，內容開啓托意史詩的先河，富於宗教與哲學的寓意，比如開卷的前三行就含有托意的企圖，把人生當做一部史詩，從中間開始寫起：

　　「在我們人生的中途，我醒來

　　發現自己在一座黑暗的森林裡

　　那兒正路已消失不見。」

　　　　　　　　　　（引自「地獄」，第1曲）

　　《神曲》既是神的喜劇，又是一部反映當代社會史實的

「自傳史詩」。這是第一部個人史詩，她的創意啓發後來的華滋華斯寫《序曲》(*Prelude*) 與龐德寫《詩節》(*Cantos*)，都以個人的詩史當題材。

我想西洋史詩的變革只要看到但丁就夠了，雖然 16、17 世紀時，有些詩人主張復古，有所謂新古典主義，摹擬古代英雄史詩的規律和風格來寫騎士史詩，但隨著浪漫主義、寫實主義等文學思潮的興起，18 世紀起，想寫長篇敘事詩的詩人大約都本著自由、開放與創新的藝術理念寫作，以盡情表現自己。角色、題材沒有設限，應用歷史和神話的方式也不同以往，不過其中缺乏歷史性和社會性題材的敘事詩，一般都不把她們當做史詩。

以上是詩人寫的西洋史詩的片段概況，至於各國的傳統史詩，比如英國的《貝奧武夫》、德國的《尼貝龍根之歌》、法國的《羅蘭之歌》、西班牙的《息德歌》以及東方史詩像巴比侖的《吉爾伽美西》(*Gilgamesh*)、冰島的《伊達》(*Elder Edda*)、中亞柯爾克孜族的《瑪納斯》…等等這些沒有作者的史詩，她們的形式與詩人的作品又大異其趣且各有不同，除了都符合咱前面講的史詩的第三個定義之外，每一部相對另一部來說都是一種變形，所以史詩沒有固定的詩體，也不必因循已有的詩體。

到了 19 世紀，詩體完全解放，變成散文體的小說巨作，進入 20 世紀後，「史詩」(Epic) 這一文學類型或詩體名稱也轉品爲形容詞，相當於「史詩的」、「史詩般」、「史詩

型」的意思，代表史詩的精神和性質，凡是既大且長，氣勢
雄偉，含有歷史內涵的作品也被稱爲「史詩」，像俄國托爾
斯泰的《戰爭與和平》、蕭霍洛夫的《靜靜的頓河》和南斯
拉夫安德利奇 (Ivo Andric) 的《波士尼亞的故事》(*Bosnian
story*, 1945)……這類型的長篇小說。《波士尼亞的故事》中
譯本叫《德里納河之橋》，諾貝爾文學獎在 1961 年頒給安
德利奇的獎詞中說：「由於他用來追溯主題和描寫命運的**史
詩力量**──這些主題和命運都是取自他的國家歷史的。」又
1965 年頒給蕭霍洛夫的獎詞也用到「史詩」一詞：「由於
他在描繪頓河的**史詩式**的作品中，以藝術家的力量和正直，
表現了俄國人民生活中的具有歷史意義的面貌。」所以有人
就把這種長篇小說叫做「**現代史詩**」或「**史詩型長篇小說**」，
就連雨果的《悲慘世界》都被稱爲「社會的史詩」。到這個
時候，史詩跟史詩型長篇小說幾乎是同樣的作品了，而實際
上，含有歷史的長篇小說除了不具詩的語言形式之外，與史
詩差不多就是同樣的東西。西洋文評家有人把《奧德賽》當
做是長篇小說的鼻祖，保羅・繆參在談到奧維德傑出的技巧
時覺得《變形記》的「那些神話錯綜複雜、變化多端，所以
與其說令人想起一篇拉丁詩，不如說更令人想起一部 19 世
紀的小說」。[9] 後來「史詩」也被用來指稱具有史詩性質的
電影，叫做「**銀幕史詩**」，題材來自聖經的叫「聖經的史

9　同注 8。

詩」，演美國西部開發故事的叫「史詩式的西部片」，2002
年加拿大電影 *"Inuktitut"* 上映後，有一篇標題「快跑者」
(The Fast Runner) 的映畫介紹這麼說：「電影史上首次呈現
的伊努特傳奇……。片長三小時的影片，全片在北極冰原實
地拍攝，每吋膠捲都在展現不屈不撓的毅力與創造力……令
人驚嘆的**史詩**鉅作。」近來，關於台灣電影的宣傳也可以看
到有人用「史詩」一詞來標榜或形容某些放映時特長的影
片，便是著眼於史詩的歷史內涵與宏大性質。

　　文學上的史詩 (Epic) 是一種長篇敘事詩，由於文句或需
講究格律、或需大量製造意象語，所以最難創作，尤其後者
（意象語），非有很豐富的想像力難以做到，因此絕大多數
的詩人只寫小品詩、小說家只寫小說，必須是兼具詩人及小
說家這兩種文學才氣，並且能統合歷史題材的創作者才有可
能寫出真正的史詩──是詩又是歷史性小說的作品。這是世
界各國文學之所以史詩作品很少的主要原因，應該也是台灣
文學至今只有一部史詩的重要原因。前輩小說家李喬先生曾
經將他的長篇小說《寒夜》改寫為三千行的格律文《台灣，
我的母親》，這篇格律文雖具簡易格律及分行排列的形式，
但缺乏形象化的詩語，因此不能算是名副其實的史詩，與此
相反的是洛夫先生的三千行長詩《漂木》，作者好像手持一
管專門製造意象的筆，使全詩充滿象徵式的意象語，然而缺
乏故事、情節等小說的要素，因此《漂木》是大型長詩而不

是史詩。前面舉的這兩部都是中文寫的,最近《台文戰線》刊載張德本先生的《累世之靶》是台語寫的,據說《累世之靶》是「2500行長詩」,也有人稱她是史詩,可是一經閱讀,我發現《累世之靶》的文字大半是條列式的散文句,另一半屬詠懷和諷諭的小品詩,雖然每一首都有百來行,但只是較長的抒情小品,這些小品詩可算是「詠史詩」,屬於歷史抒情詩的一種,因此整本《累世之靶》是由多首長篇小品詩組合成書,而非一首敘事詩,如此便不可能是史詩了。由此可知史詩創作的困難度有如攀登「蜀道難」。

說到這裡,咱對史詩及史詩型長篇小說應該有較清楚的認知了,接下來才是咱今日演講的真正主題,或者說最主要的部分──品詠文學敘事的美麗集合。

四、台灣文學中的台語文學

・以《胭脂淚》和《菩提相思經》為例

前面我曾說:「文學敘事的美麗集合主要在史詩」,「其次是由史詩文體變形而來的長篇小說」,本來所有文學類型的作品都應該、也都可以表現文學之美,但篇幅短小的作品能表現的比較有限,而史詩與長篇小說都是大型的敘事文學,因其長篇才比較有可能集合眾美,將許多文學敘事之美集合在一部作品中呈現。剛才我說:「台灣文學至今只有一部史詩」,這部史詩就是以台語寫的,因此接下來咱要品詠

的詩文只能以台語文學為例，這部史詩是我寫的、應該謙虛的說：是敝人的拙作《胭脂淚》，《胭脂淚》是一部敘事詩，將近 9000 行，此外咱也要拿來當例子品詠一部和《胭脂淚》有密切關連的史詩型長篇小說《菩提相思經》，《菩提相思經》大約 32 萬字，也是敝人的拙作。因為史詩和小說都是敘事文學，它們的敘事之美主要表現在兩個地方：

其一是**敘事結構**，簡單講就是說故事的方式，包括「佈局法」與「敘述法」兩種敘事技巧，佈局法主要用在情節與時間的安排，敘述法是用來將佈局好的故事做適當呈現的方法。

其二是**文句結構**，即文句透過修辭技巧所表現出來的樣貌，簡單講就是詞藻，包含意義、聲音、意象及美感。

・佈局法與敘述法

亞里士多德在他的《詩學》（第 24 章）中談史詩時曾這樣說：「除唱段和戲景外，史詩的成份也和組成悲劇的成分相同。事實上，史詩也應有突轉、發現和苦難，此外它的言語和思想也要精美。」其中所謂「史詩也應有突轉、發現和苦難」屬於敘事結構的美，所謂「它的言語和思想也要精美」屬於文句結構的美。這兩種結構美在一部好作品中其實是融合在一起的，作者以各種方式在敘說故事的同時也要講究文字之美，而思想的深度就含藏在文字中，藉由精美的文字而呈現思想之美。咱只是為了方便欣賞和說明才將它分成

兩個部分，不過今天由於時間的關係，我只能簡單講一些，在佈局方面，《胭脂淚》的情節主軸跨越一百多年，副軸含蓋四百年；《菩提相思經》的主軸時間短很多，但也有十五年之長，兩部作品的佈局都蠻複雜的，因此關於她們的佈局法，今天就不細談，將來如果有空，再專門談這部分，而且只談一部就好。

　　至於敘述法，如以敘事者及敘述人稱來分，可概要分為四種：

　　1. 一般的「他述」，又稱「旁述」，最常見的旁述法是由作者以第三人稱敘述故事，現在也有一些小說是由角色來旁述故事，有些作者會在一部作品中混合使用這兩種旁述，而以作者旁述為主要敘述模式。有人將作者旁述的敘事者稱為「真實作者」(writer)，而把角色旁述的敘事者稱為「隱藏作者」(author)。

　　2. 特殊的「我述」，又稱「自述」，最常見的自述法是由角色以第一人稱敘述故事，這個角色可能是作者的化身，也可能是作者設計出來的某個人物，他或是主角或是配角，甚至是很不重要的角色，不過，通常用來擔任敘事者的人物都是主角或重要角色。當然這種模式的敘事者都是「隱藏作者」。

　　以上兩種是故事敘述法的主要模式，其中「隱藏作者」如果從頭到尾都不現身的話，這個「隱藏作者」就被視同「真實作者」，不過，在某些作品中，有現身的「隱藏作者」也

會被看做是「眞實作者」。

　　另外還有兩種敘述法是由這兩種主要模式變形或混合而來的。

　　3. 有限定敘述對象的「我述」，這個被限定的敘述對象被稱爲「隱藏讀者」，通常是「你」，即敘事者「我」對聽者「你」敘說故事，故事可以是「我的」、「阮的」（不含你的「我們的」）、「咱的」（包含你的「我們的」）。

　　4.「旁述」與「自述」輪流應用或混合運用的敘述法。其中混合方式，有時在旁述中夾用自述，有時在自述中夾用旁述。

　　如以故事情節進行的時間順序來看，敘述法可分爲「順敘」和「倒敘」兩種，故事情節的安排按事件發生的時間敘說就是順敘，回敘過去發生的事件就是倒敘；順敘法是正常的敘述方式，傳統的說故事大多只有順敘，不過因爲人會回憶，所以倒敘法也常被運用，希臘古詩人賀雷斯 (Horace) 認爲史詩情節的鋪陳要從中間開始，這句話就表示史詩詩人一定要用到倒敘，因爲當故事從中途開始順敘到某個環節時，詩人需要回敘故事的開頭部分。一般說來，不管故事從什麼地方開始寫，順敘與倒敘經常交互運用，交互運用時就利用「插敘」，在順敘情節中插入倒敘情節，或在倒敘情節的順敘中再插入另一個更早的倒敘情節，然後再回到原先的順敘情節，插敘之運用甚至也可以用跳脫方式插敘預示的未來情節，如此環環相扣，層疊遞進。只是敘述法用得複雜時，作

者必須格外注意接續點的操作和表示，不能讓時間與情節出現紊亂。

·敘事觀點

　　一部敘事文學不管採用哪一種敘述模式，都會有敘事觀點的問題，敘事觀點分為三種：

　　1. 全知觀點，即作者（敘事者）像全知全能的上帝，什麼都知道，一切都在作者的掌握中，任由作者安排敘述。全知觀點大多用於旁述法。

　　2. 半全知觀點，這是全知觀點的限制用法，目的在避免全知被濫用而出現不合情理的敘述。它也可以算是旁述法中的限制觀點。常用旁述法的作者最好採用這種觀點來講故事。

　　3. 限制觀點，因敘事者是人、是故事中的角色，所以所知都有限，僅能敘述「他」所知、所見、所聞、所感、所想、所推測的事物。以自述法為主要敘述模式的作品必須僅守限制觀點來敘事才不會出錯。

　　《胭脂淚》的主體敘述模式是第一種的旁述法，雖然裡面含有幾千行的詩句是男主角陳漢秋向女主角葉翠玉講述他夢回前世，看到兩人在前世從相遇到殉情的過程，以及造成兩人今生不能結合的世仇因緣與相關歷史事蹟或傳說，這些內容實際上是陳漢秋對葉翠玉說的，應該算是自述，可是這些「自述」絕大多數都已化成「旁述」的方式表現，至於男

主角與女主角各自敘述分離期間所遭逢的事情雖然也有數百
行之多，但這些內容屬於角色對話，不算完整情節，所以基
本上《胭脂淚》可說從頭到尾都由旁述法構成，相較於《菩
提相思經》來說顯得簡單多了，所以咱就不必細看《胭脂淚》
的敘述法。

·《菩提相思經》的時空結構與寫法

　　由於《菩提相思經》的主情節所含蓋的時間長度只有
十五年，因此咱就以《菩提相思經》為例來看這部散文體史
詩型小說的敘事結構，以下所列是綜合《菩提相思經》的佈
局法與敘述法的相關要點，並且標示出故事情節的發生時
間、場景，簡言之就是《菩提相思經》的時空結構與寫法：

代號說明：

兩位數的數字代表書中的品序（章序），如01＝第1
品、12＝第12品…

西元年月日的數字代表所寫的情節事件發生的時間，
如年度或詳細日期。

A旁＝作者旁述；B自＝主角自述；B旁＝主角旁述；
C旁＝其他角色旁述；C自＝其他角色自述，C可能包
含C1、C2、C3等多個角色。

上列ABC的各個敘述都含有概述法與場面法。

整部小說的敘事結構大要：

01～10＝B自＋（包含）06－B旁。情節主線時間是 1965<1964>1957～1964。

11＝A旁＋B自。本章進行敘述類型的轉換過渡。情節時間是1964。

12～20＝A旁＋（包含）13－C自＋像A旁又像B旁；（包含）18－B旁＋B自。情節主線時間是1964→1965～1972。

・「9字型美術體」寫法

這是《菩提相思經》敘事結構的外殼，從情節、動作所發生的時間來看：前半部是架構在後半部裡的一個很長的插敘，主要在倒敘（逆敘）陳漢秋的逃亡與愛情，行動由後半部裡的 1965 年往前跳到 1957 年，再順敘來到 1964 年，整個情節線好像遶了一個圓圈；後半部從陳漢秋 1964 年上枕雲山出家，經過 1965 年正式剃度爲僧，以迄 1972 年再度紅塵爲止，整個情節線好像一條直線。圓圈和直線所佔的長度（篇幅）大約相當，屬於均等結構，而它們結合在一起的方式很像在寫「9」這個阿拉伯數字，我們用筆寫 9，通常是由上方一點起筆，以逆時針方向畫一個圓，筆尖回到原點或稍微突高一點點時，再向下畫條直線，前後一筆成型。但這只是外殼，實際上構成前半部圓圈和後半部直線的線條都不是那麼平滑順溜，裡頭還有不少曲折，這些曲折細節等一下

再看，這就像咱在寫 9 時還爲它裝飾點什麼，使 9 的字體變成一個美術字，所以我個人也戲稱《菩提相思經》的敘事結構是「**9 字型美術體**」。

整部小說各章的敘述法、時空背景與情節重點簡要：

（01＝12後半─A旁─大約1965.1陳漢秋的現實時間─枕雲山後山洞─釋一愁開始寫陳漢秋時期的流浪記）

01＝B自─1933左右(1931～1935陳漢秋的遠程回敘時間)─「曩時，置故鄉水牛厝」─流浪記文字的開頭，同時也是《菩提相思經》文字的開頭─看布袋戲，初聞角色六元老和尚的「色空」佛法

01＝B自─1964.1.19（陳漢秋的近程回敘時間，流亡的最後一日）─枕雲山洞─空茫上人吩咐撿拾落葉，淨空後山環境之始

01＝B自─大約1965.1─枕雲山洞─空茫再現，陳漢秋頓悟色空佛法，入空茫門下，受賜「釋一愁」法號，開始寫陳漢秋時期的流浪記

02＝B自─1957.10（釋一愁的回憶時間＝陳漢秋流浪記的現實進行時間）─景美＋石碇─鹿窟被圍，陳漢秋開始流亡

03＝B自─1965.2?（釋一愁的現實時間）─碧雲山洞─三見空茫上人

04～06～09＝B自＋06－C自＋C旁＋B自－1957～
1959；1947；1959～1961；1937～1940；～1964.1.15
（流浪記中的現實進行時間中包含「流浪記中的其他
角色的回憶時間」及「流浪記中的陳漢秋的插敘回憶
時間」，而此時，釋一愁的現實進行時間其實是1965
的上半年）－秀朗社＋牛角山＋大豺崁＋竹東石洞＋
埔里＋日月潭＋水里…＋台北師範－釋一愁繼續寫陳
漢秋的流浪記，敘寫日月潭史地、水里開發、砍山伐
木工作，以及和女主角林惠貞的愛情，直到女主角意
外死亡，陳漢秋傷心離開水里

10＝B自－1964.1.15；1959；194?；1933左右；
1935；1964.1－水里＋台北＋故鄉水牛厝－寫離開水
里，夜返故鄉，說到初聞布袋戲六元老和尚展唸色空
佛法之處，寫到回想起1935初次離鄉，以水泥橋當鄉
關的往事（最後一次返鄉正站在最初的離鄉處）

11＝A旁＋B自－1964.1.15～1.18～1.19－故鄉水牛厝
＋竹崎＋嘉義市＋台南市＋白水＋枕雲山碧天寺－地
動人間悲苦品－陳漢秋流亡即將終了，到流亡的最後
一日

12前半＝A旁－1964.1.19（重疊陳漢秋的記憶時間／
現實時間）－枕雲山碧天寺＋後山洞－陳漢秋流亡的
最後一日，進入碧天寺出家－《菩提相思經》實際現
實進行情節的開始，約一年後（即12後半－A旁－大

約1965.1）開始寫流浪記01～10（～11）

12後半＝A旁―1965.6.?（夏至後農曆5.15陳漢秋的現實進行時間）―碧天寺―陳漢秋正式剃度，成碧天寺出家僧，寫剃度過程，繼續隱居後山洞修行

13＝A旁―1965～1966―現象界的陽間枕雲山洞＋靈異界的陰間地府―修行&參禪，進入神話世界的夢幻情節

14＝A旁＋C自＋B自＋C旁＋A旁―1966；1959；1966―陰陽界＋枕雲山洞＋枕雲山後山洞前溪邊―亡魂回述鹿窟被圍及滅村經過，寫生死交關與死生交替

15～16＝A旁＋B自＋A旁―1966.1～1967.12～1969.7～1969.9―碧天寺＋太空＋月球＋枕雲山洞＋禪界夢境

17～18＝A旁＋C自＋A旁＋C自＋C旁＋B自＋C自―1970～西元前3000～1970―枕雲山洞＋碧天寺＋古今人界＋神話世界

19～20＝A旁―1971～1972―釋一愁下山化緣，離開碧天寺，身負《菩提相思經》手寫稿再渡紅塵

　　以上就是《菩提相思經》的內、外部敘事結構，從這些比較完整的條列來看相當複雜，特別是第06、11、14、16、18等五章融合多種敘述法及其轉換，在寫實中參雜魔幻、意識流、解構等手法，要詳細說明需要很多時間，各位

如果對寫小說有興趣，不妨親自一讀就能明瞭。我這樣做，並不是特意要標新立異，而是基於敘事上的需要，本書如果全部都以全知觀點的作者旁述（A旁）方式來寫，雖然更容易交待所有情節，但走馬看花式的全知寫法會流於故事情節的表層敘述，我希望對主要人物的心理、對重要場景都有細部描寫，也希望能在字裡行間隱含智慧的深度，表現人生哲學和佛教思想，反映時代社會等等，所以我在寫《菩提相思經》時，除了每個角色的自述及旁述都採限制觀點外，連作者的旁述也採半全知的限制觀點，因為限制觀點最寫實、也最能深入角色的心思。此外作品中的某些重要場景，比如鹿窟事件的屠村過程、施學真的逃亡與自囚等情節，男主角都未身歷其境，為了能生動的以場面法呈現這些情節，透過其他有現場經歷的角色來自述或旁述是必要的，也因為這些情節有受到適切的描述，《菩提相思經》的故事才顯得完整──有頭有尾有中腰，而且每個成份──伏筆、懸宕、突轉、發現、苦難、悲歡離合──都被交待到。而應用這麼多敘述法還有一個結構上的最重要需求，就是將跨越古今、蹤橫南北的時空以均等結構的方式壓縮在男主角（陳漢秋轉成釋一愁）前後八年的現實活動裡，使《菩提相思經》成為一個合乎古典三一律的文學有機體。我認為這樣的文學有機體才能使作品產生嚴謹結構及結構上的美感，這份美感需要讀者實際閱讀全書才能感受到，無法只聽作者或評論者簡單說明就能體會，敘事結構的部分我就講到這裡。

‧《胭脂淚》與《菩提相思經》的文句結構

接著咱來看《胭脂淚》與《菩提相思經》的文句結構，因為時間所剩不多，咱只能舉少數幾個例子來談。文句結構比較屬於「修辭法」的應用，下面這個例子是《胭脂淚》的開頭：

〔話頭前奏〕

　　天上無甲子，人間有四時，

　　三光日月星，替人分干支。

　　西方歲月一八五九年，

　　大清黃曆行到咸豐紀，

　　王朝日落西天。

　　鏗鏗鏘鏘宮角商，綾羅紡絲嘟咧咪，

　　　　我來唸歌囉予恁聽啊咿，

　　　　毋免抾錢啊免著驚啊咦！

　　賣唱詩人琴聲起，故事就安呢開始。

在整部《胭脂淚》大約 11 萬字的文字中，屬於真實作者、也就是我的「作者敘述」的文字，只有第一卷開頭、第一卷第 1 節末尾及最後一卷末了的三段描述「賣唱詩人」的詩段，其餘近 9000 行的詩句都是這個賣唱詩人一邊彈琴一邊唱說的，所以表面上這個賣唱詩人是實際的敘事者，也是隱藏作者，他在史詩中擔任說故事的角色，但自己並不是故

事中的一角，因此《胭脂淚》結構最外層的殼，就像古時候某個遊吟詩人或「講古先仔」正在向觀眾敘述比他更古早的故事。因爲是賣唱，所以《胭脂淚》整部詩的文句都比一般現代的白話詩更講究音韻效果，從這段「話頭前奏」中即可看出它幾乎用了所有漢語詩的傳統節奏模型，五言、六言、七言、九言、十言的句式，再從中斷出的「二三」、「四三」、「四五」節奏，並嵌入一些「一」、「二」、「四」字的音節型虛字或實詞，來延長聲音或變化音感，全段八行 11 句當中的 10 句都有押韻腳，以台語唸唱是押同一個「i」韻，並且有兩句是直接摹擬聲音，「宮角商」是古代漢人讀五聲階音譜的字音之三個，唸做「Gong Chē Siang」，其中「商」音是該句中的主音；而「嘟咧咪」是西洋傳入的七聲階音譜的唱音之三個，唸做「Ro Rē Mi」，其中「咪」音是該句中的主音，兩個主音都與同句的「前節奏」押韻，即「鏘商」同韻、「絲咪」同韻，而「宮角商」與「嘟咧咪」雖發音不同，實則音高、音長都相同，也就是同音旋律，又有兩句：「我來唸歌囉予恁聽啊咿，毋免抾錢啊免著驚啊咦！」是直接引用台灣傳統民謠「勸世歌仔」的起頭歌詞，當然就等於直接引入這兩句歌詞的「江湖調」唱腔旋律了。

　　這是這幾行詩句的音樂性部分，各位自行唸唸看，試著去感覺它們的聲音效果。音韻之外，前四行的每句話都含有時間的指涉，要不是直接表述時間意義，就是屬於時間意象，第 1 行，「天上」對「人間」，「甲子」對「四時」；

第 2 行，天上的「三光」對人世的「干支」，分屬天地人的
歲月概念既不同又合一；前 2 行使用東方漢人對時間的傳統
計量法，第 3 行以西方的年代表示事件發生的時代，等同於
第 4 行所寫台灣處於東方封建帝國治下的紀年稱號的時代，
當時統治台灣的大清帝國正是第 5 行語帶雙關又暗喻的文句
所說的已到日薄西山的衰落時期。

　　《胭脂淚》是史詩，當然就是敘事詩，我在〈我的史詩
因緣〉這篇自序中有說到我當初執筆寫作《胭脂淚》時的一
串企圖就是「**意欲把愛情化成詩、把歷史化成詩、把想像化
成詩、把現實化成詩、把神話化成詩、把傳說化成詩、把革
命化成詩、把哲學化成詩……，總言之就是要把小說的語言
變成詩歌的語言**」，這個企圖能不能成功，在於作者對文字
的操控能力，但有沒有成功，最好留給讀者判斷比較客觀，
其中最難的兩項就是「把故事化成詩」和「把哲學化成詩」，
前者是指用詩的語言來寫小說，內容包括愛情、現實、歷史、
神話、虛構等情節，整本都是，咱就不舉例了。後者「把哲
學化成詩」是指用詩來表達屬於意識理念的哲學思想，就像
古人所謂的「哲理詩」、「遊仙詩」、「禪詩」等等，以人
生哲理為主題或者詩句明顯隱含某種哲學思想，以下只舉兩
個詩段來說明：

　　　南無情菩薩送了聞覺緣道人，

　　　洶洶一陣孤單趁入神經線，

感嘆天海之外減一個浪溜伴。

祂展開法眼，頷頭一看，

看見聞覺緣已經換身做紅嬰，

咿咿唔唔嗎嗎哮，若像哭枵咩無停。

祂想：這就是人生，

人生 原來是用哭聲連起來的

一條短短的小路，

出世到死亡，攏有人悲苦。

（引自《胭脂淚》第 1 卷第 2 節）

　　這個詩段之前的情節是寫由男女主角的情魂愛魄所結成的「情卵」在天上即將孕育完成時，兩個慈悲的神仙發願要看顧情卵，使情卵能順利孵化投胎，並且未來男女主角在凡間的愛情得以按照天命運行，其中「情仙聞覺緣道人」為了履行自己的責任，甘願犧牲悠哉悠哉的散仙生活，比男女主角先投胎到凡間，以便將來當男女主角的老師，可以就近看顧這對情魂愛魄。當聞覺緣道人唸完咒語，「化做一道白煙飛落東南方／一粒互水包圍的閻浮堤世界」之後，接著就是這段寫的「情佛南無情菩薩」的慨嘆，祂看見聞覺緣已變成一個剛出生的嬰兒正不斷哭著，發現短暫的人生起於哭也止於哭。這四句大約等於曹操〈短歌行〉所表達的人生感觸：「對酒當歌，人生幾何？譬如朝露，去日苦多！」不止「去日苦多」，來日仍然充滿悲苦。這四句已隱含一種人生觀，

以詠懷詩的方式表現，有哲學意味而已，下面這段〈茫茫之歌〉就凝結成一種哲學理念了。這是人間的 1919 年（大正8 年）時，天上這顆情卵已熟透，當男女主角的靈魂相繼投胎後，法號「南無情」意思就是「皈依情」的「海外散佛」在離開「孕情天」之前所吟的詩偈，詩中表露一種佛教哲學：

南無情菩薩轉身一看，
孵化的卵殼已經無形無蹤，
自覺責任既了，身軀一搖，
留落一條〈茫茫之歌〉就消失……
　　隊佗來，對佗去，
　　給天准地地做天，
　　來來去去一天地。
　　昨日生，明日死，
　　給生准死死做生，
　　生生死死一人生。
　　天地人生宇宙中，
　　是地亦是天。
　　大化飛塵一陣風，
　　無死亦無生。
　　心無輪迴，輪迴便成空。
　　　　　　（引自《胭脂淚》第 1 卷第 3 節）

　　這是我個人認為的佛學的中心思想，或者說是佛教修行的最終境界。在《胭脂淚》中還有其它表露佛教思想的文句，像「無去無從無所礙，何處來就何處去，去本來」、「正是孕情天無塵世界，回本來面目，去本來所在」、「一塵一往來」、「無塵觀自在」等等，這些格言式的句子有的也沿用到《菩提相思經》中，而《菩提相思經》本身更是含有大量以創造、引用、暗藏、禪悟、討論、動作敘述等修辭法寫成的文句結構在反映佛教哲學，這部分例子很多，講起來太費時間，就留給各位自己去讀、去發現、去領悟好了。《菩提相思經》的修辭法很多，咱就舉其中一項就好，這一項大概是《菩提相思經》與大部分散文體小說，也與大部分台語小說最不一樣的地方，就是《菩提相思經》的散文體是一種精緻文體，所謂精緻文體，是指由詩化的散文所構成的文體，好比李白的〈春夜宴桃李園序〉、蘇軾的〈赤壁賦〉這類作品是文言散文的精緻文體，《菩提相思經》是白話寫成的，裡頭有很多文段都屬白話散文的精緻文體，而且在詩化的文段中又凝煉出像格言的警句雋語，這裡只舉比較短的四段，我朗讀一遍給大家聽：

　　1- 彼年，佮施學真做夥的時間雖然真短，嗎我誠懷念有伊做伴的日子，除了阮兩人話講甲真透機以外，我擱感覺會當參茲尼勇敢的人萍水相逢就變做朋友，而且置孤獨無依偎的時相拄是一種幸運。想伊面對妖魔彼般退尼也烏暗佮邪

惡的恐怖力量，意志猶原無崩去，甘願關家己，也毋願互迫害者監禁；甘願受苦難，也毋願向暴政拗 (at) 腰求饒，這種精神令人躬 (gīng) 心感佩，台灣人愛有較濟這款靈魂、這款氣魄才會出頭天，脫開被奴役的運命。但願天地有情、春秋有義，互受難的傷痕，有一工成做光榮的標誌。（引自《菩提相思經》第7品）

2- 天氣漸漸轉涼，秋天目一聶叨去互冬天偃倒，親像山頂的大樹欉，免兩點鐘叨互阮鋸斷。草木若有神經，規座山谷一定哀聲不絕日透暝，日時受傷慘叫，暗時抑佇哀疼，擱有魚蟲禽獸嘛欲蛀啃您的根您的身您的葉您的花您的果，草木若有感情，一定上怨恨人類，人類連上慈悲的佛家都無給殺生戒包含草木在內，何況阮茲个只求一頓飽的剉柴工仔？樹仔，恁若會疼，拜託恁講一聲！會講話喝聲的樹欉，一定無人敢數想。（引自《菩提相思經》第9品之9-2腰中課）

3- 置等車的時，我行到無外遠的水里溪邊恬恬看對松柏坑仔的方向，面頭前的近山像一座真懸真大的屏風給目線閘咧，不過我猶原會當透過水邊的花蕊佮山頂的雲蕊看著惠貞，看著伊活置一張一張的圖內，茲个圖每一張攏是用感情做材料畫出來的，頭一張題名「感動」，續落來是「感謝」、擱來是「感恩」…，最後看到「感傷」這幅，畫面煞霧去，我伸手接 (zuē) 目睭，才將目睭已經偷偷也激好的目屎，接

一下滴落來，唉！再會！可憐戀花！此後閣講昧當擱置水霧掩護的山巒相會，但願會置孤星伴月的天涯相逢。(引自《菩提相思經》第 10 品)

4- 日時讀經、散步看山景；暗時坐禪、觀念聽水聲；深更睏眠、沉思入滅境。這三句話給匡 (kōng) 成圓桰仔就是釋一愁的日子，日日循環已經養成新規律，親像洞外彼條溪流，置熱天雨季以後，溪的丹田變較有力，就換唱無仝的旋律，嘛配較緊的節奏，互坐置水頂的歲月親像佇飛，一目聶就到年尾，溪身擱瘦去，水聲就擱降齒 (key) 唱低音，若像深山林內一个孤單的半老和尚佇慢慢仔誦經。(引自《菩提相思經》第 13 品)

我想，這幾段文字，我們用聽的、讀的方式欣賞就好，不必再分析它們的修辭技巧了。如果各位覺得它們很像詩的話，就表示它們有達到精緻文體的基本要求，也就是說它們的語言是形象化的，詞藻具有意象。老實說，我在寫它們時，心裡也同時在應用一些詩的技巧，比如寫第 3 例時，我心裡浮出李白〈清平調〉裡的「雲想衣裳花想容」，這句詩的仙女意象給我靈感寫這一段，其中「我猶原會當透過水邊的花蕊佮山頂的雲蕊看著惠貞，看著伊活置一張一張的圖內」這段敘述與「雲想衣裳花想容」的意思和效果一樣。又比如第 4 例，我要了一個「後設小說」的指示寫法，希望讓段首的

三個對仗句成為一首圖象詩，那是因為曾經有人寫圖象詩，把文字按順時鐘方向排印成一個圓圈，使詩的外表看起來像車輪，表示循環不斷的人生如輪子，但我覺得外表的圖象只是詩的雕蟲小技，不想真的把文字排成圓圈，但又希望讀者能將「日時讀經、散步看山景；暗時坐禪、觀念聽水聲；深更睏眠、沉思入滅境」想像成輪子般來回味，就附加一個指示句：「這三句話給匡成圓桮仔就是釋一愁的日子」，又緊跟一個解說句：「日日循環已經養成新規律」，接著是一連串的譬喻句。其中指示讀者「將這三句話匡成圓圈」這個動作提示就是後設技巧，有了它，這段精緻文句便有點像「後設詩」，它還隱藏一個暗示──修行讀經猶如自轉法輪。不過我想讀者大概不會真的依指示將「日時讀經、散步看山景；暗時坐禪、觀念聽水聲；深更睏眠、沉思入滅境」這三句話排成圓形輪子來讀或反覆誦讀，所以繼續描述。

　　接著咱來聽一段《菩提相思經》的唸讀錄音。（按：放CD唱片，聽第18品中一段包含誦唱的「相思法門」，例文省略）

　　史詩《胭脂淚》與史詩型長篇小說《菩提相思經》的文句結構，咱就簡單的談到這裡。各位如有興趣繼續欣賞的話，《菩提相思經》有附一片70分鐘的CD，有這片CD的人就請自己聽。最後我想稍微講一下寫作實務中的一種練習

寫史詩或敘事詩,以及將敘事詩與小說轉換改寫的方法。

五、史詩、敘事詩與小說的轉換改寫

　　18 世紀初,英國大詩人波普寫過一篇文章叫做〈製造史詩的方法〉,他怎麼說,我已不大記得,似乎有談到基本形式是 12 卷,內容要從神話故事、歷史故事中取材,然後套用某些公式化的文體形式加以改寫。類似說法,拜倫與丁尼生在他們自己的史詩作品裡有概略提到,比如拜倫在《唐璜》中就這樣說:

　　　　我的詩是史詩,而且打算
　　　　分成十二卷。每一卷都包含
　　　　愛情、戰爭、和海上的狂風,
　　　　列出船隻、船長、和統治
　　　　新角色的國王。插曲有三種:
　　　　地獄的全景正在排練,
　　　　依照魏吉爾和荷馬的風格,
　　　　所以我的史詩名字沒有取錯。

　　　　　　　　　　(引自《唐璜》,第 1 曲第 200 節)

　　這段話說得很籠統,沒有實際的參考價值,而且史詩也是活的,不必一定是 12 卷結構。這裡我想說一個自己的經

驗當做練習寫史詩的入門方法。咱已經知道，史詩一定是敘事詩，而敘事詩必須含有歷史的內涵才可能成為史詩，所以史詩比一般敘事詩難寫，因此在寫史詩之前，我們倒可以先從敘事詩下手，**要怎樣寫敘事詩呢？其實它跟寫小說差不多，所不同的是小說使用散文體，而敘事詩要用詩體，今天形式上的詩體已經解放，不要求一定要有某種格律，但在字裡行間製造文字意象仍不可缺如，這是寫敘事詩比寫小說困難的地方。那麼我們要如何練習寫敘事詩，我認為最簡單的方法是把一篇有情節的散文或短篇小說改寫成故事詩。**我第一次用這個方法練習寫敘事詩是在 1976 年春天，那時我正在讀師專，那陣子遠東書局剛好出版梁實秋翻譯的莎士比亞全集，我買了一整套來讀，知道莎士比亞的戲劇或長詩的故事大多是有所本，便從薄伽丘的《十日談》中選擇一則悲劇故事並模仿莎士比亞的長詩《維納絲與阿都尼斯》的六行體，寫了一首大約五百行的敘事詩，題目叫做〈真可惡啊！誰偷去了我的花盆〉，許多年後，我寫《胭脂淚》的自序（〈我的史詩因緣〉）時忘記這首敘事詩的故事是有所本的，便在自序中說〈真可惡啊！誰偷去了我的花盆〉「是一篇純粹靠著想像的創作」，這個說法不對，現在我趁機訂正一下。此後，我也從中國神話故事、《水滸傳》、新聞報導和我自己的散文取材，改寫成另外幾篇敘事詩。我覺得用這個方法練習寫敘事詩最方便也最容易，至少故事情節不必靠自己編，也比較沒有時間壓力，寫到哪裡都可以隨時停下來

休息，不怕故事的底本會忘記或消失了。

以上是把散文改成詩、把小說改成敘事詩。你也可以把古詩改寫成新詩，這不是指翻譯，而是以某一首古詩為底本，將她大規模改成白話體的敘事詩，要將抒情古詩改成敘事詩需要自己添加故事情節，這比較費力氣，所以最好就直接找古代的敘事詩來參考改寫，可以省掉一部分尋找典故或杜撰故事的麻煩和困難，不過漢語的古典敘事詩，故事情節通常都很簡略，要讓她們更具小說、故事的樣貌，多少還需靠自己加油添醋，如果所本的是詠史詩或微細型的小品史詩，改寫者有必要考查古代資料，以便為改寫本增添更詳細的歷史情節，這樣作品內容才有完整性，才顯得飽滿豐富。如果各位有興趣試看看，台灣古詩中，蔡廷蘭的〈請急賑歌〉、洪棄生的〈賣兒翁〉和〈役夫嘆〉都很有杜甫的敘史風格，或者中國古詩中，白居易的〈長恨歌〉、元稹的〈連昌宮詞〉、鄭嵎的〈津陽門詩〉等等，這些作品幾乎可以算是敘事詩，用她們做底本來改寫都可以直接變成史詩。

同樣的，我們也可以將敘事詩轉寫成小說，這一點我們就不必說了，因為把詩變成散文，至少在處理語言這方面絕對比把散文變成詩簡單得多。

六、話尾

古時候的幾位大詩人像魏吉爾、奧維德、彌爾頓等人，

他們在寫史詩之前都會先向詩歌之神祈禱，拜請詩神幫助他完成大作品，最後咱就來看彌爾頓的祝禱詞：

> 天上的詩神啊，祢在
> 奧來伯或西奈的山巔
> 曾啓發那個牧人去教導
> 上帝的選民，…（省略）…………
> 我求祢在那裡幫我寫成這詩篇，
> 我不想在愛奧尼亞山上低低飛翔，
> 我要做前人在詩文中
> 所不曾嘗試過的一番壯舉。
>
> 　　　　　（彌爾頓：《失樂園》，卷一開頭）

　　現在不知世上還有沒有繆思，要是沒有的話，古代的大詩人可以當我們的老師，依靠他們留給我們的示範，一定能從中獲得靈感和技巧，幫助我們把文學敘事的種種美麗重新集合在一起。今天我就講到這裡，多謝！

──2011.08.19 晚間，在高雄誠品書店夢時代店的演講，現場原爲台語演講。本次演講的內容另有黃韻竹小姐整理的節錄本，發表於 2011.08.29 台灣時報副刊。作者也有節錄本次演講的前二節（「話頭」與「關於史詩的基本認知」）的台語原文記錄，命題〈輕鬆開講話史詩〉，發表在 2013.8《台江台語文學》第 7 期。

文學預言的意義

　　古人相信冥冥中有個造物者在安排一切，這難以預知的「一切」就成了所謂的「命運」，而造物者有祂的意志，通常會依某種法則在安排命運，古代中國哲學家把這法則或上帝的意志稱之為「道」或「天道」。命運在人間展示後便成為歷史，人類只能從歷史中窺知天道或揣測天道，做為行事準則和推測未來。然而命運在展示之前可能以某種方式先行預示，這預示形之於言語就叫「預言」。能預言的人大多是有某種特殊能力的人，通常是屬於宗教性質的先知或神職人員，像基督教聖經中的撒姆耳、以賽亞、耶利米……都是先知，耶穌除了自稱「上帝的兒子」之外，也被當世人看成先知之一，這些先知都有預言能力，此外就屬文學家、尤其詩人最常被當做能與神交往的通靈人，在古希臘人和古羅馬人的語言中，「詩人」還有一個意義就是「預言者」，他們認

爲詩人有特別的能力可以感應到神的旨意，然後有意或不自覺地會將某個未來的命運隱藏在作品中，人們要知道未來，除了向神祈禱，由神透過祭司的占卜或神的使者－先知－來明言或暗示之外，另一途徑便是讀詩，以便挖掘那藏身在詩人心靈中的秘密。近代黎巴嫩詩人紀伯倫 (K. Gibran) 就這麼稱詩人：「他是這個世界和未來之間的連結」(He is link between this and the coming world.)。因此，他曾彷彿自命「先知」似的，把自己的一本小詩集取名「預言者」。

這種看法是出於「命運天定」的觀念，古希臘人認爲無論已發生的歷史或未到來的命運都已被神安排定了，凡人即使再偉大也無法改變，除非神願意更改。就因爲命運已定，所以荷馬與魏吉爾這兩位詩歌之王在他們的史詩 (Epic) 中都可以預告未來，也不擔心情節有誤，比如：《伊利亞德》(Iliad) 只寫到特洛伊人爲被阿基利斯殺死的赫克托爾舉行喪禮（第 24 卷）就結束了，但荷馬卻在阿基利斯還沒出戰赫克托爾之前就先行宣稱阿基利斯即將死去，永遠不能歸返故國（第 18 卷）；魏吉爾也在《伊尼德》(Aeneid) 中多次預說特洛伊人將建立羅馬帝國，因爲這是上天所命定，而且還藉描寫伊尼亞斯的盾牌把羅馬未來一千年的幾次重要戰役都如詩如畫的預言出來（第 8 卷）。這兩個預言，荷馬和魏吉爾都是透過神的嘴巴或動作告知讀者的。此外後代學者有人認爲魏吉爾在第四卷中，以迦太基女王的懊恨之語做暗示性的預言，隱藏未來羅馬與迦太基（北非）之間將點燃戰火，

這是詩人藉迦太基女王自殺時對神的咒誓暗示給讀者的。詩人想要預言，但由神來傳達，除了表示天命自有定數外，還可加強那預言的可靠或準確，不容讀者懷疑。

　　不過上列「預言」還只能算是作者在書中安排的假裝性預言，是對書中人物而說的，對作者和讀者來說都是「歷史」，因為事件都在作者生前或出生前就發生過的。遠古詩人只是把歷史或神話傳說，當作預言來運用，來反映「命運天定」的觀念而已。中國通俗小說《劉伯溫傳奇》虛構朱元璋的軍師劉基在行軍途中，遇見孔明預留的刻著「劉伯溫到此」的石碑，而驚嘆孔明是「天下第一軍師」的預言情節，也屬這種假裝性預言；羅貫中在《三國演義》裡用一首童謠：「千里草，何青青，十日卜，不得生！」來預示董卓之死，很可能也是作者故意穿插的假裝性預言。真正的所謂「預言」是人們將作品中的某段內容當做是作者對未來將發生某事的預示或暗示，據英譯過《伊尼德》的傑克遜・奈特(Jackson Knight) 說，魏吉爾的詩就曾被很多重要人物或不重要的人物拿來占卜命運的休咎，當他們對未來存著茫然不知所措時，就隨意翻開魏吉爾的書，用指頭任指一行，以便從中求得吉凶的預示。這是因為人們認為魏吉爾有著神秘的智慧，他的文字一定處處隱藏著未來的訊息，於是引起「魏吉爾占卜術」的迷信。

　　至於印度古老史詩《摩訶婆羅多》(Mohabharata) 中的許多內容，也讓後世人當做預言看待，有些預言學的探索者

深究之後覺得很精采，驚嘆二千五百年前的婆羅門詩人竟連
人類會有原子彈爆炸（或核戰）都在史詩中「預演」了：

　　　　這只是一個飛行道具，
　　　　它一身凝聚著宇宙的力量，
　　　　光亮如一萬個日頭，
　　　　白熱化的煙霧和火柱熊熊昇空……
　　　　那是無人知曉的武器，
　　　　鐵一般的閃電，龐然怪物的死神，
　　　　普里修尼和安達卡人瞬間化爲灰燼……
　　　　橫躺的屍體在無情的火燄中燒成焦炭，
　　　　面目全非，難以分辨，
　　　　毛髮和指甲全部脫落，
　　　　水壺化做碎片，
　　　　鳥兒變成白灰，
　　　　數刻之後，一切食物受到污染……
　　　　一心想逃離火掌的士兵
　　　　川流不息地四處逃竄

　　這就是預言迷們據以「發現」古詩人描寫「未來」核爆
的預言。在我看來，這段文字其實是詩人對一場激烈戰爭的
誇張式描寫而已，其所謂預言，不過是後人的附會解說。其
他像《聖經》、《華嚴經》等，也被該宗教的信仰者「找出」

許多預言，其性質也是後人的附會，只不過這些「預言」被說成「神示」，彷彿神佛憫人有意把命定的天機隱隱警示世人。另外，明白以預言身份出現的作品，如劉伯溫〈燒餅歌〉、袁天罡與李淳風合著的〈龜背圖〉，以及十六世紀法國預言家諾斯查丹姆斯 (Nostradamus) 的千首預言詩《百詩集》（*Les Centuries*，常被以英文思考誤譯爲「諸世紀」）等等，雖名爲預言，但總不明指，內容一如前述的古印度史詩，需要後人自行揣測，看哪些文字較符合「未來」的哪些事件，人們覺得作者身故後才發生的某件歷史有某個特徵恰如文字所述，就附會該文字是該歷史的預言，並認爲預言準確，像這樣的預言作品，我們只須當做文學的想像來欣賞其文字就好，實不必太認眞索求其神秘的含義。

有些作品，作者把場景放在未來，而且對人事時地物似乎有比較明確的描述或影射，這種作品才是名副其實的文學預言，但依科學的角度來說，它其實是作者的推測，甚至作者也沒有推測，只是基於某種意念的表現而將場景設在未來或放在一個未來的形而上的時空（如夢境、地獄、天堂）而已，要是所言成眞，後世人們總會驚訝於作者的預言才能，對事件特別關注；要是所言未現，人們就只關注那預言所象徵的意義。比如英國小說家喬治・歐威爾在《一九八四年》一書中預寫世界「將」（1984 年時）分成三國，於是上個世紀八〇年代初，有論者以世界分成自由與共產的美蘇兩大陣營，加上當時已然成形的所謂「第三世界」，認爲歐威爾

的三分天下的預言應驗；但不認爲世界存在三國形式者，他
們也沒否定《一九八四年》這本書的嚴肅意義，是在警示人
類應爲自由而活，避免世界走向極權主義控制的白色恐怖社
會，它的正面意義就是我們的世界應該成爲自由人生活的自
由社會。在這層意義裡，不管歐威爾的假想是否算是預言，
也不管這個預言算不算成眞，人類對自己的未來實已超脫古
人信仰的宿命論了，人命一旦不被天定，「預言」這東西自
然就沒有驗與不驗的意義，不是嗎？驗了能怎樣？不驗又能
怎樣？所以後世有人憑著已知的歷史並僞託古人之名故意造
作的一串預言詩，如〈乾坤萬年歌〉、〈馬前課〉、〈藏頭
詩〉、〈禪師詩〉、〈金陵塔藏碑〉等等，都是無稽可笑之舉。

　　說了這麼多，讀者應知我對預言的態度，即我關心的不
是文學作品中的所謂「預言」的準確性，而是「預言」隱藏
或呈現的意義，這才應該是詩人（文學家）被視爲「預言者」
的價值所在。

　　近來我把幾篇早年發表在報章卻未曾結集的小說找出
來，並集做一本《陰陽世間》小說集準備出版時，重讀之際，
對映人世變遷，突然覺得自己在那個白色恐怖走到尾聲的年
代宛如在寫著一些政治預言。這些作品按題材性質和寫作時
間來看，可說是〈大統領千秋〉的延續（以諷諭蔣介石暴君
死亡及神化統治爲主題，1988 年 1 月發表時遭官方查禁），
內容上對當時蔣政權的寫作（言論）禁忌充滿挑戰，多篇作
品的場景，或設在未來、或設在夢境，甚至還有設在不可知

的陰間冥界裡。而預言有準有不準，實現與否並不影響文學作品內在自足的意義，就像前述《一九八四年》深刻反映出獨裁者施行恐怖統治下的人生，其所隱含的批判足以叫世人警惕。

如果我們不把「預言」當「神話」，而將它視為一種推測或推理，乃至對未來的期望或想像，這就更符合文學的內涵了，文學家固然多半在描述過去，但也能夠描述未來，文學家筆下的未來，重點不在於事件的實現，而在於事件所隱含的思想（哲理）和情境的真，以及對時勢的警惕，如宋澤萊的小說《廢墟台灣》意在警示核災難的可怕。若果真有「預言實現」時，也應是作者有所依據所推想出來的「假設」或「想像」，要是這個「預言」毫無脈絡可循而又「實現」時，我們大概可以稱之為「文學家的第六感」。1991 年八月，蘇聯總統戈巴契夫遭到政變而下台，不久造成蘇聯解體，那時我想起我曾在 1987 年寫過的一篇依據夢境，並以戈巴契夫為主角的小說（〈躲在隱藏的時空裡〉，1988 年發表），這篇小說就是以戈巴契夫遭逢政變做結束。我不敢將我的小說或我的夢境當做「預言」，只把它當成巧合。如今檢視這本《陰陽世間》小說集裡的內容，可以解釋或附會為「預言」，並且可視為「實現」者，較大的有：

1. 遠離首都的戈巴契夫遭逢政變。（見〈躲在隱藏的時空裡〉）
2. 公元二千年台灣的國民黨統治終結。

3. 2001 年中國興起反美浪潮。

4. 日本重新武裝。（以上見〈中國週記〉）

5. 國民黨內部政變，由不統不獨的「超越統獨派」治理。（見〈自由島〉）

其他至今尚處「未來」，猶待「驗證」者有：

1. 中國的中原地區沙漠化。

2. 中國大飢荒。（以上見〈中國週記〉）

3. 追求台灣併入中國的行動者（所謂「統派」）開始入獄。

4. 台灣人中民族母語斷絕的小孩夭折後成陰間乞兒。

5. 暴君蔣介石的鬼魂在地獄深處受苦。（以上見〈陰陽世間〉）……

　　最後兩則無從驗證，也不算預言，它只是應用宗教觀念來表現作者所要傳達的意識和批判。附帶一提，三十年前曾讀過但丁，但早忘了大部分內容，日前重讀《神曲》，發現但丁在寫作《神曲》時就是把他鄙視的敗德的一些政敵和大人物放在〈地獄〉中接受無明苦刑，而我，不知是否在潛意識裡受到但丁的啟發才使用這種文學設計。另外，我的「預言」也有落空或發生時機應屬更後來的，如「2001 年台灣經由公民投票取得法律獨立地位」。（見〈中國週記〉）這項「預言」顯然已經落空。

　　前列關於公元二千年國民黨失去執政權的「預言」,是
我在〈中國週記〉小說中敘述到的,該文發表於 1988 年,
當時台灣尚處外來國民黨保守派的嚴厲控制下,連國會議員
都不讓台灣人全面改選了,遑論總統開放民選,然而世事如
棋,乾坤莫測,誰也沒料到 1996 年台灣人能自己選擇政府
領導人,李登輝當選合法的第一屆總統。公元兩千年,陳水
扁「意外」當選第二屆民選總統,這個「台灣變天」的預告
恰巧成真。

　　其實當初我在寫作這些小說時,我並沒有要做「預言」
的想法,字裡行間所要傳達的意義,無非是想透過文學對台
灣政治與中國社會的過去、當時和未來予以反映、批判、警
惕和期望而已。總言之,「預言」不是我的目的,「反映」
才是我所要的。我們讀愛略特 (T. S. Eliot) 的名詩〈拋荒地〉
(*The Waste Land*) 也應做如是觀,而不要拘泥於其中的預言,
才不會陷入難解的泥淖。

　　──2004.07.21 作,原載 2005.05.09-05.10 台灣日報副刊。

〔附錄〕
林央敏著作簡表

詩　集：

書名	出版社	出版時	開	頁數	備註
睡地圖的人	蘭亭書店	1984.4	32	212	華語
駛向台灣的航路	前衛出版	1992.5	25	244	台華對照
故鄉台灣的情歌	前衛出版	1997.10	25	158	台語
胭脂淚	眞平（金安出版社）	2002.9	25	464 精裝	台語史詩
希望的世紀	前衛出版	2005.1	25	188	台語
一葉詩	前衛出版	2007.2	25	176	台華對照
台灣詩人選集－林央敏集	國立台灣文學館	2010.4	25	128	莫渝編選
家鄉即景詩	草根出版	2017.11	25	176	華台
田園喜事	童詩，部分發表，整理中			將台華對照	

散文集：

書名	出版社	出版時	開	頁數	備註
第一封信	禮記出版	1985.2	32	248	華語
蝶之生	九歌出版	1986.1	32	222	華語
霧夜的燈塔	晨星出版	1986.4	32	215	華語
惜別的海岸	前衛出版	1987.8	32	231	華語
寒星照孤影	前衛出版	1996.3	25	238	台語

| 收藏一撮牛尾毛 | 九歌出版 | 2018.11 | 25 | 240 | 華語 |
| 走在諸羅文學河畔 | 嘉義市政府文化局 | 2020. | 25 | 278 | 華語 |

小說集：

書名	出版社	出版時	開	頁數	備註
不該遺忘的故事	希代書版公司出版	1986.8	新25	224	華語短篇
大統領千秋	前衛出版	1988.3	32	285	短篇
寶島歌王葉啓田人生實錄	前衛出版	2002.2	25	236精裝	長篇傳記
陰陽世間	開朗（金安）出版	2004.7	25	267	華語短篇
蔣總統萬歲了	前衛出版	2005.7	袖珍	308精裝	華語短篇
菩提相思經（附唸讀CD）	草根出版	2011.5	25	584	台語長篇
躲在牆壁裡的哀泣	遠景出版	2022.9	25	220	華語短篇

劇本集：

書名	出版社	出版時	開	頁數	備註
斷悲腸	開朗	2009.3	25	250	台語

評論集：

書名	出版社	出版時	開	頁數	備註
台灣民族的出路（曾被禁）	南冠出版	1988.4	25	166	民族論
台灣人的蓮花再生	前衛出版	1988.8	25	248	文化論
台語文學運動史論	前衛出版	1996.3	25	253	文學論

書名	出版社	出版時	開	頁數	備註
（前書增訂版）	（同上）	1997.11	25	270	文學論
台語文化釘根書	前衛出版	1997.10	25	238	語言論
台語小說史及作品總評	印刻出版	2012.12	新25	324	文學史評
桃園文學的前世今生	草根出版	2019.11	25	268	文學史
典論台語文學		2022年	25	296	作品析論
愛與正義的實踐	10萬餘字發表，未結集出版				文化短論及雜論集
台灣文學散論	10萬餘字發表，未結集				作家論

合　集：

書名	出版社	出版時	開	頁數	備註
林央敏台語文學選	眞平（金安出版社）	2001.1	25	379 平裝	文學大系之四
（前書新版）	（同上）	2001.10	25	精裝	

編選集（主編）：

書名	出版社	出版時	開	頁數	備註
語言文化與民族國家	前衛出版	1998.10	25	203	論述選
台語詩一甲子	前衛出版	1998.10	25	267	詩選
台語散文一紀年	前衛出版	1998.10	25	235	散文選
台語詩一世紀	前衛出版	2006.3	25	219	詩選
桃園文學百年選	遠景出版	2021.10	25精	492	文學選

其他類：

書名	出版社	出版時	開	頁數	備註
簡明台語字典	前衛出版	1991.7	25	320	字典
TD台語電腦字典查閱系統	前衛出版	1991.7		電腦軟體	磁碟片
TD使用手冊	前衛出版	1991.7	25	51	

影音類：

品名	出版者	出版時	規格	備註
懷念的小城市	新台唱片	1993.1	CD	詞曲
台灣詩人一百影音：林央敏輯	國立台灣文學館	2006.12	DVD	生平唸詩

國家圖書館出版品預行編目 (CIP) 資料

典論台語文學 / 林央敏著 . -- 初版 . -- 臺北市 : 前衛出版
社 , 2022.09
296 面 ; 15×21 公分
ISBN 978-626-7076-47-7 (平裝)

1. 臺灣文學史　　 2. 臺語

863.09　　　　　　　　　　　　　　111010391

典論台語文學

作　　者　　林央敏
責任編輯　　番仔火
封面設計　　沈佳德
美術編輯　　宸遠彩藝

出版補助　　火金姑台語文學基金
出 版 者　　前衛出版社
　　　　　　地址：104056 台北市中山區農安街153號4樓之3
　　　　　　電話：02-25865708｜傳眞：02-25863758
　　　　　　郵撥帳號：05625551
　　　　　　購書・業務信箱：a4791@ms15.hinet.net
　　　　　　投稿・代理信箱：avanguardbook@gmail.com
　　　　　　官方網站：http://www.avanguard.com.tw
出版總監　　林文欽
法律顧問　　陽光百合律師事務所
總 經 銷　　紅螞蟻圖書有限公司
　　　　　　地址：114066 台北市內湖區舊宗路二段121巷19號
　　　　　　電話：02-27953656｜傳眞：02-27954100
出版日期　　2022年9月初版一刷
定　　價　　新台幣350元
Ｉ Ｓ Ｂ Ｎ　　9786267076477（紙本）
Ｅ-ＩＳＢＮ　　9786267076552（PDF）
Ｅ-ＩＳＢＮ　　9786267076545（EPUB）

＊ 請上『前衛出版社』臉書專頁按讚，獲得更多書籍、活動資訊
　 https://www.facebook.com/AVANGUARDTaiwan